講談社文庫

警視庁情報官　ノースブリザード

濱 嘉之

講談社

目次

警視庁の階級と職名

階　級	内部ランク	職　名
警視総監		警視総監
警視監		副総監、本部部長
警視長		参事官
警視正		本部課長、署長
警視	所属長級	本部課長、署長、本部理事官
	管理官級	副署長、本部管理官、署課長
警部	管理職	署課長
	一般	本部係長、署課長代理
警部補	５級職	本部主任、署上席係長
	４級職	本部主任、署係長
巡査部長		署主任
巡査長※		
巡査		

警察庁の階級と職名

階　級	職　名
階級なし	警察庁長官
警視監	警察庁次長、官房長、局長、各局企画課長
警視長	課長
警視正	理事官
警視	課長補佐

※巡査長は警察法に定められた正式な階級ではなく、職歴６年以上で勤務成績が優良なもの、または巡査部長試験に合格したが定員オーバーにより昇格できない場合に充てられる。

◉主要登場人物

黒田純一……………………警視庁総合情報分析室室長
小柳大成……………………総合情報分析室参事官心得
宮澤慶介……………………総合情報分析室参事官心得

栗原正紀……………………総合情報分析室管理官
落合一真……………………総合情報分析室情報官

藤森和博……………………警視総監

北林…………………………警視庁公安部外事第二課長

池内義勝……………………元民自党幹事長

セルゲイ・ロジオノフ（ミルコビッチ）
…………………………駐日ロシア連邦通商代表部職員

クロアッハ…………………モサドのアメリカ総局長

金田陽太郎…………………焼肉店の経営者

近藤…………………………セキュリティー監視センター常務

竹原誠一郎…………………四井重工業総務部総務課秘書室付課長
吉池…………………………同社筆頭常務

遥香…………………………黒田の妻

警視庁情報官　ノースブリザード

プロローグ

頬を打つ風は冷たかった。かすかな潮の香りを含んだ空気の重さが肌に感じられる。駅前ロータリーにはバスが三台停まっている。数年前たて続けに上陸した台風の影響で、この駅の先が運転不能に陥《おちい》っているための振替輸送用だ。しかし二両連結の列車からバスに乗り換える客は十人に満たなかった。

黒田純一《くろだじゅんいち》のほかに、駅から歩道を行く者は男女二人だけだった。どちらも一見して旅行者らしく、それぞれがスマホを見ながら進んでいた。

黒田は前の二人を見送り、無人駅舎内の待合室に入った。ベンチに腰を降ろすと間もなく携帯電話が鳴った。

「駅に着いたかい」

「定刻に到着しました。駅に降り立ったのは十人足らずでしたが」

「この路線は乗降客が年々減っていて、いつ廃線になってもおかしくない状況だ」

「乗り鉄の僕としては寂しい限りです」

「間もなく迎えの車が着くだろう。運転担当は君も知っている前川《まえかわ》だ」

「前川さんもご一緒なのですか？」

「奴は道議会議員だが、黒ちゃんに会いたがっておってな」

「すると近々国政狙いですか？」

「奴は北海道《ほっかいどう》で埋もれるタマじゃない。育ててやってくれ」

通話中に待合室の扉が開いて、がっちりした体軀《たいく》の陽に焼けた男が笑顔で黒田に向かって歩いてきた。

「前川さんが到着しましたので、これから一緒に伺います」

携帯電話を切って立ち上がると黒田は前川に手を差し出した。

「今、御大から話を伺ったばかりです」

「ほう。何の話ですか？」

「次の第一歩……とでも申しましょうか」

「親父も最近は気ぜわしくなりましてね」

前川は黒田の手を放さずに笑って答えた。

「北海道は盤石《ばんじゃく》ではないですか？」

「ようやく裏切り者や自爆組の始末が着いたばかりです。一時期はどうなることかと思いましたよ」

「余計な総理大臣を生んだこともありましたからね」

「金持ちの学者さんに務まる仕事じゃなかったんです。でも北海道開発庁という国の組織があったくらいですし、道民としては幾許《いくばく》かの期待があったのは事実でしょうね。それに背かれた時に、揺り戻しが来たんですよ。さあ、親父が首を長くして待っています」

ようやく手を放した前川がゆっくりとした足取りで黒田の前を歩き始めた。

車は見覚えのあるシルバーのセンチュリーだった。

「車も現役ですね」

「もうすぐ走行距離が二十万キロになります。よく働く車ですよ」

「日本でも有数の広さを誇る選挙区ですからね」

「親父の選挙区はご存知のとおり息子の新一《しんいち》君が継いでいるから、この車は札幌《さっぽろ》中心で動くだけですよ。地元でこの車は目立ちすぎますし、冬は全く役に立ちませんからね」

前川は後部座席に座らせようとしたが、黒田は自分で助手席の扉を開けた。

駅からわずか五分のところにある寿司屋の前で車が停まった。

「ここです。この先は私も同席しますから、運転担当も替わりますよ」

「美味い酒があるんですか？」

「それはお楽しみです。親父がこの時期にいらっしゃった黒田さんを、どうしても案内したかった店ですから」

前川が運転席を降りると寿司屋の中から二十代半ばと思しき若い背広姿の男が飛び出してきた。前川から車のキーを預かると、黒田に向かって最敬礼をして言った。

「初めてお目にかかります。札幌事務所の瀧川《たきかわ》と申します」

「初めまして黒田です」

黒田は軽く会釈《えしやく》をした。

前川が店内に入ると、元民自党幹事長で派閥の領袖《りようしゆう》も務めた池内義勝《いけうちよしかつ》が五人掛けのカウンターの端にポツリと座っているのが見えた。

「幹事長、ご無沙汰しております」

「幹事長はよせよ。もう十年以上も前の話だ」

そう言って立ちあがると、池内は現役時代のように両手で黒田の手を取って相好を崩した。

「僕にとってはどうしても幹事長のイメージが頭から離れないんです」

黒田が言うと池内は笑顔のまま答えた。

「なんだかんだ言っても新一も三回生だ」

「六年で三回生か……選挙が早いのも善し悪しですね」

「黒ちゃんと仲良しの平成五年組の現総理が九回生であることを考えると平均的な年次じゃないかな」

「当選回数に実力がついて行く議員が減ってきたことにも問題があるのでしょうね。その点では新一君はよくやっていると思います」

「新一はあれでいい。じっくり勉強すればいいんだ。さて奥に移るかな」

池内は黒田の背を押すように、両手で黒田の肩を摑んで奥の座敷に向かって歩き出した。

「今日はな、どうしても黒ちゃんに食べさせたいものがある。一年のうちで今しか喰えないものだよ」

「鵡川《むかわ》と言えばシシャモですが……」

「よく知ってるな。シシャモ漁は十月初旬から十一月頭までのわずか四十日足らず。そして美味いシシャモの刺身が喰えるのは、そのうち十日しかない」

「シシャモの刺身……ですか？」

「そうだ。美味いぞ。それからシシャモ酒もこれまた美味いんだ」

「シシャモ酒……ですか？」

黒田は池内の歓待に思わず二度も聞き返すように言った。

シシャモは世界的にも貴重な北海道の特産種で、サケ目キュウリウオ科シシャモ属に属する。一般的に「子持ちシシャモ」として販売されているカラフトシシャモはキュウリウオ科カラフトシシャモ属で、これとは別種である。全国でシシャモとして販売されている中で、北海道産の割合は一〇パーセント以下。このため資源保護されており漁期も短い。

飢饉《ききん》で食べるものがなく途方にくれている人々を救おうと、神が魂を入れた柳の葉を鵡川に流したところ、みるみるシシャモになったという言い伝えから、柳葉魚とも記される。この地では霊魚とされている。

座敷に上がると黒田は池内の隣に座らされた。

「乾杯はシャンパンでいいだろう」

池内は店に持ち込んだと思われる、一九八八年のドンペリのロゼを前川に開けさせた。

「正月を思い出しますね」

「そうだな。毎年大晦日《おおみそか》からキャピタルに泊まり、正月のドンピンがスタートだったからな」

「裕福な国会議員の姿を垣間見たような気がしていました」

「年一度の家族孝行をしただけだ。女房も子供も日頃は地元にへばりついて誰彼なく頭を下げているのだからな」

「それも厳冬の地ですからね」

「年に三日だけは幸せを味わわせてやりたかったんだ」

池内の人間味はこういうところに表れると黒田は彼の現職時代から感じていた。

「僕も四十過ぎて初めてお年玉を幹事長からいただきました。受け取っていいものか一瞬迷いましたが、あの時のポチ袋はいまだに大事にしております」

「そうだったかな……黒ちゃんは身内同然だからだよ」

池内がシャンパングラスを高く掲げ、

「再会に乾杯」

と、発声してひと息で喉の奥に流し込んだ。

「いい酒といい仲間。幸せな時間だな。さあ、これからが本番だ」

間もなく薄ピンク色をした長さ二十センチメートル、幅二センチメートル足らずの細長い切り身の刺身が皿にどっさりと盛られてきた。

「今朝獲れたシシャモだよ」

「初めて見ました」

「そうだろう。北海道に住んでいても食した人間は圧倒的に少ない。醬油、わさび、しょうが、ホースラディッシュ、塩レモン。何でも合う」

池内に勧められて黒田が最初に箸《はし》を伸ばした。

一匹のシシャモを三枚おろしにしているため、刺身二枚で一匹ということになる。一皿でザッと三十匹だ。黒田は何も付けず、まずシシャモ本来の味を試すことにした。

「これは……」

これまで食べたことがない甘さと、一味違う海の魚独特の香りと食感がある。黒田の表情を池内が面白そうに観察している。

「どうだい」

「子持ちシシャモしか食べたことがないので、生の味は極めて新鮮です」

「同じ子持ちシシャモでも、本物は違うぞ。まあ、あとで出てくるけどな」

北海道の地酒で口腔《こうくう》を洗いながら、さらに箸を伸ばす。

店の主人が「珍味です」と言って薄オレンジ色をした「飛子《とびこ》」を持ってきた。これを見て池内が笑いながら言った。

「世間で飛子と呼んでいるのは、ほとんどがカラフトシシャモの卵なんだよ。九州でボラの卵巣を生のまま塩漬けしたものを生からすみと言って出しているのとは違うわけだ」

「そうなんですか！」

「トビウオの卵はそんなには獲れんだろう。ここの飛子は揚がって二日目の生飛子だ。この鵡川の中でも、この店でしか食べることができんだろうな」

「今日は初物づくしになりそうです」

「よほどの食道楽でもない限り、鵡川まで生のシシャモを食べに来る者はいないだろう。来てわかったと思うが、シシャモのシーズンでさえ日高《ひだか》本線の乗客は数えるほどだ」

「僕の学生時代、日高本線には競馬ファンが多く乗車していました」

「静内《しずない》があるからな……黒ちゃんは競馬をやるのか？」

「昔はテンポイント、ベガなど好きな馬がいました。携帯電話の着信音をＧＩ関東のファンファーレにしていた時期もありました」

「それは初耳だな。今でもこの路線は日高本線と言っているくせに日高地方には一歩も入ってない。優駿浪漫号と名付けられ、日高本線用に塗装をほどこされているというのにな。エンジンもパワーアップしたキハ四〇を使っているが、これだけでは勿体ないということで、室蘭《むろらん》本線や石勝《せきしょう》線にも同じ塗装の車両が入っている」

「確かに残念ではありますが、今や日高本線という名前は無理がありますね」

ＪＲ北海道は二〇一六年十二月、運休中の日高本線・鵡川～様似《さまに》間百十六キロメートルについて復旧を断念したと発表している。

「鵡川は苫小牧《とまこまい》からわずか三十キロメートルあまりでしょう。日高本線のほんの始まりですから。名称を変更しない限り地元には受け入れられにくいでしょうね」

「北海道にはまだまだこんな路線が多いんだよ。路線だけではない。夕張《ゆうばり》のように地方自治体そのものの存続が危ういところも多いんだ」

「それでも、北海道というだけで、全てが観光地のような感覚を持ってしまいます。道内格差も大きいのでしょう」

「リゾート地だけでなく、水源がある土地の中国人による買い占めも起こっている。彼らは単なる移住地を探しているわけではなく、投資目的だ。不動産業者ばかりを責めるわけにはいかないが、国も何らかの手を打たなければ、将来に禍根《かこん》を残すことになりかねない」

そこに焼きシシャモが出てきた。

「やはりピンク色をしているんですね」

「子持ちのメスも美味いが、オスが圧倒的に美味い。これは全ての魚に通じるところだ」

そこで池内が店の主人に言った。

「シシャモ酒を頼むよ」

「はい。準備できております」

まさに阿吽《あうん》の呼吸だった。焼きシシャモと同時にシシャモを炭火で焙《あぶ》っていたらしい。

高さのある器に三匹のシシャモが頭から刺さるように入れられ、そこにフグのひれ酒を思わせるような超熱の日本酒が注がれた。

「おお、シシャモのシンクロナイズドスイミングのようですね」

「言いえて妙だ。確かに言い当てている」

池内がご機嫌な声を出して大きく笑った。

「これは美味い。ひれ酒とはまた違った美味さです。シシャモの香りもあって、三回は注ぎ酒ができそうですね」

「どうだい。いい仕事だろう」

池内が笑って訊ねた。

「後が怖いような気がしないでもないですが、本物のシシャモの全てを味わっている実感があります」

「〆《しめ》の寿司を食べればもっとわかるさ。シシャモは北海道の文化の一つだからな」

シシャモカムイノミは鵡川に今なお残る神々へ豊漁を祈る儀式である。

シシャモ漁の前に行われ、村の守り神、海と川と河口の神々に豊漁を祈る儀式で、この後は、シシャモの遡上の妨げや、霊魚であるシシャモを汚さないよう、人々は河口に近づかないという。

〆のシシャモ寿司は確かに圧巻だった。この店以外にもシシャモ料理やシシャモ寿司を提供する店はあるが、池内が頼んだ「トリプル」という、刺身が三段重ねのシシャモ寿司は鮮度と言い、酢飯とのバランスと言い実に見事だった。

「感動しました」

「昔、土俵の上でそう言った総理がいたが、いまは晩節《ばんせつ》を汚しているようで見るのが辛いよ」

さりげなく本題に移る池内の気遣いに黒田は頭が下がる思いだった。

池内との仕事の話は「車の中」というのが暗黙の了解だった。

二度の注ぎ酒を終えて寿司屋を出ると三人は車に乗り込んだ。


車が動き始めると早速、黒田が切り出した。

「幹事長、晩節を汚している元総理が金正日《キムジョンイル》と平壌《ピョンヤン》で拉致《らち》被害者全員帰還を話し合った際の本当の裏情勢を知りたいのです」

「……確かに、一度表舞台を去った人が現政権をどうこう言うのは違和感がある。私も同じだが、息子を後継者に据えると、その成否が気になって仕方ないんだろうが。都心部では世襲はだいぶ減ってきたが、地方都市ではなかなかそうはいかん。『地盤・看板・カバン』を断ち切るのは難しいモノだ」

「そういうものなのでしょうね。特に親がそれなりの地位にまで昇れば、その子息に対する後援者の期待も膨らみますからね」

黒田は池内の苦悩がわかるような気がしていた。

「もともとパフォーマンスが好きな人だっただけに、マスコミが唆《そそのか》すと、すぐにその気になってしまうところがあったからな……」

そこまで言って池内は大きなため息をついて話を続けた。

「話を元に戻そうか。あの時は官邸主導というよりも、外務省と総理が直々でやっていた。党本部はほとんどかかわっていなかったんだ」

「外務省のカウンターパートだった、北朝鮮《きたちょうせん》のミスターXこと、当時の国家安全保衛部副部長に踊らされただけだったのではないのですか？」

「二〇〇三年当時、ブッシュがフセイン斬首《ざんしゅ》作戦に本気で取り組む姿勢を見せたことを受け、北朝鮮の金正日は次は自分だと真剣に思っていたんだ。そこであらゆるルートを使って日本政府とコンタクトを取るようになった」

「宗教団体も使っていましたね」

「世界平和教も選択肢の一つだった。教祖の姪にあたるジャーナリストを日本に送り込んで、北朝鮮系パチンコ業者と接点を持たせた」

「その前の大森《おおもり》元首相も同じルートだったわけですか？」

「そうだな。大物政治家もよく利用していた銀座の有名クラブのママが橋渡しをしていた。しかし、それを繋いだのは弱小ながら、当時の重要法案成立の鍵を握っていた政党関係者だった」

「元プロスポーツ選手ですね」

「さすがに何でも知っているな。ただし、そこには政府から大参謀が送り込まれていた」

「最大派閥の秘書会長ですね」

「そこまで知っているならば話が早い。それにかかわった警察官僚の名前も知っているのだろう？」

「東の大馬鹿野郎ですね」

「そう。しかし、官邸はあんな男でさえ切ることができなかったのだから仕方がない。多方面からの正確な情報が欲しかったのだからな」

「東の場合には当時の警察庁長官の弱みを知っていたから……というのもあったからでしょう」

「確かにそれもあったが、総理首席秘書官の弱点も……と言った方がいいかも知れん」

「しかし、結果的に同じカウンターパートを利用してしまった……ということですね……それも、総理の盟友と言われたエロ大臣が絡んでいた……」

「これ以上、もう私に訊ねることはないのではないかな」

「そんなことはありません。日朝トップ会談の実施について、日本側は外務省アジア大洋州局長、北朝鮮側は柳敬《リュギョン》国家安全保衛部副部長が数十回にもわたって秘密交渉を繰り返した末にようやく実現したと聞いています。しかもその交渉の最大の焦点は北朝鮮が国家的に行った拉致問題を認めさせ、拉致被害者全員を帰還させることにあったはずです」

「私も金正日がすんなり認めるとは思っていなかった。むしろ事前にその話を聞いた時は日米間の新たな問題が起こるのではないか……と心配だった」

「日本政府の動きによって、アメリカが北朝鮮攻撃を断念するくらいの、本来の目的を達成できるのか……ということですか」

「北朝鮮の非核化だな。結果的に日朝間におけるあの時の交渉と合意はなし崩しになってしまい、総理とアメリカ大統領の関係もあやふやになってしまった。総理としては、数名の拉致被害者を奪還できたことで政治目的を果たしたと思っていたようだが、その間に北朝鮮は核実験を行い核兵器や大陸間弾道弾の開発を進めてしまったのだから、あの交渉と会談そのものが大誤算になったことは、今となっては否めない」

「あの時総理は、アメリカ大統領に対して、北朝鮮の非核化も約束していた……というのは本当のことだったのですか?」

「そうだと思う。郵政民営化もアメリカの意向だったわけで、アメリカに対する土産も大きかったが、アメリカの最大の目的である北朝鮮の非核化に関しては完全なるゼロ回答に終わってしまったわけだ」

「総理ご本人はそれをどう感じていたのですか？」

「ご都合主義と言われればそれまでだが、結果的には、最大案件である北朝鮮の非核化に関しては、現総理に引き継いだつもりだったのではないかな。現総理の親父さんも、志《こころざし》半《なか》ばで倒れてしまったのだからな」

「ところがカウンターパートだった柳敬国家安全保衛部副部長も処刑されて、全ての約束事が反故《ほご》にされたわけですか？」

「結果的にそうなったということなんだろう。柳敬はこの首脳会談を実現させた功績として最も位が高いとされる『共和国英雄』の称号を受けた。その後も抑留した米国人記者の身柄解放と引き換えにクリントン元大統領を平壌に呼び寄せることに成功したとして二度目の『共和国英雄』を受けていたのだから、外務省のみならず、多くの日本のカウンターパートが柳敬を信用していたことは間違いない」

「総理秘書官や警察庁の東も……ということですか？」

「東の場合には女絡みだったからな。官邸も切るに切れない飼い殺しに終始するしかなかった……というところだ」

「金正日は本気で拉致被害者全員の帰還を許すつもりだったのでしょうか？」

「それはなかったと思う。だから官邸も一時帰国という約束だったが、帰国した拉致被害者たちを再び北朝鮮に帰すことをしなかった」

「しかしそれがまた揚げ足取りされる理由になってしまったのではないですか？」

「柳敬のバックにいた黒幕は張成沢《チャンソンテク》党中央委員会組織指導部第一副部長だったらしい。その後、張は一旦失脚したようだが、二〇〇五年の十二月に復権したんだ」

黒田は当時の官邸や民自党幹部が日朝交渉のキーマンだった張成沢をどう評価していたのかを知りたかった。

「復権前後の二〇〇五年と〇六年九月には、軍用トラックが衝突して乗用車に乗っていた張が重傷を負う事故が発生しています。これは李済剛《リジェガン》による謀殺未遂であると疑われていました。北朝鮮の権力闘争もまだ過激だったわけですか」

「共産主義社会の権力闘争は殺すか殺されるか……だからな。それでも張は二〇〇七年に、国家安全保衛部、人民保安省、中央検察所、中央裁判所などの公安部門を統括するために復活した党行政部の部長に就任している。本格的に権力への復帰を果たしたわけだ。張の失脚後、李済剛は張が所掌《しょしょう》していた業務を一手に引き受け、『労働党内の総督《そうとく》』と言われるほどの権勢を揮《ふる》ったくらいだ。金正日はそれが面白くなかったんだな」

「二〇一一年末に金正日が死亡した際、張は葬儀委員会の名簿では十九位に名を連ねていました。翌年四月の朝鮮労働党代表者会では、朝鮮労働党政治局員候補から政治局員に昇格しています。その結果、金正日・金正恩《ジョンウン》体制における実質的なナンバーツーとされ、甥である金正恩の後見人的存在と見られていたわけです。そのことを考えると粛清《しゅくせい》された二〇一三年末までのまる六年間、日本の政治家や外務省の幹部は誰も張とのパイプがなかった……ということですか？」

「結果的にそうなるな。黒ちゃんも知ってのとおり、張成沢は親中派でとりわけ胡錦《こきん》濤《とう》がカウンターパートだった。このため親日派の胡錦濤経由で日本の情報を得ようとしていたようだな。しかし、二〇一二年に張が胡錦濤に金正男《ジョンナム》を後継者に就けたい意思を伝えたことが、これを盗聴していた周永康《しゅうえいこう》によって金正恩に密告された。張も正男も甥と弟の正恩に殺される運命になったのは中朝間の悲しい出来事だった」

「その後、周永康も汚職で捕まり、無期懲役ですからね。権力闘争の凄まじさを物語っています。ただし、胡錦濤は本当に親日派だったのですか？　彼の本心は父親の影響を受けて、本当は反日主義だった……という噂もありましたが……」

「私も何度か彼と話をしたことがある。彼が反日だという噂は、彼が国家副主席時代に初めて訪米した際、わざわざハワイに立ち寄り真珠湾《しんじゆわん》攻撃で戦死したアメリカ軍兵士に献花してからワシントン入りしたことが理由だったと言われている。当時の国家主席は筋金入りの反日家だった江沢民《こうたくみん》だ。胡錦濤はそれを考慮して敢《あ》えて、そのような訪米の形をとったのだろう。それくらいの配慮ができなければ、中国共産党だけでなく国家のトップには立てない」

「まさに深慮遠謀《しんりよえんぼう》だったわけですね」

「それが共産主義における権力闘争の姿なんだな。ところで黒ちゃんは今、北朝鮮問題を追っかけているのかい？」

「北朝鮮が妙な動きをしているのが気になっています」

「妙な動き？　どういうことなんだい。差し支えなければ教えてくれ」

黒田は一度頷いて話を始めた。

「二年前から、北朝鮮が再び平壌放送の暗号放送を始めているのです」

「まだやっているのか……すると日本にもまだ相当数の細胞がいる……というわけだな」

「警察では『工作員』という名前を使っていますが、それは間違いありません。しかも、彼らが使っている乱数表が比較的早い周期で変わっているのです」

「解読はできている……ということなんだな」

池内が心配そうに訊ねた。

「もちろん、公安も工作員の何人かを協力者に仕立てていますから、新たな乱数表の存在を確認する都度、これを入手しています。ところが、これまで決してなかった傾向が如実になっています。工作員の中に亡命を希望する者が出てきたのです」

「工作員になるためには本国で厳しい訓練を受けていたんじゃないのか？」

「そのはずです。しかし張成沢が粛清されて以降、工作員の中にも温度差が出始めているというのです」

「次は自分も……ということか？」

「そうだと思います。このため、日本国内で工作員受け入れに協力している土台人もソワソワし始めている様子です」

「土台人や工作員に金はあるんだろう？」

「それなりの生活はできる程度でしょう。ただ、彼らも何を信用していいのかがわからなくなっているようです。特に親中派だった張成沢が粛清され、そのシンパ三千人以上が放逐《ほうちく》されたと伝えられました。この結果、北朝鮮との全貿易の九割近くを占めていた丹東《たんとう》の最大の対北朝鮮貿易業者も巨額の損失を被《こうむ》ったといいます」

「日本国内にもその影響を受けた者が多いのだな？」

「北朝鮮が欲しがっている日本の様々な情報や物品はほとんどが中国経由で流れていますから、その窓口は大変だろうと思います」

「朝鮮総聯《そうれん》は機能していないのか？」

「一時期ほどの統率力がなくなったと見ています。札幌にある有名ジンギスカン屋も最近は総聯を経由しなくなったと聞いています」

「それは初耳だな。あそこは警察の手入れも受けたガチガチの北朝鮮支援の店だと、いまだに話題になっているんだがな」

「おそらくパイプが変わってしまったのでしょう。正恩の日和見主義の犠牲者なのかもしれません」

黒田の言葉に池内が怪訝《けげん》な顔つきになって訊ねた。

「黒ちゃんの対北朝鮮情報ルートに本国直のルートはあるのかい？」

「いえ、残念ながら直のルートはありません。逆にその方が協力者を失わずに済みます。酒に酔った正恩の意向で、どれだけの罪もない人が抹殺《まっさつ》されているか……を考えれば、周辺者ほど危険性が高いと思われます」

「なるほど……かつてのミスターXと同じ……ということか」

「正恩にも恐怖と焦りがあるのでしょう。核爆弾と大陸間弾道弾をいくら作ってみても、自分がそのボタンを押す前に抹殺されてしまえば国家がなくなるのと同じ……という発想でしょうから」

「自分が亡き後の国家を考えていない……ということか？」

「そういう育ち方をしてしまったのですね。ですからトランプ大統領とサシの罵り合いをやっている。トランプは政治家ではありませんが商売人としては卓越した能力があります。総合商社アメリカ合衆国の代表取締役と考えれば、彼がやっている方策は決して誤りではありません」

「商売人か……」

「アメリカ独特の、株主の顔色を窺《うかが》いながら利益を上げるしかないのです」

「確かにそう考えればわかりやすいな」

池内が笑って言った。

車は札幌市内に入った。

「札幌では別の仕事があるんだろう？」

「ロシアの極東貿易担当者と会う予定です」

黒田は包み隠さずに答えた。

「ロシアが朝鮮半島の南北問題に口を挟んでくると考えているのか？」

「間違いないことです。経済制裁後も裏で密貿易を行い、北朝鮮の労働者を今なお、ウラジオストク辺りでは平気な顔をして雇っている国ですから」

「ロシアは今後、どういうスタンスで日米韓の間に出てくると思う？」

「アメリカとは別件の争いが残っていますが、日韓は特に相手にしていないと思います。対北朝鮮に関しては中国と棲み分けを図ることでしょう。中国の一帯一路《いったいいちろ》構想には冷ややかな対応を示していますからね」

「あれもどうなるかわからんからな」

「プーチンは極東にあまり興味を示していないと思います。ロシア海軍が太平洋に乗り出す余裕はありません。潜水艦二隻を置く程度で用は済む状況です」

「北方領土はどうなんだ？」

「第二次世界大戦の終結間際の彼らの動きをみればわかるとおりです。いまだに日本に駐留するロシア大使は必ず多磨《たま》霊園にあるゾルゲの墓に墓参するほどです。北方領土を日本に返す意思なんて毛頭ありませんよ」

リヒャルト・ゾルゲは、旧ソビエト連邦のスパイである。ゾルゲは「ソ連と日独の戦争を防ぐために尽くした英雄」として今日なおロシアでは尊敬されている人物である。このため、ソ連の駐日特命全権大使が日本へ赴任した際には、東京都郊外の多磨霊園にあるゾルゲの墓に参るのが慣行となっていた。そしてソ連崩壊後もロシア駐日大使がこれを踏襲している。

「ゾルゲはソビエト連邦という国を守った英雄だからな。ゾルゲが日本で処刑された後、国家最高の栄誉称号であり、最優等の栄誉等級であるソビエト連邦英雄と、ソビエト連邦によって授与される最高の勲章のレーニン勲章を受章しているほどだ」

上海《シャンハイ》でゾルゲ諜報団を組織して日本で諜報活動を行い、ドイツと日本の対ソ参戦の可能性などの調査に従事した結果、ソ連は兵力を欧州戦線に集中させてドイツの侵攻を阻止し、結果的に終戦間際に満州《まんしゅう》に侵攻した。

スパイ容疑で警視庁特高一課と同外事課によって相次いで逮捕されたゾルゲとその諜報団の幹部であった朝日《あさひ》新聞記者の尾崎秀実《おざきほつみ》は、日独両国の敗色が濃厚となってきた一九四四年十一月七日のロシア革命記念日に巣鴨拘置所において死刑に処された。

「いまだにゾルゲを崇拝する国家ですし、その流れをKGB出身者として受け継いでいるのがプーチンです。奴らが手に入れたものをみすみす手放すはずがないでしょう。さらに言えば、シベリア以東に住むロシア国民の思考回路を考えれば、日本が何を言おうと、利用はしても和平を結ぶ気など全くありませんよ」

「そうだろうな。ロシアを信じるほど馬鹿を見ることはないからな。それなのにどうして黒ちゃんはロシアの極東貿易担当者と会うんだ？」

「ロシアが北朝鮮の将来について中国とどのような裏取引をしているのかを確認するためです」

「ロシアの極東貿易担当者がそんなことを話すと思うかい？」

池内が怪訝な顔つきで訊ねると、黒田はニヤリと笑って答えた。

「話させる手はずがあるんです」

「脅しか？」

「ナホトカやウラジオストクではできなくても、稚内《わっかない》では地の利がありますから」

黒田の言葉に池内が呆れた顔つきで言った。

「ど素人新人政治家が八十人以上集まった時に、黒ちゃんが言った言葉を思い出すよ」

「次の選挙で九割を落として見せます……ですか？」

「ああ。まさにそのとおりの結果になったけどな。しかも政権交代が起こった」

「あの時の総理自身が『民自党をぶっ潰す』と言って総裁になり総理大臣になったわ

けです。それに協力しただけのことですよ。日本国民のバカさ加減に呆れた時期でもありましたからね」

「国政選挙と小学校の学級委員長選挙とは違うと言っていたからな」

「この国に民主主義が根付くかいまだに疑問ですが、先進国であるならば少しはそれらしい政治意識を持ってもらいたいものです。いい加減に退廃的な社会風潮とはおさらばしたい」

「退廃的か……確かにこの歳になり、政治の世界から離れた立場で地上波のテレビを見る限りそう感じるな」

「BSだって似たようなものです。いまだに韓流ドラマのオンパレードですからね」

「相変わらずだな。いまだに中国、北朝鮮のスパイどもは日本国内を闊歩《かっぽ》しているのかい？」

「はい。以前よりも堂々とスパイ活動を続けています。日本企業の甘さも前提条件にありますが、コンプライアンスの履き違いをした経営者が情報管理に極めてルーズなんです。といっても、最近の日本は企業だけでなく霞《かすみ》が関《せき》を含めた役所まで『捏造国家』と中国人にいわれるほど堕落の一途を辿っていますからね。日本の新幹線にまでそれが及んでしまうと、日本の最重点輸出科目にまで影響を及ぼしてしまいます」

「新幹線か……確かにはっきりと世界に誇れる技術は少ないからな……。これにロケット技術が盗まれたら日本の信用はガタ落ちだろうな」

「奴らが狙っているのはまさにそこです。奴らに一泡吹かせてやらなければ気が済まない状況になってきています。防衛問題で情報を交換している南朝鮮が自主的に中国領にならないことを祈っていますよ」

黒田が笑って言うと、池内は真面目な顔つきになって言った。

「黒ちゃんもそう思うか？」

「もはや南朝鮮の経済体制は独立国とは言えません」

黒田はきっぱりと言った。

第一章　異変

黒田が公安部外事第二課長室に呼ばれたのは、総監秘書官から札幌滞在中に急遽《きゅうきょ》呼び戻された翌日だった。

「黒田さん、昨日、総監に報告を行ったのですが、その案件と黒田さんが追っている案件が似ている……ということで、ご徒労《とろう》願いました」

北林《きたばやし》外事第二課長はキャリアの警視正で歳は黒田よりも六歳年下だった。

「北の動きですか？」

「そうです。平壌放送の暗号放送がこのところ頻繁《ひんぱん》に乱数表を変えていることで、新たな指揮系統が日本国内にできていると考えています」

「北からの新規入国者は把握されていないのですか？」

「おそらく中国人のエージェントを利用していると考えていますが、このところ、再び大量の中国人旅行者が来日している関係で、把握ができていないのが実情です」

北林課長は困惑した顔つきで答えた。

「私も別ルートで平壌放送の乱数表問題を不思議に思っていました。十月に入って金正恩の対米攻撃発言が常軌を逸しています。労働新聞の論調は相変わらずですが、最近は金正恩の肉声が届いているのがこれまでとの大きな違いです」

「そこなんです。アメリカとも情報交換をしているのですが、CIA（中央情報局）、NSA（国家安全保障局）とも正確な情報を掴んでいないのが実情です。昨日、総監から伺ったところでは、黒田さんはロシアルートで北朝鮮情報を得ている……ということでしたが、そうなんですか？」

「藤森《ふじもり》総監もおしゃべりだな……」

黒田は苦笑いをして話を続けた。

「今、北朝鮮と良好な関係を結んでいる国は三ヵ国だと思っています。その一つがロシアです」

「あとの二ヵ国は？」

「イランとウクライナです。どちらも武器の輸出入で固いルートを築いています」

「ウクライナは北朝鮮のスパイを摘発《てきはつ》していますが、それでも良好な関係……といえるのでしょうか？」

「ロケットエンジンの設計図を盗もうとした北朝鮮スパイがウクライナ当局に捕まったのは事実ですが、これにはウクライナ企業の経営状態が悪化していた背景がありました。この企業はもともとロシア軍の下請けをしていた。特にロケットエンジンの開発に関してはロシアの技術そのものだったのです」

「すると、北朝鮮スパイはロシアのロケット技術を狙った……ということなのですか？」

「ロシアから買い付けるだけの予算がなかったのが実情です。さらにこのロケットエンジンを動かすには自前の液体燃料生産プラントの開発が必要でした」

「なるほど……そこで高いロシアからではなく、下請けのウクライナを狙った……ということですか……」

「ウクライナはこれ以上ロシアとの戦闘状態を維持するだけの体力がありません。かつてソビエト連邦の穀倉地帯と言われていた時代とは大きく変わってしまっています」

「農業だけでは生きていけない……しかもクリミア半島を奪われた……となれば、ウクライナは国家としての死活問題になってくる可能性があるからですね？」

北林は自らの情報を確認するように訊ねた。

「ロシアにしてみれば、自国の技術をウクライナ経由で盗まれたことは面白くないわけで、北に対して何らかの圧力をかける必要がありました。しかも、その技術を武器としてイランに輸出するとなれば、中東におけるアメリカとの力の均衡に影響を及ぼしかねない。さらにはイランとイスラエルが交戦状態にでもなれば、地中海《ちちゅうかい》を封鎖されてしまう可能性も出てきます」

「なるほど。不凍港の黒海《こっかい》海軍基地を奪っても大西洋に出ることができない……ということですね」

「イスラエル問題でアメリカを攻撃する急先鋒になっているトルコのエルドアン大統領を味方につけたとしても、トルコ国民の根強い反ロシア意識は変わらないでしょう。トルコを味方につけておかなければ黒海から地中海に抜けるボスポラス、ダーダネルス両海峡をロシア海軍は通り抜けることもできなくなりますからね」

「まるで日露戦争の時のバルチック艦隊の困惑のようなものですね」

「笑い話のようですが、そのとおりの状況にロシア海軍は置かれてしまうかもしれません」

一九〇五年二月、ロシアは前年にバルト海艦隊の主力を引き抜き第二太平洋艦隊を編成していたが、さらに残りの艦を結集して第三太平洋艦隊を編成し、極東へ送り出した。当時、ロンドン条約により黒海の外に出撃できない黒海艦隊を除いて、ほとんど全てが日露戦争に動員された。

　このとき投入されたバルト海艦隊を日本では「バルチック艦隊」と呼んでいる。この最新鋭戦艦四隻を擁した、世界最大・最強レベルと思わた巨大艦隊が日本海海戦で忽然《こつぜん》と消滅した結果が、帝政ロシア・ロマノフ朝の崩壊を早めたと言われている。

　不幸な艦隊とも呼ばれたバルチック艦隊に黒海艦隊が合流し、スエズ運河を航行できていたならば、歴史は変わっていたのかもしれない。

「ただ、現在のロシア海軍の主力はソビエト海軍末期から次第に核ミサイルを搭載した原子力潜水艦に移行しています。しかもその主力は北極海および極東に配備されており、バルト海艦隊の軍事的重要性は相対的に低下しています」

「さすがに黒田さんはアメリカで相当、海外の軍事実態も学んでこられたのですね」

「北林課長は在ロシア日本大使館で三年間一等書記官を務めていらっしゃいましたね。釈迦《しやか》に説法《せつぽう》のようなことを申して、恥ずかしい限りです」

「いえいえ、一等書記官といっても、モスクワとサンクトペテルブルクを往復するのが関の山。極東に足を延ばすことはロシア政府が許可してくれませんでした。結果的に極東情勢は外務省情報を頼りにするしかなかったのです」

「警察庁からの出向者はやはりスパイと看做《みな》されているのですか？」

「そこまで言いませんが武官扱いされているのは事実です。防衛省や公安調査庁から派遣されている書記官も同様の扱いでしたよ」

「二等書記官でもダメなのですか？」

「向こうのチェックは厳しいのです。ところで、黒田さんが情報を得ているロシア政府関係者は在日本大使館勤務なのですか？」

北林課長は黒田の情報ルートをどうしても聞き出したい気持ちが顔に表れていた。

「日本のロシア大使館には手を出しません。どうやら先方も僕の存在を知っているようで、たまに僕を追尾《ついび》している様子ですからね」

「そうなんですか……そこまでの情報は私には上がってきていません」

「公安部は僕にとっては古巣なんですが、最近、外事一課の連中の中にも、僕を裏切者と思っている者が増えているようです」

「そんなことはないでしょう。外事第一課長と時々協議しますが、黒田さんの話題もよく出てきますよ。日本初の警視正エージェントですからね」

「エージェントと言うと聞こえはいいですが、単独の実働員に過ぎません。外岡外事第一課長は大先輩ですから、そんなことは思っていらっしゃらないでしょうが、警部以下の実働員から見れば好き勝手に動いている変人としか見えていないのでしょう」

「彼らにしてみれば、黒田さんの実態が全くわからない……というのが実情なんでしょう。しかも、彼らが百人単位で長期間にわたって情報収集しても得ることができないことを一人で、しかもリアルタイムで手にいれてしまう。情報を金で買おうという発想に陥ってしまうと、黒田さんの情報収集テクニックは大金を積んだ結果としか思えなくなってしまうのでしょう」

「公安部も初心に返ってヒューミントに力を入れた方がいいと思いますけどね」

ヒューミントとは人間を介した情報収集のことで、情報収集活動の基本中の基本である。重要な情報に接触できる人間を協力者として獲得、運営するため相応の金と時間が必要になることは事実である。しかも暴露《ばくろ》の危険が常に伴うため、運営する情報マンはこの対策を常時考慮《こうりょ》しておかなければならない。

「はっきり申しまして、外事第二課だけでなく、公安部全体でも獲得、運営できる情報マンが育たないのが実情です」

「チヨダ（警察庁警備局警備企画課情報分析班）に問題があるのでしょうか？」

「チヨダ……ですか？　理事官の福士《ふくし》とは同期なんですが、やはり彼には問題がありますか？」

「そういう話があるのですか？」

「彼は同期生の中でも友達が少ないのです。ご存知のとおり、警察庁同期は二十人ほどの小さなグループでしかないのですが……」

「ある時期から同期生はライバルに変わりますからね。お互いが良きライバル関係にならなければ組織の中では生きていくことができないのに、それを理解できないキャリアが最近増えてきているような気がしますね」

「それを黒田さんに言われるのは辛いですが……そうですか……そんな輩《やから》が増えていますか……」

「以前は期に二、三人しかそういう者はいなかったのですが、最近は半数近くが極めて権力志向というか、以前の大蔵省主計官のように人を見下すようなガキどもが増えているような気がします」

「財務省以前の話……ということですか？」

「そうですね。大蔵省主計官上がりの国会議員で、一回生のくせに『自分をただの一回生と思うな』と言ったパースケがいました。次の選挙では最下位落選していただきましたけどね。キャリアを勘違いさせるノンキャリも悪いのですが、一時期『ハゲー』で有名になった元キャリア国会議員のように人格が伴わないお勉強馬鹿が最近多いのも事実ですね。人事院の採用にも問題があるのでしょう」

「耳が痛い気がします。それよりも公安部のヒューミント対策は真剣に考える時期が来ていると私も思います。ただ、最近聞くのは、総合情報分析室ではキャリア、ノンキャリの区別なしにヒューミント作業が進んでいるということです」

「うちではヒューミント作業の前提条件として徹底したオシントを共有化しています」

「オシント……ですか……」

北林課長が唸るように復唱した。

オシントとは新聞・雑誌・テレビ・インターネットなどの公刊資料等を分析して情報を得る手法である。情報機関の諜報活動の九割以上はオシントに充てられるとも言われている。

「オシントを情報収集の基本という人がいますが、オシントは前提条件にほかなりません。それを理解して初めてヒューミントやシギント（通信や電子信号を介した情報収集活動）ができるのです」

「レベルが高いのですね……」

「それくらいでなければ情報収集活動はできませんよ」

黒田は顔色一つ変えずに答えた。

「総合情報分析室はいい人材が揃っている……と言われています。それも黒田さんが直接人選されたとか……」

「各階級の講習で一番だった者は少ないですよ。私が知る限りで、一緒に仕事をした仲間の中から選んだのがほとんどです。あとはそのメンバーが互選した者の仕事を見て、直接面接して選んでいます。うちの室員の人選は人事一課や公安部、それに捜査第二課が唾《つば》をつけていない人材ばかりですよ」

「自分の目に自信があるからできるのでしょうし、人事とのパイプも必要ですね」

「もっぱら警部補以下の人事第二課との人間関係ですね。うちは派閥もありませんから、どこかのように青田買いはしません」

黒田は笑って言った。北林課長が居住《いず》まいを正して訊ねた。

「黒田さん。話を戻して恐縮ですが、ロシアルートの情報は本当に大使館ではないのですね」

「嘘は言いませんよ。北林課長、失礼ながら大事なところを見落としていませんか？僕は公安総務課勤務の頃から接点を持っていたターゲットがありますよ」

「それは何かの機関ですか？」

「駐日ロシア連邦通商代表部ですよ」

「あっ」

北林課長は思わず声を上げた。

「ソ連時代からKGBの巣窟《そうくつ》だったと言っても決して過言ではありません。僕が知る限りでは平成二十年以降、外事第一課の係員が通商代表部の職員に対して作業をかけているという話は耳にしていません。もちろん、視察は継続して行っているとは思いますが……」

「しかし、通商代表部そのものが問題を抱えているのではないですか？」

「それはあくまでも日本国内の身勝手な手続き上のことだけで、そこに勤務する職員の資質や目的は昔とほとんど変わっていませんよ」

駐日ロシア連邦通商代表部は、東京都港《みなと》区高輪《たかなわ》四丁目に存在する五八三五平方メートルもの敷地があるロシア連邦の在外公館である。

その建物はかれこれ四十年以上も前に建てられ老朽化が著《いちじる》しいため、ロシアサイドも再開発を急いでいた。

黒田は続けた。

「ロシア政府もここに十四階建ての複合ビルを、土地に定期借地権を設定したうえで建設するつもりだったようです」

「過去形……ですか？」

「代表部の建物建設と同時にタス通信ビルを解体、事務所兼住居を建設、近隣に住居用マンションを建設するという三つのプロジェクトを同時に進めることで、業者とも基本合意に達していたようです」

ソ連崩壊以降、旧ソ連の対外資産については、ロシア連邦と他の十四ヵ国との間に「在外資産の帰属と分割に関する条約」が締結されており、大使館等は実質的に使用しているロシア共和国に帰属している。

しかし、これに待ったをかけ、旧ソ連資産は自国に帰属すると宣言している国が、ロシアとの関係が緊迫しているウクライナである。しかしウクライナ内戦に関して、国際司法裁判所はウクライナ政府が求めていた「ロシアによる親露勢力への支援の認定」を「証拠不十分」として退ける決定をした。その結果、米、英などほとんどの国で旧ソ連資産であった不動産に関してはロシアへの帰属を認めている。

日本でも旧ソ連資産の帰属が複雑になっている。日本国内にある旧ソ連資産は麻布《あざぶ》台《だい》のロシア大使館、高輪のロシア通商代表部の他、タス通信、ノーボスチ通信、函館の領事館跡地、鎌倉《かまくら》の保養施設など数多い。

この対立にかかわりたくない日本政府は、国際司法裁判所の裁定に対して「無視」を貫いている。日本国内に存在する不動産の物権変動に関しては不動産登記で権利関係を明らかにしなくてはならないのだが、この物権変動にかかわる登記の受付作業を、日本政府は門前払いしているのだ。登記作業の流れでは、法務局を管轄する法務省に送付された書類を、同省は受理すべきかどうかを外務省に問い合わせる。すると外務省はこれまで「契約当事国全員の同意が必要なので、ロシア一国の申請は受理できない」と回答。このため法務省は申請者に対して物権変動の登記を受理できない旨を伝えたため、申請者は引き下がるしかない。つまり、登記簿から「ソ連」の名を変えることができなかったのだ。

その結果、日本国内には「ソ連」という実在しない国が亡霊のように生き続けている。

「ロシア相手に忖度《そんたく》をしても仕方ないのでしょうが、これが外交の裏舞台を仕切る外務省の姿勢かと思うと、今後、いくら優秀な政治家が登場しても、本来の外交は成り立たないでしょうね」

黒田が呆れた顔つきで言うと北林課長も頷《うなず》くしかなかった。

「外務省の限界なのかもしれませんね。警察も情報に関して同様のことを言われないようにしなければならないのですが、黒田さんに教えを乞わなければなりません」

「僕はヒューミントが主ですから、それなりの時間は要します。しかし、相手の顔を見て、その時々の相手の健康状態や心理状態を確認することが大事だと思っています」

「それは情報マンとして最も大事なことです。ただわかっていても、なかなかその域に達することはできませんし、対象の選択も難しいですからね」

「通商代表部の職員はほとんどが旧KGBのエージェントだと思っていました。現在もその傾向は続いているはずです。しかし、通商代表部の職員である以上、何らかの情報もほしいし、営業もしなければならない。彼らの表の仕事は日露間の貿易やロシアでの駐在事務所開設、合弁会社設立などについて窓口になることですから。そこで自ずと彼らの狙いも見えてくる……」

「一方では、ロシア進出を図っている日本の企業もこれを頼りにしているわけですね」

「そこが目の付け所です。ただし、日本の企業もロシアとの交流を公にはしたくない場合も多い。右翼の街宣は企業にとって避けたいですからね」

「右翼の街宣となれば公安三課が対応です。ただ最近は三課よりも組対（組織犯罪対

策部）が出てくる方が多いようですね。活動右翼の本性が企業にも丸見えになってい
るからでしょう。そうなると公安部に情報が入って来なくなる可能性もあります」
「その間隙を縫って情報を得るようにするのが公安マンの仕事でしょう」
　黒田は苦笑しながら言った。
「黒田さんはロシアの通商代表部との付き合いは長いのですか？」
「今のタマで三代目ですね。チヨダは僕の登録ダマに関しては全て知っているわけで
すし、僕が公安部員でなくなった今、さらには総合情報分析室が公安部の指揮下でな
いことを考えるとチヨダに対する報告義務がなくなったということです」
「警備局長はそれでいいのですか？」
「僕が必要と思えば直接報告しますから、構わないのだと思いますよ。これまでチヨ
ダを立ててきたのですから、仁義は果たしたつもりです」
「今のチヨダはそんなにダメになってしまっているのですか？」
「警視庁はともかく、道府県警の評判は決して芳しくありませんね。今の理事官は、
僕が全国に出没していることを良しとしていないようですからね」
「もったいないな……」
　北林課長がため息まじりに言ったのを聞いて、黒田が応えた。

「今回の北の動きですが、明後日、北海道でロシアの関係者と面談してきます。その結果をお伝えいたします」

ロシアの動き

十月半ばの宗谷《そうや》岬は冬の訪れを肌で感じることができるほどの寒さだった。朝訪れた内公園の頂上から、サハリンや遠くはサロベツ原野を望むことができた。知床半島から北方四島を眺めるのとはまた違った感慨がある。

眼下にある間宮《まみや》海峡こそが第二次世界大戦後のソ連、そして現ロシアとの国境なのだ。

黒田は北海道が好きだった。この時期にこの地を訪れると澄んだ青空が広がり、空の高さを感じる。十勝《とかち》平野や石狩《いしかり》平野の広い地平線を目の前にして大好きな農産物を食するのも好きだが、稚内から船に乗って渡る礼文島《れぶんとう》、利尻島《りしりとう》の海の幸には他では味わうことができない興奮があった。「この二島だけは絶対にソビエトに渡してはならない」学生時代からそう思ったものだ。

稚内で黒田は以前にもソビエト連邦通商代表部のエージェントと会ったことがあった。通商代表部の職員をエージェントというのは妙な気がするが、実際に彼の本性は

KGBのエージェントであることを黒田は承知していたし、会った後、公安部外事一課の担当者から呼び出しを受けたものだった。

　黒田の祖父は戦前、満州で事業を行っていたが、第二次世界大戦後シベリアに抑留されていた。このため父親は満足な教育を受けることができなかったと本人からことあるごとに聞いていた。シベリアで健康を崩した祖父も、この影響を被った父親も反ソ思想が身体の芯まで染み込んでいた。ロシア人に対して平気で差別用語を使う生活に黒田は慣れていたが、自身は学生時代にソビエト連邦をはじめ東欧にも足を延ばしていた。その結果、祖父と父親の思想を追認していたのも事実だった。

　ロシア人には多くの人種が入り交じっている。これはロシア料理にも共通していた。全てを一括りにしてロシア人ということに疑問を感じていた。しかし、その中で明らかにスラヴ系と思われる人種から「We white」と言われ黄色人種として馬鹿にされた時には「この奴隷野郎」と切り返して、危うく大喧嘩になりかけたこともあった。英語で奴隷を「slave」と呼ぶのは、その語源が、かつてスラヴ人がローマ帝国の奴隷にされた歴史にあるといわれていることを黒田は知っていた。しかも、ヨーロッパ世界で奴隷売買を行っていたこと自体がヨーロッパ人の心の奥底に残る負の遺産であることも学生時代から承知していた。

この日黒田が会ったロシア極東地域の有力者はまさに、このスラヴ系ロシア人だった。

黒田が初めて彼と会ったのは二十数年前で、その頃は単なるノーメンクラツーラの父親の威光を借りたボンボンとしか思っていなかった。しかし彼は、ペレストロイカが進み経済の表舞台に登場するや、着実に足場を固めていった。シベリア資源開発の中心的人物として会社だけでなく、莫大な個人資産も築くようになっていた。

今回の面談は五回目になる。

「黒田さん。ご無沙汰しています」

百九十五センチメートル百キログラムのガッチリとした巨体の男が優雅に手を差し伸べて言った。

「セルゲイ・ロジオノフ、お久しぶりです。最近、北海道でエネルギー関連事業に携わっていると聞いてやって参りました」

「相変わらずの情報通ですね。私が極東のエネルギー担当として北海道にいることをどこで知ったのですか？」

ロジオノフはため息まじりに訊ねた。

「ロシアの極東地域であなたのことを知らない人はまずいないでしょう。しかも、日本のとある旅行会社のオーナーと個人的なつながりが深いこともね」

「あの会社は先見の明があると私は思っています。しかもオーナーは今後のロ日関係をつなぐ重要な人物になる可能性が高い」

「ベンチャー三銃士ですか……他の二人はアメリカに居を移しましたけどね」

「日本の税制が嫌になったからではないですか。それよりも黒田さんは相変わらず話を展開させながら質問から逃れるのが上手だ」

「ああ、そのことですか……逃げているわけではありませんが、一番気になることを先に言ったままでで、ちゃんと答えますよ」

　黒田は苦笑いをしながら話を続けた。

「ロジオノフさんがロシアの大金持ちの中で唯一、極東を中心に活動し、自ら日本にも足を運んでいることを世界中の情報機関は注目しています」

「エネルギーは私のライフワークですし、自ら動くことで契約も進むからですよ」

「そうでしょうね。日本円にして数兆円もの個人資産を持ちながら年の半分以上を極東に足場を置く人は珍しい。次に何をやらかそうとしているのか……という興味もある。それもロシアのエネルギー部門の中枢にある人ですからね。情報機関だけでなく、投資家だって関心を持って見ているはずですよ」

黒田の説明にロジオノフは二度頷いて答えた。

「すると、様々なルートで私の情報が流れている……ということなんですね」

「そう思って間違いはないでしょう。特に現在、極東は様々な思惑の中で注目されていますからね」

「朝鮮半島問題ですか?」

「米朝問題……と言った方がいいかと思います」

「すると黒田さんも、今回はそれに関する情報収集が目的で私との接点を持った……と解していいのでしょうか?」

「ロジオノフさんの世界戦略的な視点は、私の学問的な視点の基本でもありますから、教えを乞いたいと思ったまでです」

「何をおっしゃる。かつて上野の東京国立博物館法隆寺《ほうりゅうじ》宝物館で行われた日露経済有識者会議で初めて会った時、あなたは国会議員秘書の肩書だったではないですか」

「たまたま窓口だった国会議員から誘われただけです。もう二十数年前になりますね」

「その後、実際にあなたとゲルマニウムの仕事をした友人から、あなたが政府の役人だと聞いた時にはビックリしたものでした。しかもあれだけの仕事を無償でやっていたのですから」

「一円でも受け取っていたら、今頃は路頭《ろとう》に迷っていることでしょう」

「いやいや、立派な事業家になっていたかもしれません。あなたが組んだ世界的に有名な元スポーツ選手でさえ、今は事業家として名を馳《は》せているわけですからね」

「彼にはそういう天賦の才能があったのですよ。英語もイタリア語もスペイン語もネイティブに使いこなす日本人実業家はあまりいませんからね」

「それよりも、当時、ロシアの産業の中でゲルマニウムに着目した黒田さんの才覚を評価しているのです。あの会社は今なおシベリアでも大きな工場を操業中と聞いています」

「あの会社が開発したゲルマニウムレンズが世界中の軍需産業で転用されていることを考えると、ちょっと複雑な思いはありますが、何ごとも勉強だと思っていますよ」

「ゲルマニウムレンズ……あの特許をロシアも狙ったようですが、タッチの差で負けたと聞きました」

「スパッタリング技術の応用に早くから目をつけていた会社だったのですよ」

「金属成膜《せいまく》技術ですね。ゲルマニウムコーティング技術そのものが特許になってしまったのですから、まさに独占事業です」

スパッタリングはいわゆる「真空メッキ」の一種で、コーティングする対象物を液体や高温気体にさらすことなくメッキ処理する技術である。高品質の薄膜が要求されるプラズマディスプレイ、光ディスク用の薄膜を製造する過程で用いられている。

「世界中の光学レンズメーカーが提携を模索しているようですが、あの会社は独自の手法でスパッタリングを行っていて、企業秘密の部分を含めた国際特許を確立しています」

「その会社を役人だった黒田さんが世に送り出したのだから、今でも私はあなたを凄い人だと思っています」

「人とのつながりというのは不思議なものです」

黒田が笑顔で答えたのを見てロジオノフが訊ねた。

「ところで黒田さんは今でも警視庁勤務なのですか?」

「そう。各種情報収集の仕事をしています」

「公安ですか?」

「その一分野と言ってまちがいではありません。ただ、あの頃の内閣情報とは違って、もっと幅の広い仕事になっています」

「外事警察ではないのですね」

「違います。外事情報も何らかの形で役に立つことはあるでしょうが、事件情報だけを追っているわけではありません。各種企業情報等も含めて日本という国家が道を誤らないような情報を収集分析しています」

「その情報を誰が活かすのですか？」

「警察組織の誰かが活かしてくれればいいのですが、その先のことはわかりません」

「政治家ではないのですか？」

「政治家は商売をできませんからね。あまり役には立ちません。その点から言えばアメリカのトランプ大統領は商売人ですから、政治を商売に有効活用できる珍しい存在です。アメリカ式の大統領制だからこそできるシステムですが」

　ロジオノフは首を傾げて訊ねた。

「日本の政治家との付き合いは今でもあるのでしょう？」

「もちろんありますよ。しかし、彼らにとって僕が集めた情報が直接役に立つのかは疑問です。警察組織のトップがそれなりのルートを通じてさらに深い情報に高めてくれれば政治的に利用することはできるでしょうけどね」

「そんなに優秀な警察幹部がいるのですか？」

「日本の警察組織は特殊ですからね。特にキャリアと呼ばれる行政官の中で直接情報に携わる人は限られています。その人たちの中には極めて優れた人材がいるのですよ」

「すると数は少ない……ということですか？」

「どこの世界でも極めて優れた人……というのは少ないでしょう。ロシア政府の中だって同じではありませんか」

「なるほど……その中で黒田さんは特殊な人材ですね」

「ある意味では特殊な立場を与えられていると思います。僕自身、この立場が好きですから、妻にワーカホリックと言われても笑って答えています」

「奥さんは何か仕事をなさっているのですか？」

「看護師です」

「そうでしたか……看護師という職業も人に尊敬される仕事ですよね」

「尊敬はわかりませんが、人の命に直接かかわる仕事です。責任の度合いは僕の仕事とは大きく違います」

「黒田さんは国の生命に直接かかわる仕事でしょう」

ロジオノフが真顔で言ったので、黒田ははぐらかすように笑って答えた。

「国の生命はそう簡単になくなるものではありません。この百年間でどんな大きな戦争が起こっても、国がなくなったという話は聞いたことがありませんからね」

「それはそうだ。国は形を変えて生き残りますからね。それよりもいつまで他人行儀《たにんぎょうぎ》にロジオノフと呼ぶつもりなんですか」

ロジオノフが溜まりに溜まったものを吐き出すように、「プッ」と吹き出して笑って言った。黒田も照れ笑いをしながら訊ねた。

「ミルコビッチ、あなたが偉大な存在になってしまったので、気後れしていたんだ」

「何を言っているんだジュン。君こそ世界的なエージェントになっているようじゃないか」

再び二人は固い握手をする。黒田はようやくロジオノフの愛称であるミルコビッチと呼んで会話を進めた。

「今日、時間を貰ったのは極東地域のエネルギー問題に関して、ロシアが日本に求めようとしている立ち位置を知りたいからなんだ」

「日本の立ち位置か……それは随分ストレートな質問だな」

「婉曲的《えんきょく》に訊ねると却《かえ》ってわからなくなる。ロシアにとって極東はシベリア開発を行うにあたって重要な拠点の一つのはずだからね」

会話も丁寧語《ていねい》ではなくなった。打ち解けたというよりも、昔に戻ったのだ。

「そう。今や極東はロシアの新たな拠点となる場所だ。中国が大国化する中、シベリアで行うエネルギー開発は外交の切り札になる」

「ただ、シベリアを含め、極東で再生エネルギー分野の開発は難しいだろう。自然状況が過酷なところだからね」

「まさにそのとおり。中国が砂漠地帯に太陽光パネルを並べるのとはわけが違う。結果的には天然ガスと原油と電力ということになるんだろう。だが、世界経済の五五パーセントを超える比重をもつにいたったアジア太平洋地域において、極東の重要性は増すばかりだ」

「一口にアジア太平洋地域といってもかなりの温度差がある。ロシアと中国との微妙な関係を最も象徴しているのが相互のエネルギー問題かもしれない。なぜなら、ロシアにとって相手は四千キロメートル以上にも及ぶ国境を接し、しかも複雑な歴史関係を持つ、成長顕著《けんちょ》な強国だからだ」

黒田が言うとロジオノフも頷いて答えた。

「そうなんだ。今や中国を無視したアジア外交を考えることはできない。東シベリアから極東地域の重要性は、資源開発と輸出志向に限らない。戦略的思考や安全保障など他の理由もある」

「世界経済の軸が西欧諸国や旧東欧諸国からアジアに移り、ロシアにとっても新市場として考えなければならなくなったことが大きいのだろう。その中でもロシアサイドからの視点では、東アジア政治のリスク、中でも対中関係への不安がある。さらに朝鮮半島危機という、これもまた国境を接する地政学的要因があるからな」

「ジュン、君は本当に単なる警察官なのか。いくら情報収集分析担当といっても、そこまでの知識を持つ必要があるのかい？」

ロジオノフが驚いた顔つきで言った。黒田は相変わらず平然と答えた。

「ミルコビッチ、多くの日本国民がロシアに抱いている感情は決して良好ではない。僕の祖父も七年にわたるシベリア抑留を経験しているし、その影響で、僕の亡くなった父は死ぬまでロシア人を許していなかった」

「第二次世界大戦末期のソビエト連邦の行動はジュンなら当然知っているはずだ。ソ連一国だけで決めたことじゃない」

「ヤルタ会談のことだろう」

「そう。あの会談を提唱したのは米英のルーズベルト大統領とチャーチル首相だ。ルーズベルトという男はアメリカ歴代大統領の人気投票では上位五傑に入るほど、現在でもアメリカ国民からの支持は根強い。アメリカ政治史上で唯一四選された大統領で、彼の肖像は、一時期は最も使用頻度が高いと言われたダイムこと十セント硬貨に採用されているほどだ。ただし、彼が行ったニューディール政策をはじめとする様々な行動は賛否が分かれているけどね」

「当時のアメリカには必要な人物だったのだろう。スターリン、チャーチル、ルーズベルトのヤルタ会談トリオは全員が策略家だったからね。そうでなければ、あの時代を生き抜くことはできなかったのだろう」

「二十世紀前半の国際政治における中心人物の三人であることは間違いないね」

「それに比べれば、当時の日本の政治家がどれだけお粗末《そまつ》だったか……政治家と言うよりも国家体制が悪かったのは事実だ。今、その反省をもう一度しなくていいように僕たちが仕事をしなければならないんだ」

「そうか……ジュンはそういう高い志の中で仕事をしているから、敵も味方も評価するのだろうね」

「僕に敵がいるのかい？」

「知っているくせに」

ロジオノフが声を出して笑って続けた。

「ところでジュン。そろそろ本題に入ろうじゃないか」

「僕としてはとっくに本題に入っているつもりなんだが、歴史認識を再確認しておく必要もあるからね」

「北方領土問題については今言ったとおりだし、プーチンも同じ考えだ。それはすでに日本のテレビでプーチン自身が語っただろう。北方領土の主権が現在ロシアにあることは国際法で確立され、第二次世界大戦の結果である。この点については交渉するつもりはない」

「それは事実だから仕方がない。第二次世界大戦終盤のソ連参戦に関する歴史認識に関しては、一部の日本人の方が誤っている」

「そのあたりの認識をもっと国民に広めてもらいたいものだ。ロシアは北方領土に関しては一つとして売ることはない。軍事演習や基地化も進めているし、経済特区に指定したんだからね」

「アメリカが小笠原《おがさわら》や沖縄《おきなわ》を返還したのと一緒にするつもりはないが、今のままではいつになっても平和条約の締結はないだろうな」

「それが戦争に負けるという意味であることを、日本人はもう少し冷静になって知ることだ。ロシアもソ連の崩壊からそれなりの学習をしてきたんだ。これは中国が中華民国から中華人民共和国に変わったのと同じだ」

「それは国連の戦勝国規定や安保理の常任理事国であることと関係あると言いたいのか？」

「ロシア、中国以外の戦勝国が認めたのだから仕方ないことだろう。敗戦国が口を挟むことではない。ジュンはわかっていると思っているけどな」

「僕は国連なんか必要がない存在だと思っている。この二十年間で国連がやっていることで何か上手くいったことはあるかい？　世界中の経済格差をさらに広げただけだ。イスラム過激派を甘やかし、世界中にテロの脅威を拡げたのも国連の責任そのものだろう」

「そこまで言う人間はこの世の中にジュンくらいのものかもしれないな」

ロジオノフが笑って言った。それを見て黒田は真顔で言った。

「国連とノーベル平和賞は目先のことしか見ない素人集団による、実にくだらない組織と評価に過ぎないと思っている」

「ノーベル平和賞か……日本でも受賞した総理大臣がいたじゃないか」

「裏取引を隠した『非核三原則』という有名無実《ゆうめいむじつ》の成果を褒《ほ》められただけだ。実に笑い話のような受賞だったと言って過言じゃないね。今度は朝鮮半島を巡る二悪政治家に贈るつもりなのかと思うと呆れてものが言えない」

「ノーベル平和賞は、アルフレッド・ノーベルの遺言によって創設された五部門のうちの一つだからな。おまけに平和賞だけがスウェーデンではなくノルウェー議会が授与主体だ。遺言当時からノルウェー国会の人選が歴史的に緩いんだろう。あのヒトラーだって皮肉とはいえ推薦されているくらいだ」

再びロジオノフが声を出して笑った。苦笑しながら黒田が訊ねた。

「ミルコビッチ、ロシアは米朝問題に首を突っ込むのかい？」

「そりゃそうだろう。だいたいアメリカが北朝鮮に対して神経質になった最大の理由は北朝鮮のミサイルがアメリカ本土を射程にしたからだろう。しかも戦略核を持ってね」

「アメリカにとって、それを本気で実行しようとする者の存在を初めて体感しただろう。それまでは南朝鮮の戦争当事国で、中国の属国……というくらいの認識しかなかったはずだ」

「ある種のWASPによるパニック状態だったのだろうな」

WASP（White Anglo-Saxon Protestant：ワスプ）とは「ホワイト・アングロサクソン・プロテスタント」の頭文字をとった略語で、アメリカ合衆国における白人エリート支配層の保守派を指す造語である。歴代アメリカ合衆国大統領はほとんどW

ＡＳＰに占められている。

「ロシアには関係がない話……ということなんだな」

「そりゃそうだ。弱者にとって核という最大の切り札を持っているだけでなく、北半球の裏側から自家製のＩＣＢＭ（大陸間弾道ミサイル：intercontinental ballistic missile）で飛ばしてこようとしているんだからな」

「国境を接している隣国とは全く事情が違うということか……」

「日頃から何の接点もない、しかも弱小共産主義国家とレッドパージを実施した世界一の大国が、いざ戦争となればどこの国でも興味は持つだろう。しかも若造に老いぼれ呼ばわりされたアメリカ大統領がムキになって対等にツイッターをやってこれを公開しているんだから、こんな笑い話のような前代未聞のＳＨＯＷはないだろう」

「ＳＨＯＷか……最前線にある同盟国にとってはたまったものではないんだがな」

「平和ボケした日本人が世界から笑われていることを知らないわけじゃないだろう。そんな弱小共産主義国家の船を利用して商売した国会議員が最大野党の国会対策委員長なんだろう？　これもなかなかの笑い話なんだが、一般国民のほとんどが知らない……ときている。しかも、今の日本ではその国会対策委員長も絡んでいる首相絡みのスキャンダルが第三次世界大戦よりも重大というんだから、『ＫＯＫＫＡＩ』という言葉が世界中に『GEISHA－GIRL』同様に独り歩きしている」

黒田は返す言葉がなかった。

今、国内で首相絡みと言われている二つのスキャンダルは、実際には首相自身は知らないところで起こった問題なのだろうが、ファーストレディーである自分の妻の行動さえ制御できないとなれば、まさに前代未聞の不祥事であり、なおかつこれが外交問題ともなれば、最大の防衛問題に発展しかねないのだ。

「のどかな国だな。日本は」

ロジオノフがまた笑いながら続けた。

「おまけに隠居《いんきょ》したはずの元首相は現首相を非難するし、その息子は筆頭副幹事長ながら自分の人気に調子に乗っているように見える。『すべての権力は腐敗する。政治の長年の人の営みの中の真理』とまで言っても、政権の中で誰もこれを咎《とが》める者がいないのも問題だ。いかに言論の自由がある国と言っても、ちょっと言い過ぎだ。自分の父親が首相の時にはどうだったのか……その後を継いだ者の言葉じゃない」

「その発言を『世論に一番近いこと』と言った一応ジャーナリストもいたようだが、現在の政権が機能していないことの裏返しかもしれないな」

黒田は自嘲気味に言った。

「そんな政権の国家が何を言っても、世界の国々のリーダーはせせら笑うだけなんじゃないのか？」

「海外歴訪に嫁を連れて行く必要もないのに、同行しているところが情けないという声が大きいのは事実だな。置いておくと何をしでかすかわからないという不安があるんだろうが。一国のリーダーとしては情けない限りだ……」

「ほとんどの日本国民も同じ考えだと思う。そういう私もプーチン大統領の女性問題には辟易《へきえき》としているけどね」

「彼の場合には英雄色を好む……の世界だろう。アメリカ大統領にもそんな奴が結構いたからね。ほとんど病的な人物もいたようだが、いつの間にか、彼は英雄になっていた」

「どちらにせよ国民に迷惑を掛けなければそれでいいんだが、そういう問題が表沙汰になった時には政党そのものまでガタが来るのが世の常だ。中朝共に芸人を嫁にしていることを考えれば、ファーストレディーなんて単なるお飾りに過ぎないのかと思ってしまうけれどな」

「お飾りならばお飾りで、じっとしていてくれればいいんだが……」

黒田がため息まじりに言うと、ロジオノフがまた笑って訊ねた。

「ところでジュン。君は今、北朝鮮をどう睨んでいるんだ？」

「滑稽《こっけい》な独裁国家……それだけだな」

「滑稽か……確かに言い当てているが、アメリカに喧嘩を売ってしまった、その落としどころに困っているんじゃないのか？」

「アメリカは本気で斬首作戦に向かうだろう。それを最も警戒しているのが南朝鮮であり、面白くないのが中国というところだろう。ロシアだって面白くないのは同じじゃないのか？」

「プーチンが大統領選挙で圧倒的な支持を得るまではおとなしくしているだろうな」

「そうなるに決まっているんだろう？」

「陰で多くの人材が消えているからな。ロシアもその点では北朝鮮や中国と似ている」

「まだロシアにも共産主義国家の悪癖が残っているんだな」

「一度は共産主義国家を選択した負の遺産というものは、崩壊してしまわなければわからない。そして共産主義というものが誤った経済思想、政治思想だとわかっても、自らの手でこれを壊すのには大変な勇気がいるんだ。東ドイツでこれができたのは周囲に強大な民主主義国家が育ち、なおかつその情報がどんどん入ってきたからだ。いまだに中国では社会主義的市場経済などという、経済学上解説することができない経済システムを強引に推進しているが、これも現在の習近平《しゅうきんぺい》体制の崩壊と同時に瓦解することになるだろうな」

「習近平王朝となってしまった中華人民共和国は政治体制だけを見れば、現在の北朝鮮と何ら変わりはない。だから習王朝のトップとして金王朝の運営が理解できるんだ」

黒田の言葉にロジオノフが静かに頷いて答えた。

「悲しいことにロシアもまた、プーチン王朝となってしまった感がある。いまではアメリカに対する対抗意識から、同じ国際連合安全保障理事会常任理事国であり、ＥＵに代わってロシア最大の貿易相手国にもなった同じ中華人民共和国との提携をより重視しようとしている。ただそこにはプーチンと習近平との間に大きな考え方の違いがあることを理解しておくべきだ」

「プーチンは度々『中国とは戦略的パートナー以上の関係にあり、日本とはその域に達していない』と公言するようになった。ロシアと中国との間の国境線問題が解決した以上、プーチンは中国の一帯一路とロシアのユーラシア連合の連携を図るように見せかけているが、本気で一帯一路を認めているわけではないだろうからな」

黒田が言うとロジオノフが目を見開いて訊ねた。

「ジュンはどうしてそれをわかっているんだ」

「ロシアと中国の人口を見ればわかることだ。十三億人もの貧しい国民を抱える中国に対して、ロシアの人口は十分の一。人口だけ考えれば日本とそう変わらないのが実情だ」

「そうか……そういう視点から分析していたのか……」

「分析手段の一つに過ぎないが、そこがロシアと中国の最大の格差だな。人口密度を見てもわかる」

「中国も不毛の地を多く抱えているからな」

「ただし、中国の不毛の地は、近年、太陽光パネルによって発電地帯となりつつあるが、シベリアのツンドラ凍土のほとんどは単なる動物の保護地帯に過ぎない。この差は大きいだろう。しかも宗教に寛大なロシアに対して、中国は宗教の違いを容認できない思想的背景がある。一帯一路の通過地点の多くの国がムスリム国家であることを考えると、一朝一夕には進めることはできない」

黒田が言うとロジオノフが笑って答えた。

「中国陸軍が武器の密売を行っている裏ルートがそのまま、一帯ということになれば、軍の反発も大きいだろうしな」

「実は最近、その情報が取れなくなっているんだ。軍内の締め付けが厳しくなっているようだな。それでも、中国製の武器はまだアフリカには相当持ち込まれているようだが」

「中国とは、中露国境問題で大きな障害の一つだった実効支配地域を割譲することで、中国に譲歩する形で解決し、平和条約である中露善隣友好協力条約を結んでいる。これはかつて日本と結んだ条約に似ていて、ロシア軍を長大な中国国境に配備する負担を避けようとする狙いがあるんだ。それでも中国陸軍の情報だけはしっかり取っておかなければならない。そのための軍事衛星の打ち上げ予算だけでも大変なんだ」

「しかし商用ロケットの打ち上げは今やロシアの独壇場になっているんじゃないのか?」

「まだ、国家機密の衛星を委託するほどの信頼を中国は得ていないからな。といっても、アメリカ、日本は衛星打ち上げに関しては独自でやっているじゃないか。ロケットを打ち上げている国が大陸間弾道弾で騒ぐというのも、笑い話のように聞こえるんだけどな」

ロジオノフが話をすり替えてきた。

「日本は交戦権を放棄している国家だから敏感になっているんだ。大陸間弾道弾に怯えたのはアメリカだけだろう」

「交戦権か……それには先制攻撃もない……ということなのか？」

「尖閣《せんかく》問題かい？」

「それだけじゃない。中国海軍の軍艦が津軽《つがる》海峡を通過した時も何の海上警備発動も行わなかった。国連海洋法条約（ＵＮＣＬＯＳ）上の無害通航の有無を確かめることもなかったようだ。ロシア海軍の関係者から聞いたところによれば、沈められても中国は文句を言える立場じゃなかったということだ。交戦権などという以前の問題であることを日本政府ははっきりと認識しておくべきだ」

状況が不利になっていく気配を感じた黒田は大きなため息をついて言った。

「日本政府の外交下手は今に始まったことじゃないからな。次の有望な政治家が出てくるまで我慢するしかない」

「少なくとも今の日本の国会議員を見る限り見当たらない。ジュンが生きている間に登場するのかい？」

「突然現れるリーダーというのも面白いだろう？　フランス大統領だって三十代なん

だからな。そういえば、今思い出したことなんだが……ミルコビッチ、先週、サハリンから札幌の大学病院に搬送されたくも膜下出血の患者の件だが……」

そこまで聞いてロジオノフの顔から笑顔が消えた。

「警視庁はすでに摑んでいるのか？」

「ほんの数人しか知らない話だ。僕もたまたま友人があの病院の脳神経外科に勤務しているから知っただけだ」

「脳神経外科か……患者の素性も知っているのか？」

「写真と指紋で確認した」

「日本警察に彼のデータがあるのか？」

「いや、ある筋だ」

「まさか……」

ロジオノフが身を乗り出すような仕草で黒田の顔を覗き込みながら小声で続けた。

「イスラエルなのか？」

「イスラエル？　ロシアのエネルギー部門のナンバースリーがどうしてイスラエルなんだ？」

「彼の身元を知っているんだろう？　彼もまたＫＧＢのエージェントだからな」

「ＫＧＢのエージェントの情報ならイギリスのＭＩ６の方がよく知っている。それなのにどうしてイスラエルが出てくるんだ？」

黒田の追及にロジオノフが言葉を失ったかのように、まじまじと黒田の顔を眺めて訊ねた。

「ジュン、君が知りたかったのはこの件だったのか？」

「僕が知りたい？　僕はもう知っている。それとも彼にはイスラエルが追いかけるようなネタがあるとでもいうのかい？　駐日ロシア連邦通商代表部首席代表補佐の実弟だろう」

「ジュン、教えてくれ。これはロシアのエネルギー政策の根幹にかかわる問題でもあるんだ」

「サモトロール油田開発の失敗が響いているんだな」

「本当になんでも知っているんだな。ロマシュキノ油田も生産が急速に減少している」

「埋蔵量から言えば西シベリアの三つの油田頼み……ということか？　かつて世界的に有名だったアゼルバイジャンのバクー油田も間もなく枯渇《こかつ》するようだからな。ロシアとしては石油よりも天然ガス頼みになってきた……ということか？　そこで始めたのが北極海航路利権の売り込みなんだろう?」

ロジオノフが唖然《あぜん》とした顔つきで黒田を眺めていた。それを見て黒田は続けた。

「ミルコビッチ、近く、ロシアは国連海洋法条約に基づいて国連の大陸棚限界委員会(CLCS)に対して北極海における大陸棚延伸の再申請を行う予定のようだな」

ロジオノフがため息まじりに答えた。

「以前ロシアが北極点の海底に国旗を設置した目的の一つは、自国の大陸棚が北極点下まで続いていることを示すためだった」

「かれこれ十年前になるかな……二〇〇七年の話だ」

「何でもよく覚えているな」

「二〇〇七年にはアメリカでシェールガスが本格的に生産されて、将来のエネルギー構造が変わるとまで言われていた時だ。ロシアとすれば資源開発のかなりの部分を西シベリア北極地域が占めており、極東・シベリア開発と北極開発を切り離して議論することはできない状況になっていただろうからな。北極圏の国益確保という観点からも、北極に関して長期的な国家戦略を練る必要があったのだろう。ただし、北極圏の大陸棚問題はカナダやアラスカ州を保有するアメリカだけでなく、ノルウェーやデンマークも主張するだろう」

「国連の出方次第ということか？」

「第三国が大陸棚調査を行うことになるんだろうな。南極と違い北極は大陸ではなく海だからな」

「ロシアはすでに調査済みだ」

「北極海は大陸棚というが、油田開発はノルウェーが一歩先んじている。また、カナダも大陸棚調査を終えているようだけどな」

「これは先手必勝というものではないから、事実に即した結果が出てしまえば、後は外交交渉で決めることになるだろう。いずれにしても当事国は五ヵ国しかないからな」

ロジオノフの言葉を遮るように黒田が言った。

「果たしてそうかな……もっと重大な問題があると思うんだけどな」

「どういうことだ？」

「北極圏における深刻な環境問題がある。この三十年間、北極の年平均気温は十年に摂氏〇・五度ずつ上昇している。この原因は様々あるが、毎年春過ぎになると恒常的にオゾンホールが出現している。さらには大西洋からの暖流が流れ込むことによって北極海の氷が解ける速度が上がっている。これを放置していいのか。北極圏における資源開発や将来的に通年航行が期待される北極海航路が、極東・シベリア開発に与える影響についても深刻かつ真剣に考える時期にきている。地球規模での温暖化による環境破壊をさらに加速する結果になるからな」

「環境問題か……ロシアが苦手な分野だな」

「そうだろうな。先ほどの話ではないが、日本の投資家が極東に進出したが、これを受け入れたロシアの最大の狙いは環境整備技術が欲しいからなんじゃないのか？　特に土壌改良と水質浄化対策だ」

この時ロジオノフの目の奥がキラリと光った、と黒田独特の感性が捉えた。ロジオノフが首を傾げながら答えた。

「確かにあの投資会社の関連企業が保有しているテーマパークがあることは知っている。そこでは要所要所に水処理施設が建設され、汚水や排水を高度浄水処理して草木に散水し、土壌浸透によって自然に戻している。徹底した環境への配慮はロシアだけでなく、中国も目を付けているようだな」

「中国は水よりもまず土壌改良が先だ。堆肥《たいひ》を混入する有機的な方法で土壌改良を実施し、農業学術研究者による綿密な調査に基づいた植栽を行った結果、森が生まれ、数十万本の植物が育っているのだからね」

「確かに夢のような話だが、ロシアがシベリアで同じことができるとは思っていない。特に土壌改良と言ってもツンドラの凍土だからな」

「その話はシベリアに抑留されていた祖父からよく聞いていた。亡くなった仲間を埋めるための穴を掘るのが毎朝、最初の日課だったそうだ。ツルハシも役に立たない重労働だったと言っていた」

「そうだったな。シベリア抑留に関してロシアは正式な謝罪を行っていない。当時、満州に侵攻したソ連軍兵士の知的レベルは日本人から見れば野蛮人並だったことだろう。何の教育も受けていなかった連中だったようだからな」

「そのようだな。野蛮人というか手巻きの腕時計のネジの巻き方も知らない連中や、二桁の掛け算もできない将校も多かったと聞いている。トラックにドラム缶を積むのに数の確認で何度も上げ下ろしをさせられた。両手の指の数以上の計算を教えるのに難儀したそうだ」

「恥ずかしい話だが、おそらく事実なんだろう。当時の農奴あがりの連中は食うにも困っていたようだからな。わずかながらの金を貰えて、略奪も許されると聞いて、喜んで軍人になりシベリア、満州に行ったんだ」

「もう終わってしまった話だが、中国や朝鮮はいまだにその当時の歴史認識でものを言い、金を要求している。北朝鮮がこれから日本との国交正常化を言い出したとしても、最初に言うのは戦後の賠償を求めることは自明の理だ」

「そういう教育しか受けてきていないのだから仕方がない。ドイツはそれをやり遂げたのだから日本も見習うべきだ。日本は何をするにも中途半端だからダメなんだ」

「朝鮮半島は勝手に戦争を始めたのだから仕方がないじゃないか」

「中国とアメリカが加わってな」

「ソ連だって裏で相当動いていただろう」

「しかし日本はその朝鮮戦争のおかげで特需が生まれ、経済復興につながったのだから、その事実は認めるしかないだろうな」

旗色が悪くなると感じた黒田はため息をついて話を戻した。

「ミルコビッチ、話を戻そう。駐日ロシア連邦通商代表部の存在そのものが日本国内では問題を抱えていることも知っている。しかし緊急手術になったセルゲイ・エベゴロフは、ロシアでもエネルギー関係で大儲けした一人だろう。政権にもそれなりの影響を及ぼす力を持っていると聞いている。彼は何のためにサハリンにいたんだ？」

ロジオノフが腕組みをして黒田の顔をジッと見て答えた。

「石油ガスの販路を、成長著しいアジア太平洋へ方向転換するという顕著な変化が生じていることを知っているだろう」

「東シベリア・太平洋石油パイプラインがナホトカ郊外まで開通、太平洋向け石油輸出が可能となったことは知っているし、サハリンのLNGガス輸出も始まっているようだな」

「さっきも言ったが、東方重視の戦略的背景を考えてみればわかるだろう」

「しかしリスクも大きかったはずだ。中でも政治のリスク、特に対中関係、朝鮮半島での危機に直面していたからな」

「アジアの政治リスクは中国以外は脅しとスカシで何とかなることは歴史が物語っている。そして現在の中国は習近平王朝になった以上、弱点を突けばいつでも交渉相手になることがわかっている」

「朝鮮半島の危機はどうなんだ？」

「朝鮮半島に危機なんて存在していない。ロシアにとってはな」

「どちらが転んでも……ということか？」

「そう。北が勝とうが南が勝とうがロシアにはさほど関係はないのさ。ただし、漁夫の利を狙っている中国の思い通りにはさせないようにしなければならない」

「アメリカが北を先制攻撃して、金王朝を壊滅させてしまった場合にはどうするつもりなんだい」

「その時には国連を利用して国連監視による非武装中立国家を樹立するしかない。北朝鮮には推定三兆ドルと言われる地下資源があるようだからな」

「米中露による分捕り合戦が繰り広げられるということだな」

「地下資源の有効利用だな。日本がこの利権争いに参加したければ、ロシアと組むしかないだろう。アメリカには日本に手を差し伸べる大義名分がないからな」

「その時、南朝鮮はどうなるんだ」

「何もやっていない……というよりも今の政権は北寄りだったわけだろう。指をくわえて見ているしかない。あの国はすでに国家としての体をなしていない。日本に対しては竹島《たけしま》と利権の交換条件を出してくるかもしれないが、その時、日本がどうするか見ものだな」

黒田は呆れた顔つきでロジオノフを見て言った。

「ロシアはそこまで想定して動いているのか？」

「それが外交というものだ。ヤルタ会談を思い出すがいい。あの時は第二次世界大戦後の問題だったが、今回は極東のならず者国家を一つ潰すかどうか……という、競争相手が極めて少ない案件だ。当事国は少なければ少ない方がいい。案外、南朝鮮は中国と手を結んでくるかも知れないが、中国にとっても北を単独で手に入れなければ南と組んでも何のメリットもない」

「そうなると南朝鮮は生きていけないぜ」

「だから、すでに国家としての体をなしていないと言っているだろう」

ロジオノフは他人事のように言い放った。

「アメリカも南朝鮮の経済的支援に対しては二の足を踏むだろうし、日本も南朝鮮と通貨スワップを再締結する気はないからな」

「朝鮮という一つの民族である以上、一つの国になりたいという願望はあるだろうが、北は今や金王朝という特殊な国家形態を築いてしまっている。しかも他国が欲しがるほどの地下資源を持っている。南には何もないばかりか、外交上のミスを重ね、どの先進国からも信頼を得るに至っていない。アメリカが特殊な財閥経済を見て見ぬふりをしながら甘やかしすぎた結果だから仕方がない。日本もまた日米韓という絆を懸命に信じようとしてきた結果が、今の相互不信を招いたんだな。ヨーロッパの主要国はそんな目で日本を見ているし、日本の衰退を数十年前から予測していた」

黒田は頷くしかなかった。黒田自身が感じてきたことであるし、この国の舵取りを一身に担ってきた霞が関の衰退がこれを如実に物語っていることを肌で感じ取っていたからだ。

「日本は国の将来にかかわる人口問題と年金制度問題で完全に失敗した。欧米でいう棺桶型の人口比率は二十年後の労働者たちから将来の夢を奪ったようなものだからな」

「日本はマスメディアもダメになった。退廃的な番組が公共放送の中にまで広がり、かつて栄華を誇った、世界に目を向けるような番組がほとんどなくなった。文化といえばノスタルジーにはまっただけのものでは、若者たちに夢を与えることなどできはしない」

黒田はこれ以上話をしても仕方がないような気になり始めていた。するとロジオノフが思わぬ質問を投げかけた。

「ジュン、今の日本人は勤勉なのかい？」

「勤勉か……」

黒田は言葉に詰まった。勤勉の基本には向上心が伴わなければならない。それには将来の夢があってこそ……なのだ。しかもその根底には潜在的な愛国心がなければならないと黒田は思っていた。この様子を見ていたロジオノフが再び訊ねた。

「私は日本人が持つ潜在能力をよく知っている。しかし、潜在したままではなんの意味もない。これを掘り起こす方策を日本国家として考えてはいないのか？」

「潜在能力といっても、これを測る術もない。また何が本当に勤勉とつながるのかわからない。そもそも勤勉という言葉自体が日本では既に死語になりつつあるのではないかな」

「ほう。コツコツと努力を重ねることが勤勉なのではないのか？　おまけにジュンも年に二度は『勤勉手当』を貰っているんじゃないのか？」

勤勉手当とは公務員に年に二度支給される手当で、要するにボーナスの内訳で期末手当に加えられる調整手当のことである。

「よくそんなことまで知っているな」

「公務員は勤勉が義務となっているからだろう？」

「公務員は国民全体の奉仕者だから働くのは当然という感覚だな。民間のようにボーナスは利益の分配ではない。年俸の分割に過ぎないのさ」

「そういう言い方をされると勤勉という印象は薄れてくるな」

「労働時間だけ考えればよく働く国民なんだろうな。ただ質を求められると、本当に結果をだしているのか……それは公務員、民間を問わずある時期を境にゆっくりとした下降線をたどっているような気がする。労働価値に関する意識の変化だから仕方がない。これは多くの若者が高望みをしなくなったこともあるだろうし、ＩＴの発達がもたらした生産性向上意識の劣化があるのかもしれない。それだけ日本経済と生活水準が飽和状態になってきている反面、所得格差が広がったことによる社会福祉費用の拡大が若者の購買意欲を削《そ》いできているのだろう。ある意味では堅実。しかしこれはそのまま面白みのない普通意識になってきている」

「面白みのない普通意識か……ジュンらしい発想だな」

「ミルコビッチはそんな質問をして何を知りたいんだ？」

「日本の将来性に関するジュンの意識だ」

「分相応でいい。国連に安保理の常任理事国以上の分担金を支払う必要などない」

「それはロシアに対する当てつけかい？」

「そもそもタックス・ヘイヴンにある資金は世界ＧＤＰの三分の一にもあたる推定二十一兆から三十二兆ドルといわれていることを考えると、ＧＤＰの計算そのものが、どこまで意味があるのか甚《はなは》だ疑問だということさ」

「これまでのジュンの話を聞いていて感じたんだが、日本国内で何か起こっているのか」

ロジオノフが真顔で訊ねた。

「北のエージェントの動きがおかしいんだ。金正恩がミサイルを打ち上げている間は別にどうってことはないんだが、最近の平壌放送の乱数表が複雑になっている。何かをやらかす気になっているような気がしている」

「金正恩とトランプが小学生のような舌戦を繰り返している背景に、何かがある……というのか？」

「アメリカは本気で金正恩の斬首作戦を敢行する虞《おそれ》があるんだが、そのまえにシリアを攻撃するはずなんだ」

黒田の回答にロジオノフがやや顔を曇らせて訊ねた。

「シリアか……ロシアを仮想敵国と想定した攻撃ということか？」

「いや、アメリカの本音として、ロシアとは上手くやっていきたい。ただし、イスラエルの立場を考えるとトルコ、イラク、イランの三国は目障りになりつつある。特に最近のトルコ大統領の発言はトランプの感情を逆なでしている」

「それは娘夫婦がユダヤ教信者だから……ということなんじゃないのか。アメリカのキリスト教は複雑だ。特にＷＡＳＰを中心とする人々の影響力は大きいのが実情だ。トランプが唐突にイスラエルの首都をエルサレムとして在イスラエル大使館をそこに移転しようとしているのも、選挙当時の公約とはいえ意味のない争いの火種を中東に作っただけだ」

ロジオノフの言葉に黒田も頷いて答えた。

「全国民の約九割がキリスト教徒であるとされているアメリカでは、選挙が行われる度に同性結婚、人工妊娠中絶等を巡って国論が二分されるからな。そんな中で富裕層や社会上層部に信者が多く、歴代のアメリカ合衆国大統領の四分の一、アメリカ合衆国連邦最高裁判所長官の四分の一が信者といわれている米国聖公会（Episcopal Church in the United States of America）は、アングリカン・コミュニオンのひとつだ。アメリカにおけるキリスト教系団体としては珍しく、中絶と同性愛を公認している点も特徴的だ。しかし、首座主教に女性や初のアフリカ系アメリカ人マイケル・カリーを選んだことで、カトリック系をも含めた全てのキリスト教諸教派の中で最もリベラル寄りだとする評価もある」

「マイケル・カリーか……宗教的には要注意人物なんだがな」

「そうなのか？」

黒田はマイケル・カリーの詳細については知らなかった。

「そのうち何か問題を起こすことになるだろうな」

ロジオノフがため息をつきながら答えた。黒田は「ふーん」とだけ言って宗教談義を続けた。

「アメリカの宗教観も変わりつつあるということだろう。現に『どの宗教にも属さない』と答える人が一六パーセントと、キリスト教信者数に次ぐ人数だったことでアメリカが揺れているという声もある」

「そのアメリカ人の宗教離れに対して熱狂的キリスト教徒が多い南朝鮮から疑問の目を向けられているようだな」

「南朝鮮か……あそこのキリスト教も様々な原理主義が生まれているからな」

「ジュンの友達がいる、世界平和教のことか？」

「最近、日本国内では少し大人しくなったが、やっていることは変わりがないだろう」

「あの宗教団体と北との関係はどうなんだ？　元々教祖は北出身で白頭山を宗教拠点にしたかった……という経緯があったはずだが……」

「教祖と二代目では感覚が変わってきたようだな。二代目はすでに朝鮮半島を離れ、拠点をブラジルに置いているようだからな。北に対する献金もほとんどないはずだ」

「そうか……宗教も一代でそんなに変わるものなのかな……」

ロジオノフは遠くを見るような目つきで他人事のように答えた。それを見て黒田が訊ねた。

「ミルコビッチは世界平和教に何らかの思い入れでもあったのか？」

ロジオノフは「ふふっ」と笑いながら答えた。

「合同結婚式で結婚した日本のアイドルに興味があっただけだ。若い頃の彼女は本当に美しかったからな」

「ほう……」

黒田はロジオノフがその時代から日本に興味を持っていたことを改めて認識した。

「最近はすっかり太ってしまったようだが、元気な姿を見せてくれるのは昔のファンとしては嬉しいものだ」

「ミルコビッチがいくつの時だ？」

「大学に入ったくらいかな。ジュンは小学校の高学年くらいだったのだろうな」

「僕はあの三人娘には興味がなかったからな……」

黒田はロジオノフの顔をまじまじと眺めて答えた。

「宗教とは怖いものだ。しかも洗脳という作用が入ると、人の心は脆《もろ》いものだと感じたよ」

「洗脳か……」

新興宗教や宗教各派の原理主義の布教活動という名の信者獲得手法の多くは「洗脳」に似た活動を行う傾向がある。黒田は公安部に入って徹底的に宗教の勉強をさせられたことで、あらゆる宗派からの勧誘を論破するだけの理論武装ができていた。これが黒田自身の無宗教色をより強めた。

黒田は話題をアメリカの宗教に戻した。

「ユダヤ教徒は全国民の約六パーセントだが、大きな社会的・政治的影響力を持ち、中には親イスラエル・ロビーを形成する場合がある。ユダヤ系アメリカ人は主にニューヨーク州やフロリダ州に多い。トランプが大統領選挙の最終遊説先にフロリダを選んだのもユダヤ教信者の取り込みが目的だったと言われている」

「仏教徒、イスラム教徒ならびにヒンズー教徒はそれぞれ人口の約一パーセントに過ぎないが、ムスリムのアメリカ人は平均的なアメリカ人よりも高学歴、高所得の傾向がある。ジャクソン・ファミリーのひとりなど著名な改宗者の存在の影響が大きいこともあるだろうが……」

「ファミリーにはマイケルもいたな……確かに一度はあの天才的な動きに興味を持った世代は多いだろうな」

「君もその一人か？」

「ワールドツアーの時、仕事で東京ドームだけで五回は行ったよ」

「いい仕事もあったんだな」

「『ビリー・ジーン』が始まった時には全身に鳥肌が立ったのを、今でも鮮烈に覚えている」

「そういうナイーブなところもあったんだな」

ロジオノフが茶化すように笑って言った。

「そういう感覚が次第に薄れていく自分を最近は疎ましく思うようになり始めたよ」

「少しの間でも仕事を離れれば感性は元に戻るものさ。私もいつの間にか資本家のようになってしまったことを最近は悔やんでいる。そんなに稼ぐ必要もないんだが、組織を持つと、そうもいっていられない。おまけにこれが国策に大きく影響を及ぼすとなると妙な義務感のようなものが芽生えてしまうんだ」

「資本家というよりもロシア有数の実業家であり投資家だからな」

「だから必然的に政治とコミットしなければならない場面に出くわしてしまう。そういうシチュエーションの中でジュンと話をするのは実に愉快《ゆかい》なんだ」

「愉快？」

「そう。ジュンには全くと言っていいほど私心がない。日本国の役人でありながら、今流行りの忖度も考えず、しかも政府のトップをも平気で批判できる。そこにはまさにリベラルな国際人の姿があるんだ」

「僕は決してリベラル派ではないんだけどね。この歳になって世界を見てくると、自分の中で『どうしてこの国はダメなんだろう』という感覚ばかりが生まれてくるんだな。世界の中に『こんな国になればいい……』という国家が一つもない悲しさばかりだ」

「ずいぶん厭世的《えんせい》になったものだな。それでも、いい国家を目指したいという強い信念のようなものがあるから、今の仕事ができるのだろう？」

「理想を求めてもしかたがないし、その国々の人々はそれでいいと思っているのかもしれない。我ながら嫌な性格だと思うよ」

「ある時まで、我々の目から見て、日本は極めて理想に近い社会だったような気がする。国民性は優しく豊かだし、自然を愛し、道徳という暗黙の善のルールがあったからね」

「そうだな……それは日本が、というよりも日本人が前向きな時代だったからだろうな。夢があった時代……とでもいうかな。それが今、こんなに夢のない国になってしまった」

「それでも世界の圧倒的多数の国々から見ればいまだに羨ましい国家なんだ」

「そうだな。日本の田舎ほど豊かな土地はないだろうな。『ド田舎』と言われても水道と電気は申請さえすれば、よほど辺鄙な所でない限り、ほぼ無償で届くんだからな」

「ロシアだけでなく、あのアメリカでさえ考えられない現実だ。しかも空気も天然の湧き水も綺麗なんだ。そういう土地を捨てて都会に集まる日本人の気が知れないよ」

「そういう教育を受けてきたからだ。歳を取ったら都会に住む。これが安心した老後を過ごすための必須要件なんだよ」

「逆なような気がするがな……」

「離れ小島を離れたことがない老人はそれでいいかもしれないが、若い頃に一度でも都会で生活した者は『便利』に代わるモノがないんだ。そして最後は健康だろう？八十歳を過ぎて野良仕事ができる環境にある人はそれでいいかもしれない。しかし、ほとんどの者は『便利』こそありがたいものになっている。そして都会の『刺激』こそ若返りの秘訣になっているんだ」

「刺激か……年寄りにとって最大の刺激はなんだ？」

「食だな。東京では世界中のありとあらゆる一流を食することができる」

「食か……ジュンらしい発想かもしれないな。しかし、日本ほど食が豊かな国はないと思っているし、中でも日本酒は今や世界を席巻《せっけん》している。フランスの一流店で日本酒を置いていない店はないし、アメリカの東海岸にある有名オイスターバーでシャブリを注文する客が激減した話は有名だ。食というのはある意味では極めて贅沢《ぜいたく》な選択肢なのではないだろうか？」

「そう言われてしまえば身も蓋もないが、日本に住んでいるからこそのささやかな贅沢でもいいのではないかと思っている」

「ささやかな贅沢か……。ロシアでは一度も本物の寿司を食べずに死ぬ者が半数近くいるかもしれない。アメリカでスキヤキソングを知っていても本物のすき焼きを一度も口にしたことがない者の方が圧倒的だろう」

「相対比較をするつもりはないが、日本伝統の宗教には食に関する宗教上の禁止がないからな。タコを悪魔の使いと考える日本人は皆無だし、過去の中国料理を繁栄させた中国人ほどの食材に対する探求心はなかったにせよ、四季に恵まれ、天然素材を生かした食文化は群を抜いているだろう」

「そこが日本のいい所だったのだろう。中国と一口に言っても、漢民族と他民族の抗争の上に成り立っていたわけだ。モンゴル帝国が最大になった時だって漢民族からみれば屈辱の野蛮国家だし、中国という国家がまさに滅びようとした時の清王朝も同様だった。世界のどんな国家も様々な王朝が抗争を繰り広げた結果、文化も一緒に豊かになっていったんだ。日本は第二次世界大戦後まで、侵略を受けなかった、歴史的にも稀有《けう》な国家だからな」

「稀有な国家。まさにそうだな。日本の民主主義もまだ七十年。その点ではいまだに発展途上と考えるしかないが、そんなことよりも本当の外交能力を政治家と霞が関が身に付けなければならない」

「昔の日本の農林水産省は外交上手で有名だったけどな」

「それは知っている。政治的な減反政策の失敗はあるが、農業外交はウルグアイラウンドに代表されるように世界をリードしていたからな。後は日本の農家の皆さんがもう少しJA離れをしてくれればいい農業が広がることだろう。これも世代交代が進めばいい結果になると思うけどな」

「『NOKYO』もまた日本独自の文化の一つだったからな。とても資本主義国家の発想とは思えなかったが、農協という組織が農業が産業であるという意識を農民から奪った原因だったのだろう」

ロジオノフはいい点を突いていたし、よく日本の農業を勉強していることに黒田は舌を巻く思いだった。するとロジオノフが思わぬことを言い出した。

「日本は北方四島で産業を興《おこ》す気はないのだろうか？」

「それはロシア人のために……ということか？」

「ロシアが北方四島を日本に返還することは、ロシアが経済政策を失敗しない限りあり得ない。これからのロシアの経済政策の最大基盤がシベリアの資源と北極大陸棚問題であることは言ったとおりだ。そうなれば、北方四島を日本に返還する機会もなくなると考えた方がいい。何事も諦めが肝心な時はあるものだ」

「随分な物言いだな。それがロシアの本音なんだろうが……」

「第二次世界大戦の戦勝国が認めたことだということはすでに言ったが、それは今の国連が認めているに等しい。日本の右翼の発想とは全く違うということだ」

「もう日本には真正右翼は皆無に等しい。右翼の言うことをまともに聞く日本人もいないと言っていい」

「そうだろうな。誰も理解していないのに、どうしてあんな活動に金と時間をかけるんだ？　全ての浪費以外の何物でもないじゃないか」

「政治結社という非課税組織の隠れ蓑が欲しいだけだ。そんなことは日本の警察官なら誰でも知っている」

「そうなのか……警察官には右翼思想が充満していると聞いていたが、違うのか？」

「極左よりはまし……という程度だな。いまだにマルクス・レーニン主義を信奉して共産主義革命を目指そうとしている者たちが残っている現状を認識しておくことだ」

「共産主義か……ロシアも捨てた思想だけどな」

「諸悪の根源が何を言っている。マルクスはドイツ人だったが、これを受け入れたのはソビエト共産党とソビエト連邦だったじゃないか」

「レーニンまではまだよかったが、その後のスターリンがひどすぎただけだ。中国の毛沢東《もうたくとう》と一緒だが、共産主義国家である以上、創立者を汚すことはできないのさ」

「そういう逃げ方もあるのだな……ソ連の共産主義とは違うが、北朝鮮のチュチェをロシアは評価しているのか？」

「三代世襲する共産主義などよほどのことがない限り考えられない。あそこは単なる金王朝だから、共産主義国家とは思っていない。あんな若造に祖父《じい》さんの代からの部下がついて行かざるを得ない国家など王国以外にはないだろう」

「それでもロシアは陰で北朝鮮を支援し続けているじゃないか」

「支援ではない。少しの労働力とそれなりの地下資源を受け取っているだけだ。せっかく隣国にあるものを使わない手はないだろう。しかも、格安ときているし、労働者は真面目だ。いまどき、日本にもいないような堅実な労働力だ」

「北朝鮮の核開発についてはどう思っているんだ？」

「すでに北朝鮮が核保有国であることは間違いない。事実は事実として受け止めることだ。北朝鮮が改良を進める弾道ミサイルのエンジン技術はウクライナから流出した疑惑が指摘されているがそれは事実だ。この背景にはロシア、ウクライナ両国に共通した背景がある。ロシアは、クリミア編入宣言やウクライナ本土東部内戦への関与疑惑によって、欧米諸国などから経済制裁を受けた。一方で、ソ連時代から続いていたロシアとの分業関係にあったウクライナの多くの産業、中でも軍需産業はロシアとの対立で市場を失い、大きな打撃を受けた。だから選択肢の一つとして高く買ってくれる北朝鮮に輸出するしかなかったのだろう」

「中国も同様だろう？」

「さすがになんでも知っているな。中国は対立するロシア、ウクライナのいずれをも強く支持することをせず、経済的苦境に陥ったロシアとウクライナの双方から高性能の兵器やその技術を獲得しているんだ」

「なるほど……北朝鮮の内部情報は入っているのか？」

「今のところ金正恩にブレーキをかけることができる者は国内にはいない。暴走は止められない状況にあるということだ。トランプと次元の低い恫喝合戦をやっているのも、身の程を知らないからだ。それでも金正恩に最も影響力を及ぼすことができるのは、中国の習近平しかいない。習近平も一方で北朝鮮国境に軍備を増強しており、いつまでも金正恩が駄々をこねるのなら、いっそのこと消してしまってもいいくらいの判断のようだ」

「張成沢を処刑したことで習近平も本気で怒った……という情報を得ている。ただし、習近平としてはアメリカに斬首作戦を実行されては面子《メンツ》が潰れてしまう。何と言っても中国は北朝鮮の宗主国である認識に何ら変わりはないからな」

「南北朝鮮の接近をロシアはどう見ているんだ？」

「ジュン、君はどう見ている」

「南の大統領は昔から運営されていた北のスパイのようなものだ。北の思うままに動いているのだろう。国内向けには経済政策失敗を平昌《ピョンチャン》オリンピックと南北統一というウルトラCで取り返そうとしているようだが、平昌オリンピックが失敗することは目に見えている」

「オリンピックは失敗するのか？」

「競技はなんとかできるのだろうが、バックグラウンドがあまりにお粗末だからな。

あの地で冬季オリンピックを開催しようとすること自体が大きな誤りだった」

「経済の立て直しも無理だろうし、収束しかけていた対日問題は再び火を噴いた形だしな。南朝鮮の唯一の味方は北朝鮮しかいない……ということか……」

「中国が見捨てなければ……だな。中国は北朝鮮同様、南朝鮮に対しても宗主国のつもりに変わりはない」

「長い歴史が物語っているのだな」

「その歴史を双方とも否定、若しくは無視しようとしているところが笑い話なんだ」

「南北朝鮮の統一といえば、ドイツ以来の政治的喝采を浴びる大問題だが、解決しなければならない問題があまりに多すぎる」

「経済格差か？」

「当事者はどうでもいい。中国とロシアの問題だ。これを解決せずして南北問題は絶対に解決しない。いくらアメリカが斬首作戦を決行して金王朝を崩壊させたとしても、南北統一は向こう十年は絶対に解決しない。金正恩が生きようが死のうが、その前に次の筋道をロシア、中国、そしてアメリカを含めて決めなければならないということだ」

「三国同盟でも結ぶつもりか？」

「すでに話は進んでいるようだ」

ロジオノフの言葉を黒田は然《しか》るべし……と感じていた。

モサド情報

乾ききった風がホワイトオークや広葉樹林の葉を揺すった。十月半ばというのに、この森の広葉樹は緑色のままだった。小高い丘の斜面に点在するコテージのベランダに出ると木々の間からゴルフコースが見え、フェアウェイの鮮やかな緑色が映えている。

「なんだかセレブになったみたい」

「今まで泊まったホテルの中では最高級だろう」

「ホテルの人も感じがよかったし、初めてゴルフカートに乗ったし……」

「これだけ広い敷地を移動するには、カートが必要だろう。敷地内にハーフとはいえ立派なゴルフコースがあるんだし、資機材の有効活用というところだろうね」

「ペチカがある」

「それは暖炉《だんろ》だよ」

冬のロシアを経験した遥香《はるか》は、薪《まき》を使って火を燃やす暖炉やマントルピースを見ると必ず「ペチカ」という表現を使った。

石ではなくレンガで囲炉裏を囲んだ形式の暖炉が北欧で発明された。これをロシアで発展させた暖炉兼オーブンがペチカである。黒田が遥香と結婚してから三年間の海外研修中、ふたりで多くの国を回るうちに、遥香は暖炉の火を好きになった様子だった。

「今日も火をつける？」

「雰囲気はよくなるだろうね」

「楽しみだなあ」

黒田はボーイスカウトに入っていたため、ティッシュ一枚、マッチ一本で暖炉に火をおこすことを得意としていた。遥香が結婚後、初めて感心してくれたのも火おこしだった。その時、黒田が暖炉の薪についてうんちくを披露したが、遥香はこれにも興味を示していた。例えば、開放燃焼式の暖炉の場合、薪は広葉樹を用いなければならない。スギやマツでは火の粉や、燃焼時の薪の爆《は》ぜが多く、火事の原因ともなるからだ。当時、遥香が訊ねたのを思い出した。

「『爆ぜ』ってなあに？」

「爆発の爆の字で、割れて飛び散ったり、はじけることだよ」

「さんまを七輪で焼いた時の備長炭みたいに？」

「高級なウバメガシの備長炭でも、湿気《しけ》ってしまうと、ああなってしまうんだ」

友人たちと一緒に行うバーベキューを黒田は「大人の火遊びの会」と呼んでいたが、遥香もこれに参加するのが好きだった。

今日も暖炉のおかげで遥香の機嫌がさらによくなった様子だ。

前日、サンフランシスコに入った黒田と遥香はユニオンスクエア前にある老舗《しにせ》のウエスティン・セントフランシスに一泊して、朝一番でレンタカーでナパバレー北部の街セントヘレナにあるホテル、メドウッドに到着していた。

黒田はこの日だけは観光を兼ねて、サンフランシスコ名物の急勾配の坂道を通ってゴールデンゲートブリッジを渡った。カルロス・サンタナの曲にも出てくるソウサリート経由でナパに向かう。しかし、遥香は急勾配の坂を怖がり、ゴールデンゲートブリッジからのサンフランシスコベイの風景にも特段の興味を示さなかった。

最初に彼女が目を見開いたのはソノマ郡に入った時で、アメリカ合衆国史上最大級の山火事の跡を見た時だった。

道路脇にあるブドウ畑や家屋も焼け、見渡す限り焼野原となっていた。やがてナパバレーに入ると、一面のブドウ畑が広がり、乾いた空気の中にほのかにワインの香りがする。

「これがナパかあ……」

遥香はようやく観光気分に浸った様子だった。

ナパには三泊し、ワイントレインやワイン工場見学も予定に入れていた。中でもアメリカを代表するワイン、オーパスワン（Opus One）の工場訪問は今回の短い休暇の最大の楽しみだった。

鳥たちのさえずりで朝の目覚めを迎えた。暖炉の火が消えた残り香が室内を包んでいる。ホテル内にある三つのレストランはどこも秀逸だった。

メドウッドに滞在中、黒田は運転をせず、タクシーを利用してワイン三昧をすると心に決めていた。

二日目はオーパスワン見学ツアーに参加した。日本で予約を入れていたもので、今回の休暇で最大のイベントといってよかった。

ツアーといっても一組が六人で、一日五組しか募集していなかった。

オーパスワン・ワイナリーは、一九七八年にシャトー・ムートン・ロートシルトのフィリップ・ド・ロッチルト男爵（Baron Philippe de Rothschild）とロバート・モンダヴィの間でボルドー風のブレンドをつくる合弁事業として設立された。このワイナリー・ベンチャーの始動は世界のワイン産業のたいへん大きな話題となった。ド・ロッチルトの動きは、成長著《いちじる》しいナパ・ワインに一層の格を与えた。

フランス語読みでロッチルト、ドイツ語でロートシルト、英語ではロスチャイルド。つまり一時期は世界の金融王といわれ、世界のビジネスコネクションの要の一つであるヨーロッパのユダヤ系財閥である。

Opus One（オーパスワン）とは音楽用語で「作品番号1番」を意味する。『一本のワインは交響曲、一杯のグラスワインはメロディのようなものだ』としてロスチャイルド男爵が名付けた。ラベルにはモンダヴィ（東向き）とロスチャイルド男爵（西向き）の二人の横顔とサイン（ラベル下）がデザインされている。

黒田と遥香の二人は試飲を含むライブラリー・ツアーに参加した。サロンから始まる約二時間の特別なツアーは、最後にライブラリー・ツアーにて二つのヴィンテージを着席でゆっくり愉しむことができる。

韓国系アメリカ人のガイドの英語は、久々に聞く、美しいブリティッシュイングリッシュに近い、いかにも上流社会を意識する発音だ。オーパスワンの歴史、美学、ブドウ畑やワイン醸造について説明をしながら、実際にブドウ畑や醸造所の内部を見学した。

ツアー終了後、二人はワイナリーの一階にあるカウンター式のテイスティングルームで三種類のヴィンテージワインのテイスティングコースをそれぞれ注文し、店外に設《しつら》えられている籐製の椅子に座って味わった。

ゆっくり飲んでいると先ほどのガイドが二人に声を掛けた。

「あれだけテイスティングして、まだ飲んでいるの？」

黒田がスマホの画像を示して答えた。

「僕は二〇一二年から木箱で買っているんだよ」

「それは本物のファンだ」

そう言うとガイドはテイスティングルームに入り、中のソムリエに話をすると、白い封筒を持って来て黒田に手渡した。

「オフィシャルのワインガイドだ。二〇一二年と二〇一四年の説明がイングリッシュバージョンとジャパニーズバージョンで入っている。大事なファンへのサービスだ」

黒田はまるでお宝を手にしたかのように喜んで、ガイドに握手をして謝意を述べた。

遥香もオーパスワンには感動を覚えたらしい。

「ブドウ畑の管理の仕方、ブドウの木一本一本の間隔を見ても驚いたわ。日本のワイナリーを幾つか見てきたけど、超一流というのはこういうものなのね。日本のワイナリーも努力は認めるんだけど、ここを見てしまうと残念な思いばかりが残ってしまう。ナイト・ハーヴェストかあ……凄いわ……こだわりもここまでくれば本物よね……それにしてもこの二〇一〇年と二〇一二年の美味しさって……他にはないわ」

ナイト・ハーヴェストというのは、昼と朝晩の寒暖差が激しいナパならではの特別な収穫方法だ。夜間の涼しい時間帯はブドウの果実の糖度が抑えられ、最高のコンディションの果実を収穫できる。夜露できらめくブドウを手摘みで収穫し、ワイナリーで丁寧に茎を取り除き、未熟だったり腐敗のある果実は一粒ずつ、オプティカルマシンと人の手によって選別していた。ワイナリー見学で、この貴重なブドウの選別を見られるのは年に二ヵ月足らずの収穫時期だけで実にラッキーなことだった。

七杯のテイスティングを行った二人は、心地よい酔いを感じながら、タクシーでブドウ畑を抜けてホテルに戻った。

「今まで生きてきて、一番幸せ」

暖炉に火を入れて正面のソファーに座ると、遥香が黒田にしなだれかかりながら言った。黒田も同感だった。その夜はオーパスワンの余韻を残すため、あえて夕食を控えるほどだった。

三日目はナパ名物のワイントレインに乗る予定だった。

ワイントレインはナパバレー南部のナパ市内から北部のセントヘレナ市内を往復する列車で、車内ではワインの他、コース料理も提供される。また途中でモンダヴィをはじめとする五ヵ所のワイナリーに立ち寄り、それぞれ試飲をすることができる。

鳥の鳴き声で目覚めた。昨夜夕食を抜いたため、心地よい空腹感を感じる。

「遥香。朝ごはんはどうする？」

「スパークリングワインを飲もうか？」

遥香の提案に黒田も頷いて、一昨日サンフランシスコからホテルに向かう途中に立ち寄った、シャンドン・カリフォルニアで購入したスパークリングワインを冷蔵庫から取り出した。

シャンパンの父とも言われるドン・ペリニョンを製造するモエ・エ・シャンドンが設立したシャンドン・カリフォルニアは、シャンパンメゾンによってアメリカに設立された初のワインエステートである。

黒田はソムリエ張りにスパークリングワインのコルク栓を音もなく開ける。冷蔵庫で冷やしていたシャンパングラスを二脚取り出して注ぐと、一つを遥香に手渡した。

シャンパングラスで朝の挨拶を交わすと、二人はほぼ同時にスパークリングワインを咽喉《のど》に流し込んだ。

「これは最高だわ……朝シャン。くせになりそう」

朝のシャンプーではなく、朝からシャンパンを飲むことを遥香は「朝シャン」と呼ぶ。その顔を見ながら黒田が言った。

「シャンパーニュのシャンパンに引けを取らないな」

「ピノ・ノワール、ピノ・ムニエ、シャルドネ。三つのブドウ品種の配合が絶妙よね。さすがにブレンドのために六十種類以上のワインを使っているだけのことはあるわ」

遥香はワイナリーで聞いた、このスパークリングワインの作り方を復唱するかのように言った。

フランスのシャンパーニュ地方とカリフォルニアでは気候も土壌も異なるため、ブドウの収穫に対するアプローチが違う。カリフォルニアの作り手はシャンパーニュ地方伝統の手法に則《のっと》りながらも、他に様々な手法を尽くしていたのだった。

グラスを傾けながら黒田が言った。

「それにしても、このホテルはパリのリッツよりも居心地がいいな」

黒田はふと思い出したように、パリでも著名なホテルの名を出した。

「あそこはメインダイニングで露骨に人種差別をするから嫌い。フォーシーズンズでもそうだったし、パリは老舗気取りが過ぎるのよ」

「過去の栄光に浸るしか生きていく術がない人たちも多いのさ。リッツだって所有者はエジプト人に替わっている。その息子がダイアナ元英国皇太子妃と最後の夜を迎えたのだからね。パリのホテルとして筆頭格を自任していたリッツが、フランス観光開発機構及び観光庁の審査認定から外された経緯もあったからね。ホテルマンにとっては忸怩《じくじ》たる思いがあるんだろうな」

「ヴァンドーム広場からのエントランスは素敵なのに、あんなホテルマンじゃ仕方ないわ。モナコのオテル・ド・パリのバトラーの方がはるかに品位もあり、人あたりもよかったわ」

「あそこはモンテカルロのグランカジノの前にある、コート・ダジュールでも有数のホテルだ。博打場の前だけに普通の人が一夜にして億万長者になる可能性を秘めているからさ」

「でも、ラスベガスとは違った、重厚さがあるカジノだったでしょう」

「ラスベガスとモンテカルロを一緒にしちゃいけないよ。歴史が違うし、モンテカルロはモナコ公国の中心だからね」

「同じフランスでもパリとコート・ダジュールは大違いよね」

「それも歴史と自然の違いがあるから仕方ない。パリは都だからね」

「都か……確かにそうよね……ブルボン朝最後の都だものね。オーストリア・ハプスブルク家から嫁いできたマリー・アントワネットの終焉《しゅうえん》の地だものね」

珍しく遥香が両手で頬杖をついてため息を漏らしていた。

「歴女復活か？」

黒田が笑って言うと遥香は、心ここにあらず……といった雰囲気で目の前のシャンパングラスに手を伸ばした。

一口飲んで遥香が黒田に訊ねた。

「ねえ純一さん。今回のナパ旅行はお仕事だと言っていたわよね」

「そうだよ。どうして？」

「いいお仕事よね」

「今日、明日だけだ。日本にいても土日があるように、この二日間は曜日違いの安息日だ」

「すると、どなたかとここでお仕事？」

「ああ。古くからの友人と情報交換をすることになっている」

「ナパで？」

「いや、ここでは仕事にならない。明後日の夕方、サンフランシスコ郊外のシリコンバレーに移動する」

「シリコンバレーで仕事か……格好いいなあ。IT長者にでもなったみたいね」

「IT長者か……特殊能力を持った人はいいよな」

「純一さんだって、立派な特殊能力があると思うんだけど」

「お金は入らないけど」

「お金なんてそんなにいらないわ。二人で働けば何とか食べて行けるし、海外旅行だってできるもの。それも出張で」

「確かに一人分の旅費で二人旅行できるのはありがたいけど」

「ううん。私も出張なの。だからお互いに出張期間中の休日を有効利用しているの」

「そうだったのか……遥香はどこで仕事なんだ？」

「サンフランシスコから南に少し行ったサンノゼで臓器移植の会議があるの」

「サンノゼ？　シリコンバレーの中心都市じゃないか。全くの偶然だったわけか……」

「そうだったの？　それならサンノゼでも一緒ね」

「僕が泊まるホテルもサンノゼだ」

「無理矢理、出席することにしたの。わざわざピッツバーグから五時間半もかけて飛んできたんだから」

「わざわざか……それよりも臓器移植の会議というのは何日間あるんだい」

「一週間よ。ピッツバーグ大学の大学病院では心臓移植だけで一日五件は実施されているの。世界中からセレブと言われている人たちが様々な臓器移植のためにやって来る。でも、いくらお金があっても健康じゃないと悲しいな……と思うわ」

「好きで病気になる人はいないし、先天的な病気を持っている人もいるからね。多少貧しくても健康である以上、世の中になんらかの貢献をしなければならない……と思うよ」

「純一さんのそんなところが好き。ところで、純一さんの旅行鞄だけど、シールにpriority の文字があるのはどうして?」

「今回は公的な出張だから、グリーンのパスポートなんだよ」

「おおっ。公用旅券か……まさかシートもビジネス……なんてことはないよね」

「ああ、そのこと……航空会社が気を遣ってくれたのか、ビジネスだった」

「何ですって? それって収賄に当たるんじゃないの?」

「何を言っているんだ。君だって以前、フランスからの帰りにダブルブッキングかなんかで、一日遅れにはなったけどファーストクラスに乗ってグッズやパジャマセットまで貰っていたじゃないか。それと同じだよ。たまたまキャンセルがでたんだろう。用意していた食事がもったいないからね」

「ふーん。ずいぶん昔の話を持ち出したわね……まあ、重要な仕事をしているんだから仕方ないか……」

遥香が首をすくめながら言った。その動きを見て黒田が「ふーん」と言いながら続けた。

「遥香。君もビジネスクラスでサンフランシスコまで飛んできたようだね」

「だって、これは病院のお仕事だもの。病院の内規に従ってチケットが手配されるんだから仕方ないわ」

「お互い様……ということかな。いずれにしても、お互いいい仕事をしているということさ。明日からは僕も厳しい情報戦が待っている」

「情報戦？　まるでスパイみたい」

遥香の素直な反応に黒田はややたじろいだ。余計なことを言った……と即座に反省したからだった。それを気にしたわけではないのだろうが、遥香が続けた。

とんでしょう?」

「日本警察がわざわざ捜査員をアメリカまで派遣して調べるくらいだから、大変なこ

「たった一人での調査だからたいしたことじゃない。公刊資料の裏付けだからね」

「公刊資料か……臓器移植の世界でも一つのレポートが重要な鍵を握っていることがあるわ。特にSP細胞が見つかって以降は、様々な移植手術に、この魔法の細胞が使われるようになっている。何か重大なことでも見つかったの?」

「単なる日米間の問題だ。大統領が替わって以来、役人同士の情報交換だけでは先に進めなくなっている。大統領の発言、それが仮にツイッターであっても、世界が大きく動くことがある。その見極めだね」

「やっぱり、純一さんはすごい仕事をしているのね。身体には十分気をつけてね。再来年春には必ず私も日本に帰るから」

「来年じゃなかったっけ?」

黒田は遥香の顔を覗き込んで訊ねた。すると遥香はあっけらかんと答えた。

「もうひと単位、どうしても取っておかなければならない講座があったの。これがあれば、世界中で通用する看護師になることができる」

「世界中……って、遥香はこれから先もまだ、世界を飛び回るつもりなのかい?」

「赤ちゃんができたら別だけどね。赤ちゃんはアメリカで育てたいと思ってる」

「赤ちゃん……。アメリカか……」

黒田は再び遥香の顔を覗き込んだ。

遥香は黒田の怪訝そうな顔つきを見て言った。

「日本は確かにいい国だと思っているわ。でもアメリカと比べると、遅れているような気がするの」

「アメリカに比べれば様々な点で遅れているよ。特に、本気で勉強をしようとする者にとって、日本の教育機関はあまりにお粗末だ。それを考えると子供をアメリカで育てたい気持ちはわからないでもない」

「純一さんもそう思うの？」

「僕も警察に入ってから、先進主要国のほとんどを回ってきたし、アメリカでは教育も受けてきた。特に人を育てようとする気迫が日本とアメリカでは大きく違う」

「気迫？」

「そう。国家の威信を懸けて次世代を育てようとする姿勢だな。だからこそアメリカではチャンスが広がるし、新たな産業もどんどん生まれる」

「アメリカで産むことを純一さんは許してくれるの？」

「出産に立ち会うくらいのことはできるかもしれないが、一緒に子育てができる保証は全くない。その覚悟は僕たち二人が共有しておかなければならない」

「覚悟か……そうよね。生まれながらの母子家庭になるものね」

「母子家庭じゃないだろう。母一人の子育て家庭だ」

「私の母は何と言うかわからない。でも母も何度かアメリカに来て『よくこんな国と戦争したものだ……』と言っていたわ」

「それは初めてアメリカの地を踏んだ日本人に共通する意識だろう。僕だってそう思ったくらいだ。神国大和の国なんて言っていた時代錯誤《さくご》に気付かなかった為政者を今更ながら情けなく思うよ」

「でも、結果的に戦争に負けたことで今の日本があるわけでしょう」

「そう。常にアメリカの顔色を窺いながら国策を進めていかなければならない国家だけどね」

黒田が自嘲気味に言うと遥香は大きなため息をついて答えた。

「やっぱり、それが本音よね。国家の役人が言うのだから。私のような世間知らずでさえ、時々そう思うことがあったわ」

「遥香のように世界中を飛び回って仕事をする女性が世間知らずのわけはないよ。少なくともアフリカや中東の戦闘地域で人の命を救ってきたんだ。僕とはまた違った目で日本を見てきたのだと思うよ」

「世界の戦争を現在進行形で行っている国から日本に帰ると、気が抜ける……というよりも、あまりの幸せな環境に溺《おぼ》れてしまいそうな気持ちになるの」

「溺れてしまう……か……。僕には咄嗟《とっさ》にできない表現だな。綺麗な水と空気があるだけでも、世界的には幸せな環境なんだからね。そして、田舎に行けばさらにその幸せの度合いが大きくなってくる」

黒田がロジオノフと話した時のことを思い出しながら言った言葉が、遥香の心の琴線に触れたようだった。遥香は涙ぐんでしまった。そしてポツリと言った。

「今そこにある幸せを感じることができない日本人が可哀想……というよりも哀れ。どうしてこうなってしまったのだろうと自問自答しても答えが出ないの」

「平和呆け……だろうな。七十年間、内戦も対外戦争もなかった国は世界中探しても数少ない。少なくとも日本の周辺には全くない」

「そうか……隣国の戦争を他人事のように、ただ眺めていただけなのかもしれないわね」

「自衛隊のような軍備を持っていながら、これを軍隊と認めない国家を世界中が不思議がっている」

「だって、憲法で軍隊の保持を否定しているでしょう。軍隊のようなものであっても、あくまでも自衛のためだけで、海外と戦争するためじゃない……という言い訳があるわ」

「そんなの日本国内でも通じないよ。いい加減な法律解釈はしない方がいい。後世に禍根を残すだけだからね」

「すると純一さんは憲法改正推進派なの？」

「改正しなければどうしようもないだろう。国民は正直だ。この国も軍隊を持たなければならない時代になっているという意識を持てば、真に平和を理解できると思うよ」

「真の平和ではなくて、真に平和……なのね」

「真の平和なんてないのだろう。それを体感した人が世界にどのくらいいるのか……」

「そうか……永世中立国でも軍隊を持っているんだものね」

「中立であるからこそ軍隊が必要になってくる。スイスがいい例だ。いまだにバチカンを守っているのはスイスの傭兵《ようへい》だからね」

「永世中立国が軍隊を派遣しているのか……」

「スイス国家が派遣しているわけではないけれども、システムは同じだ。スイスほど侵略を受けてきた国家はない。だから民家の壁は厚いし、軍隊を降りても実弾を国から与えられて、訓練している」

「そうなんだ……知らなかった」

遥香が半ば啞然とした様子で呟《つぶや》くように答えた。黒田は軍隊に関してそれ以上のことを言わなかった。

「ところで遥香、君は家庭というものをどう考えているんだい？」

「イメージで言えば暖かいもの……かな」

「暖かさの根源はなんだい？」

「愛」

遥香の一言に黒田はゆっくり頷いて言った。

「僕たちの間にあるのは信頼と思いやりだよね。恥ずかしながら、そしてこの歳になりながら僕はまだ愛というものがよくわかっていない。ただ、遥香を幸せな気持ちにさせてあげたいといつも思っている」

「そうね。おそらくそれが純一さんの愛なのね。それを私も感じているから、あなたに甘えているのかもしれない」

「この三日間は本当に幸せだった」

「私も。美味しいワインがあっただけではないのよ」

「わかっているよ。この地の空気が一番だった」

「そう。空気。空気なのよ」

遥香にしては珍しく当を得たり……というように反応した。

「空気を知るっていうのは、そこにある全てを包含《ほうがん》したものを知る感覚だよ」

「難しい台詞よね」

そう言いながらも遥香は嬉しそうだった。黒田も次第に饒舌《じょうぜつ》になってきた。

「僕らの子供がアメリカで生まれて、アメリカで学ぶのか……面白いだろうな。将来、本人がアメリカ国籍を選ぶかもしれないけれど、その前に日本という国をきちんと教えて、日本語を忘れないように教育しなければならないな」

「その点で言えば、アメリカで生活している中国や韓国の二世、三世は母国語を忘れないのに、日本人は忘れてしまうのよね」

「それは僕も感じているよ。日本人であることを忘れないような教育が必要だな。でも、それ以前に、子供ができるかな……」

「それは純一さんしだいよ。頑張れ」

黒田は思わず苦笑した。

翌日、黒田はオークランド経由でベイブリッジを通ってサンフランシスコに入るコースを選んだ。

「『卒業』という映画を観たことがあるかい？」

「ダスティン・ホフマンとキャサリン・ロスが出てくる、サイモンとガーファンクルの音楽が流れる映画でしょう？」

「この橋があの映画で出てきたベイブリッジだよ」

「バークレー校が出てきたわよね」

「カリフォルニア大学バークレー校だ。でも撮影はUSCだったそうだよ」

「えっ、そうなの？　ショック」

「バークレー校も風景の一つとしては使われていたようだけどね」

市内からサンフランシスコ空港の脇を抜けて車はシリコンバレーに入った。

「スタンフォードでいいんだな」

「とりあえず、キャンパスのメインで降ろして」

スタンフォード大学はカリフォルニア州スタンフォードに本部を置く私立大学で地理的にも、歴史的にもシリコンバレーの中心に位置している。三三〇〇ヘクタールを超える広いキャンパスを誇り、メインキャンパスの正面から向かって右半分には主に理科系、左半分には主に文科系の学部が配置されている。

今回、遥香が訪れるのはSchool of Medicine、つまり医科大学院だった。

「今夜は大学内の施設に泊まるから、また電話するわ」

遥香を大学に送り届けてサンノゼのホテルについた時には、黒田はすっかり仕事モードに入っていた。

ホテルのロビーでチェックインの手続きを済ませた時、黒田の携帯電話が鳴った。

「ハイ、ジュン。予定どおりかい」

「クロアッハ。今、チェックインしたばかりだ。荷物はベルキャプテンに運んでもらうから、いつでも大丈夫だ」

黒田の今回のカリフォルニア入りのきっかけはクロアッハとの情報交換だった。クロアッハは前年度からモサドのアメリカ総局長に就任しており、日頃はワシントンDCのオフィスに拠点を置いた活動をしていたが、シリコンバレーにあるアメリカ西部地区の拠点にも月に十日は来ていた。

シリコンバレーはアメリカの情報通信に関する最先端技術の拠点である。世界中から学びに来る者もあれば、起業を志す者も多い。ここにはこの分野に関するベンチャーキャピタルも多く、新たな技術に関する情報交換が世界で最も迅速に行われ、かつ正確な評価が下されるからである。

シリコンバレーには、第二次大戦後軍需産業に基づく多数の半導体メーカーが集まった。シリコンバレーという名前の由来は、半導体の主原料であるケイ素の英訳シリコン（silicon）に端を発している。最近の化学分野で貴重な資材であるケイ素系シリコーンは化学物質だが、シリコンは金属の一種である。半導体はスマホ、自動車、白物家電など、様々な製品の頭脳に組み込まれていて、全ての半導体はシリコンウエハーを基盤に生産されている。また、日本が世界に誇れる競争力のあるジャンルが、このケイ素化学分野であることもよく知られている。

間もなくクロアッハがホテルのロビーに顔を出した。

「サウスベイへ、ようこそ」

現地にいると「シリコンバレー」よりも「ベイエリア」という言い方がよく使われる。サンフランシスコ湾の周辺だからだ。このため、サンノゼなどがある南側のエリアを「サウスベイ」と呼んでいるのだった。

「シリコンバレーがこんなに広い所だとは思わなかった」

「ナパバレーだって十分に広いだろう。バレー（谷間）と言うが、我々イスラエル人も面くらう広大さだよ。日本人が想像する谷間とも全く規模が違うだろう」

「地図では見ていたんだが、実際に来てみると驚かされるよ」

「ところでワイフは一緒じゃないのか？」

「スタンフォードで行われる学会に出席する関係で、大学に置いてきた」

「ピッツバーグ大学の医学部で研究をしているんだったな。優秀な女性だ」

「医学部といっても医者じゃなく、看護師だけどな」

「アメリカでは医者より優秀な看護師がたくさんいる。手術後の縫合なんて、ほとんどが看護師の仕事だ」

「ほう。そうなのか……まあ、彼女の専門分野は僕には理解の外にある。何らかの形で世の中に貢献する仕事だと理解だけしていればいいと思っている」

そこまで話すと黒田は両手を広げて首を傾げながら、この話はお仕舞《しまい》……という姿勢を見せた。

クロアッハも笑って答えた。

「さて、一年ぶりの再会だが、今回は話題が山積だ。私もジュンと一緒に考えてみなければならない問題が多いんだ」

「そうだな。僕も世界が一気に変わろうとしているような気がしている」

クロアッハは黒田をホテルのロビーから外に誘い出した。ホテルの正面脇にシルバーのベントレーが停まっており、ドアマンがその助手席の扉を開けた。

「このホテルはさすがだ。ドアマンの所作に無駄がない」

クロアッハは世界中の一流ホテルを泊まり歩いているだけに、ホテル評論家のような表現を使った。

「同感だ。ホテルの正面に車を停めると、引き込まれそうな笑顔で扉を開けてくれた。僕が名前を一度言っただけで、その後の会話は全てミスター・クロダだったしな」

「一流というのはそういうものだな」

車に乗り込むと、クロアッハは静かにベントレーを動かした。

「コンチネンタルGT3－Rか……」

「私はロールスロイスよりもベントレーの方が好きだな。とはいえ、今や、あの騒動を起こしたフォルクスワーゲンに買収されてしまったけどな」

クロアッハが舌をぺろりと出して言った。

フリーウェイ二八〇に入るとコンチネンタルGT3－Rはカープールレーンに入って、一気に加速した。カープールレーンとはアメリカのフリーウェイで一番内寄りにある車線のことだ。一台に二人以上の乗車がなければ通行することができない規則になっている。

「いい加速だな」

「この前は二〇〇マイルを出したよ」

「時速三二〇キロか……空を飛べるな」

「羽を付ければ十分な離陸速度だ」

アメリカのフリーウェイにも速度制限はある。この速度でハイウェイパトロールに捕まれば間違いなく千ドルの罰金を喰らうことだろう。

クロアッハは先ほど遥香を降ろしたスタンフォードでフリーウェイを降りると、新しいビルの地下駐車場に車を入れた。

「ここにモサドの支部があるのか？」

「ある種の情報センターだな」

クロアッハと黒田は地下駐車場の奥にあるセキュリティー対策が施されたエレベーターに乗り込んだ。

「クロアッハ。このビルそのものをモサドが管理しているのか？」

「設計段階からモサドが加わったのは事実だ。ユダヤ資本の物件なんだ」

クロアッハは平然と言った。

このエレベーターは地下三階から五階までと、地上二十五階から二十八階までしか止まらない設計になっていた。

二十八階で二人はエレベーターから降りた。

虹彩認証、静脈認証、ＩＤカード認証を終えると最初の扉が開いた。そっけないセキュリティーチェックだったが、ドアは厚さだけで一メートルはありそうな代物だった。

「ビル全体がシェルターのような感じだな」

「アメリカ国内でも極めて安全な建物といっていいだろう。サウスベイエリアはアメリカでも最も防空対策が進んでいる場所だ。北朝鮮がＩＣＢＭや直近の海からＳＬＢＭ（潜水艦発射弾道ミサイル：submarine-launched ballistic missile）を飛ばしても、確実に迎撃できる。もし一度でもそんな真似をしたら、あの国は瞬時に地球から消滅してしまうだろうけどな」

クロアッハは真顔で言ってのけた。黒田が訊ねた。

「僕はその可能性を心配しているんだ。イスラエルが同じ核保有国として、北朝鮮の動向を探っていることは知っている」

「北朝鮮を含めて、イスラエルが核クラブ（nuclear club）の一員と看做されていることは知っている。しかし北朝鮮は五大国家やインド、パキスタンに比べれば小規模だ。ジュンが心配しているのは北朝鮮に対してアメリカが戦略核を用いた際、日本が再び被爆してしまうこと……かい」

「その影響は大きいと思う」

そこまで言ってクロアッハは建物の内廊下に入った。官邸や警察庁にも主廊下の他に限られたメンバーだけが内部で移動できる内廊下がある。しかしここは第二の本廊下と言えるほど厚みのある仕切りで区切られていた。

「こんな内廊下を作る必要はあるのかい？」

「このフロアには滅多に部外者が入ることはないのだが、今日のジュンのように特別な場合、お互いのプライバシーを守るために作っているんだ」

「お互いのプライバシーか……」

「特にコンピュータ関係だと業者が入ることだってあり得る。彼らも特殊部門の担当者だが、それだけに顔見知りを発見する可能性もある。何と言っても国家機密のデータを確認することができる相手だからな」

「確かに皆無ではないだろうが……」

「実は私も先日日本の首相官邸の四階を訪問したんだ」

「そうだったのか……あそこはマスコミに筒抜けだからな」

「そうなんだ。だから私は総理公邸から裏ルートを通って首相執務室に出入りした。国家の政治のトップ、首相執務室の前にある外廊下をマスコミが監視しているなんて、世界中どこにもないシステムだぞ」

「ホワイトハウスの場合は裏口が多すぎて、誰がいつ大統領の執務室に入るのか全くわからない。それでも信用できないトランプは自分の別荘を使っている」

「ジュンもよく知っているな。今回のアメリカ勤務では相当深いところまで見てきたようだ」

「ＣＩＡ情報かい？」

「カウンターパートは大事にしている。以前も君に言ったことがあるが、ジュンの存在は世界中の諜報機関が注目している。ただし、今回の米朝関係に関しては、どこも日本の動きを注視していないな」

「そんなものだろう」

クロアッハの執務室は内廊下の真ん中近くにあった。

「日本の首相官邸もそうだが、多くの日本のリーダーは角部屋を好む。しかし、それは中で働く者にとっては実に都合が悪い。廊下を端から端まで歩くだけで一苦労だ」

「確かにそうだ。古巣の警視庁でも各部門のトップの執務室は建物の突端にある。しかしこれは皇居を守るという意思の表れでもあるんだけどな」

「ビルの中から守るなんていう発想は、単なる方便に過ぎないだろう。トップになればなるほど居場所がいい所を好んでいるだけだ」

「そうかもしれない」

黒田は苦笑するしかなかった。

クロアッハの執務室はホワイトハウスのアメリカ大統領執務室と変わらないほどの広さがあった。

「こんなに広いのか？」

黒田が驚いて言うと、クロアッハは平然と言った。

「ここで世界中を見ているんだ。アメリカ総局長という立場はモサドの中でも特殊な部門だからな。世界中に散らばっているエージェントからの情報がテルアビブの本部と同時にここにも入るシステムだ」

「確かに特殊な立場なんだろうな。モサドの人事は誰にもわからないからな」

モサドはイスラエル首相府管下にあり、対外諜報活動と特務工作を担当している。長官は政治任命で決定されるが、活動の根拠となる法律が存在しないため、法的には存在しない組織ともいわれている。

「ＭＩ６はエージェント希望者が少ないため、新人獲得にテレビコマーシャルを使うことを検討しているようだ。イギリスも情報戦でそこまで厳しい環境になってきた……ということの反映だな」

「モサドの人材は豊富なんだろうな」

「国家に命を賭けている者たちの塊だからな。ただＭＩ６の連中はこの組織を『ＩＳＩＳ（Israel Secret Intelligence Service）』と呼んでいるようだ。「イラクとシリアで発生したイスラム過激派組織の『ＩＳＩＳ（Islamic State of Iraq and Syria）』と全く同じ呼び方をしているとはな」

「同音異義語か……笑い話だな」

黒田が笑って言うと、クロアッハは憮然として答えた。

「異義語どころじゃない。全くの敵だ。といってイスラミックステートも間もなく地上から消え去ると思うけどな」

「過激派組織というのはそういうものだ。そんな組織に興味を持つのは構わないが、一度でも足を突っ込むと、抜けることは困難になる。仮に抜け出たとしても一生負の遺産は背負い続けることになる」

「それは朝鮮戦争後、理想国家を求める夫の夢に追従して北朝鮮に移住した日本人妻のようなものか？」

「イスラミックステートと当時の北朝鮮では全く事情が違うが、マルクス、レーニンの共産主義とイスラム原理主義に共通するのは、粛清という行動様式だ。北朝鮮に移住した人々は筆舌に尽くしがたい苦労を強いられることになったが、当初は自らの意思で行ったのだろう。それを自己責任に帰するのは大きな間違いだが、約百五十年前にハワイに移住した日本人とは違う」

「貧しさからの逃避が、さらに苦難を生んだハワイやブラジルへの移民も、二世、三世の時代になって、一世が尊敬されるようになった点で大きな違いだな。現にハワイでは今年の四月からホノルル国際空港の正式名称がハワイ州出身で日系アメリカ人初の連邦上院議員の名前を採って『ダニエル・K・イノウエ国際空港』に変わった」

黒田もクロアッハの言葉に頷いて答えた。

「そこがアメリカという国の懐《ふところ》の深さだ」

その時、クロアッハのデスクの電話が鳴った。受話器を取ったクロアッハはイスラエル国の公用語であるヘブライ語で話を始めた。

電話を終えると、クロアッハが黒田に伝えた。

「ホワイトハウス周辺で、米朝関係に妙な噂が出ているらしい」

「どういう噂なんだ？」

「両面外交の実施だ」

「両面外交？『NYチャンネル』を使って米朝会談でもやろうというのか？」

前月、金正恩は、『ICBMを撃ってアメリカのクリスマスを台無しにする』と宣言し、実際、今年のクリスマスに向けて核弾頭を搭載したICBMを配備しようとしていた。これに対してアメリカも北朝鮮の国連代表部を通した、いわゆる『NYチャンネル』で『戦争か対話か』の協議を行っていることを黒田も承知していた。

「アメリカ側はジョセフ・ユン国務省北朝鮮政策担当特別代表が、北朝鮮側はパク・ソンイル国連代表部米国担当大使が、頻繁にニューヨークのホテルで会っているようだ。本当に二分の一の確率で米朝会談が行われることになるかもしれない」

「クリスマスを交渉期限にして、水面下の交渉を行う……ということだな……核を使われるよりはまだましだが……」

黒田の言葉にクロアッハは笑顔を見せて答えた。

「北朝鮮を潰すのにそんなに大きな核を使用する必要はない。金正恩の居場所は二十四時間把握できているからな。それには日本の衛星が大きく貢献していることをジュンなら知っているだろう」

「今年三月に、日本が打ち上げた気象衛星のことかい？」

「気象分野は二割に過ぎない。情報通信、監視衛星と我々は呼んでいる。極めて優秀で、自力で軌道を変えることができる。しかも、打ち上げたのが警察庁だ。レーダ五号機は衛星画像情報収集を行うために運用している事実上の偵察衛星だ」

「そこまで公表していないはずだが」

「警察庁が打ち上げる人工衛星に関していえば、いわゆる秘密区分という分野でわかりやすいんだ」

「警察庁が保有する衛星秘密は、衛星機密又は衛星極秘のいずれかに区分されているはずだ。全てが特定秘密保護法の範囲内にあるだろう」

「そこなんだよ」

クロアッハが笑いながら続けた。

「衛星秘密の『機密』の指定要件として『秘密の保全が最高度に必要であって、その漏えいが日本国の安全の確保等、内閣の重要施策の遂行に極めて著しい支障を与えるおそれがあるもの』というくだりがあるだろう？　しかも管理体制でいえば衛星秘密管理者は警備局長をもって充てることになっている」

「そのとおりだ」

「それだけで情報のプロが見ればすぐにわかるんだよ。この人工衛星の動きをモサドは重要な関心を持って見ている」

「情報通信も傍受している……というのか？」

「デジタル暗号の解析まではやっていないが、その気になればわかるんじゃないかな」

「そうかな。いかなるスーパーコンピュータをもってしても、日本語を理解することは容易ではないはずだ。『ニイタカヤマノボレ』の時代とは違う」

「だから解析はやっていない……と言っただろう。日本政府だって自国だけで衛星情報を管理するわけはない。多くの場合にはアメリカと情報交換するはずさ。モサドとしては、その時の情報を得ればいいだけのことだ」

クロアッハは平然と言ってのけた。

黒田は暗澹《あんたん》たる気持ちになった。これまで日本からアメリカに伝えた多くのインテリジェンスが、勝手に公表されていた事実を知らないわけではなかったからだ。

インテリジェンス（intelligence）の語源は、ラテン語の行間（inter）を集める（lego）という意味である。つまり、書かれていない部分や口に出さない部分から本来求められる情報をいかに入手するか……である。

「イスラエルはアメリカと近いからな……」

「よくしゃべるのは日本の政治家の特徴だ。脇が甘く、日頃からロビー活動に慣れていないから、アメリカの上院議員を連れていくだけで、何でも話してくれる」

「日本ではロビー活動をする必要がないからな」

「それだけ日本人の国会議員の質が低いということだ。議員会館に挨拶に行ってアメリカ合衆国上院議員の名刺を示すだけで、数時間後にはすぐに折り返し連絡が来て、政党幹部と一緒に食事に連れていってくれる。それも和食の超一流店ばかりだ」

「耳が痛くなるほど聞いている。海外の議員との個人的なパイプを持っている国会議員がいかに少ないことか。国会議員というのは国の仕事をするはずだが、そのほとんどが地方議員の親玉に過ぎない。地方議員の延長線上にしかいないということだ」

「だから外交交渉という国会議員にとって最低条件の仕事もできないんだな」

「顔ぶれをみればすぐにわかることだ」

「外交や防衛の勉強をしたこともない議員が七割はいるだろう。そのくせ、タダで海外旅行ができる『外遊』の時期になると、わんさか物見遊山に出かけている。日本の国会議員なんて今の三分の一でも多すぎるくらいだ」

「しかし、国民がそれを許しているんだろう」

「昔から日本の政治は三流と言われてきたが、これはすなわち日本人の政治意識が三流ということに他ならない」

「どうして日本では政治というものが育たないのだろうか……」

　クロアッハが首を傾げて訊ねた。

「教育と国民性だな。第二次世界大戦後七十年以上過ぎたのに、民主主義そのものが育たない。また、日本の教育レベルが高い……という戯言《ざれごと》をいまだに信じている国民が多いことも大きな要因の一つだろうな」

「ジュンは日本の教育レベルが低い……とでも言いたげだな」

「今後、優れた人材の枯渇、減少が顕著になってくるだろう。僕はノーベル賞というもののレベルをあまり信用していないんだが、医学、化学、物理学の分野だけはそれなりに世界に対する貢献があった。これまで、日本人もこの分野での受賞が多かったが、今後が危ぶまれてきているのは事実だと思う」

「ノーベル平和賞だけは私も政治的な疑問を感じているが……人材の枯渇というのは、先進国にとって極めて重大なリスクだ」

「本来、そこを真剣に考えるのが国会議員の仕事なんだが、その根本を理解している議員がどれだけいるか……を考えると情けない思いがする」

「今の日本のリーダーたちは、これからの日本をどうしたいと思っているんだ？」

「わからん。自分が国会議員をやっている間は無難に過ごすことしか考えていないのだろう。だから二世、三世議員が多く出てくる。トンビが鷹を産んだような世襲政治家がいかに少ないか……これを支えているのが選挙民なんだから、彼ら自身も何も考えていないということだ」

黒田の言葉にクロアッハも頷いていた。黒田が続けた。

「それでも日本はかつて、経済は一流と言われた時代があったが、これもまた過去の遺物だ。世界的企業による改竄《かいざん》や粉飾問題は世界の企業から呆れられている」

「確かに日本の世界的リーディング企業の不正がここのところ目に付くな」

「株主と消費者を舐めた結果だ。そんな会社は一日も早くなくなってもらった方がいいんだが、そうもいかないのは日本の労使関係に問題があるからだろう」

「お抱え労働組合が多すぎたのも問題だったのだろうか」

「連合という労働組合組織の結成に無理があったのだろう。これもまた政権交代の流れと一緒にできた副産物のようなものだ。企業労組と公務員労組が一緒になることが最初の失敗だった」

「企業と公務員か……企業でもいわゆる基幹産業の労組とそれ以外とは相当な格差があるからな」

「ジュンは警察だから労働組合とは全く関係がない世界に身を置いているようだが、日本の労働組合の実態はどうなんだ？」

「何とも言えないな。基幹産業のような大手企業でも、一体化されないのが労組の組織実態だ。単に労働者という言葉で一括りにできない実態の差が歴然としている」

「そういう企業状態の中で海外のスパイが狙うのはどの部分だと思う？」

「産業スパイが狙う部門は幅が広いからな……なんとも言い難いのが実情だ」

「自動車、電子機器、鋼材という三部門で問題を起こしただろう？　その企業と関連がある会社は全てスパイのターゲットになるということだ。特に自動車部門は日本最大のコンツェルンだっただろう。銀行経由でどんな情報も入手できるとなれば、日本国はどうやって対応するつもりなんだ」

「一企業だけの問題ではない……ということなんだな？」

「そこを考えてやるのがジュンの仕事だろう。日本の甘さの全てが凝縮されている問題だととらえた方がいい。先ほどジュンが言っただろう、問題を引き起こした企業は一日も早くなくなってしまった方がいい、と。そうしないとその企業だけでなく、それを取り巻く全ての企業情報を世の中にさらけ出す……ということになる」

黒田は胸に突き刺さる様な痛みを感じていた。「確かに、国を守るというのはそういうことなのかもしれない……」忸怩たる思いがこみ上げていた。

クロアッハは黒田の表情を見ながらさらに言った。

「ジュン、インテリジェンスを扱うエージェントとして、ささやかなアドバイスだ。君もこれから世界中のエージェントと情報を交換し、あるいは戦っていかなければならない。決して相手に弱みを見せないことだ」

「クロアッハ。ありがとう。目から鱗《うろこ》……というのは、まさにこのことだとよくわかったよ」

「ジュンにはまだまだいい仕事を続けてもらいたいからね。ところでジュン。今、日本の政界はどうなっているんだ?」

「いわゆる『忖度』の問題か?」

「そういう遠回しな言葉は海外にはなかなか見当たらないからね」

「今回の忖度にはいくつかの理由がある。一つは官邸が強くなり過ぎたことだ」

「官邸が強くなったというのは単なる長期政権とは違うということなんだな」

黒田はクロアッハの顔をチラッと見て答えた。

「そう。官邸が霞が関の行政人事だけでなく、最高裁判所の判事という司法権にまで及んでしまったことにあるんだ」

「しかし、日本では最高裁判所判事の任命権は内閣にあるのではないのか？」

「そうなんだが、これまで最高裁判所判事の指名について官邸がノーの意思表示をしたことはなかった。しかし、現在の官邸は早い時期からこれを実施している。このため、霞が関全体の人事そのものに官邸が直接、力を及ぼすことを役人たちは知ったんだ」

「それは内閣総理大臣というよりも内閣官房長官の姿勢ではないのか？」

「そのとおりだ。これほど力を持った官房長官は初めてだ。ある意味では総理大臣と官房長官が棲み分けを図っている感がある。例えば外交は総理大臣、国政の中でも役人人事と沖縄問題を官房長官……というふうに……だ。さらに総理大臣は単なる外交だけではなく、トップセールスとして日本の産業の売り込みを世界で行うようになってきた」

「すると企業サイドも官邸を無視することができなくなった……ということか」

「これまでのような独自の売り込みでは世界が相手にしてくれなくなった……ということだな。これに関しては、ようやく日本の政治家が世界に追いついたとも言える」

「至極当然なことのような気がするけどな。トランプだって、世界中にアメリカの軍需産業を売りつけようと必死だ。彼は元々が商売人だから、その点では水を得た魚のようだ。彼自身が政治には全くの素人だからだろうが、そのかわり商売人としては一流の嗅覚を持っている」

黒田はクロアッハがアメリカ大統領に対して自分と同じ感想を持っていることが嬉しかった。

「アメリカの財界関係者にしてみれば、自分たちの営業を後押ししてくれる国営企業的なホールディングスが増えたような思いなんだろうな」

「悪しきナショナリズムと言われても仕方ないが、そこにトランプ大統領の強みがある。ただ、アメリカ人には世界のリーダーとしての自負があるのは事実だ。さらにWASPの連中にとって世界の警察であったアメリカに、黄色人種の、しかも共産主義国家の中国が取って代わろうとしていることに対しては許しがたい思いがある」

「中国の人権問題については、これまでの歴代アメリカ大統領も口にしてきた。これが貿易不均衡問題以前の対立軸であると多くのアメリカ国民、有識者が感じていることは確かだろうな」

黒田の言葉にクロアッハも頷いて訊ねた。

「ジュン。今年の夏に日本の総理大臣がトランプに対して、北朝鮮との戦争だけは避けてもらいたい旨の申し入れをしたのを知っているかい？」

「日朝問題の最大の関心事は拉致被害者問題だ。北の指導者とその参謀を全滅させられては、交渉窓口がなくなってしまう。北朝鮮とすれば、まず日朝友好条約を締結し、第二次世界大戦前までの日本の植民地統治に対する賠償を請求する。そのうえで、交渉に応じようとする肚《はら》が見え見えだが」

「金正恩の父親の金正日が北朝鮮の国家的行為として拉致を認めたのは、当時のアメリカが本気で北朝鮮を攻撃するつもりだったからだ。背に腹は替えられない。その末の水面下交渉だったわけだ。しかし、今回、日本は全く関係がない。日本が何を言おうと当事者能力がないと思われている」

「そんなところだろう。拉致問題を無視というか、徹底的に棚上げしていても北朝鮮にとっては何の実害もないからな。しかし、日本政府としては国民世論だけでなく、最低限度の拉致被害者問題の解決は、朝鮮半島の南北問題と同様の政治課題となっている」

「日本の政治課題か……それだけでは北朝鮮は動かない。どんなに強力な経済制裁を唱えても中国とロシアが裏で手助けしているかぎり、北朝鮮は痛くも痒くもないのが実情だ」

「今、老いぼれ爺さんと出来損ない坊主の軍鶏《しゃも》の喧嘩をどこで手打ちにするのか……そのタイミングが大事だ」

黒田の言葉にクロアッハは頷いて言った。

「北を攻めれば必ず中国とロシアが出てくる。その点の水面下交渉はなかなかタフなネゴシエーターが動かなければ進まないだろうな。日本には北朝鮮とアンダーで話ができる人材はいないのか？」

「いないだろうな」

「北朝鮮の動きは誰が見ているんだ？」

「現地にはそれを探る者がいない。中国を含めて同じだ」

「情報戦にもならないどころか、北朝鮮のスパイばかりが日本国内を闊歩しているということか……日本警察も大変だな」

「外交ルートができないほど情けないことはないが、いまの外務省では無理だしな」

「日本にも本格的な諜報組織が必要だな。いまだにそれができない長期政権なんぞ、何の意味もないんだが……」

クロアッハはため息をつきながら言うと、黒田の肩を軽く叩いて続けた。

「ジュン、今、日本で北朝鮮の情報を本気で取っているのは君だけかもしれないぜ」

黒田は頷くしかなかった。

「米朝関係を世界が注目していると思うかい？」

「いや、核攻撃にパニックになったアメリカ大統領が極東の弱小共産主義国家に戦争を仕掛けるかもしれない……程度の認識だな。ただ、一部の政治家はロシア、中国、アメリカが三つ巴になって太平洋覇権を競っている、と見ている。そのついでに、豊富な地下資源がある小国をどこがモノにするか……というところか」

「ヨーロッパでは中国の人気がないからな」

「金を払ってくれる人口大国だから、一部の政治家は頭を下げたふりをしているだけだ。中国人観光客はどこに行っても顰蹙《ひんしゅく》を買っている。一昔前の日本人団体観光客と似たようなものだな」

「返す言葉もない」

「しかし、一時期の日本製商品の優秀さは、専門家から注目されていた。中国はいまだにそれがない。世界中の企業を買収してきただけだ。最近の中国製品のシェアの高さから強いて言えばドローン・マルチコプターぐらいかな」

「それくらいしかないだろうな……太陽光パネルも中国製が増えているようだが……」

「中国製を購入するのは途上国くらいのものだろうな。そんなことより日本はこれからどうするつもりなんだ？」

「どうする？　世界の中での立ち位置の問題か？」

「そうだな。残念ながら日本の存在を気にしている国家が減ってきているのは事実だ。だから各国の諜報機関のエージェントが日本に滞在しなくなった」

「本気で観光立国を目指しているようだが、本当のセレブが訪れる国ではなくなっている。ただし、本物の和食や日本酒といった食文化を見直すセレブは増えている」

「しかし第一次産業が今のような体たらくでは、需要に供給が追い付かないんじゃないか？　そのうち、本当に美味しい日本酒が日本では飲めなくなる……そんな時代がすぐそこまで来ているような気がする」

クロアッハの指摘は事実だった。

「日本の水は美味いが、空気は中国のおかげでＰＭ２・５の数値が上がっている。これが雨水に溶けて大地に降り、水源を汚染すれば、日本のいい所は全くなくなる」

「中国は当然のように日本に対して環境技術の援助を求めてくるだろう。逆に、少なくない中国人農業従事者が、日本の企業が中国の土地や水を汚染していると、本気で思っている。笑い話のようだが、これも事実だから仕方がない」

黒田も何度か耳にしていたことだったが、クロアッハの口からでるということは、これは日本企業にとって相当深刻な問題なのかもしれなかった。

「ジュン、先ほども言ったが、日本企業に対するサイバーテロの多くは、環境ビジネスと新農業ビジネスに関することだと思った方がいい」

「新農業か……それも中国とロシアに相当喰われ始めている。山の中でアワビを育てる技術や、マスの養殖。野菜工場に水耕栽培。どれもメイドインジャパンだったものが、アフリカではメイドインチャイナに変わっているからな」

「最初に井戸掘りを教えた者が悪いわけじゃないが、水源が乏しいアフリカや中東の現地の人だけでなく、そこに移り住む中国人に、あらゆる施設と技術が勝手に使われることを想定しておかなければ、日本はいつまで経ってもお人よし国家で終わってしまうだろう」

黒田はただ頷くしかなかった。

「ところでクロアッハ。今回、君が僕をシリコンバレーにまで呼んだ本当の理由は何なんだい？」

「シリコンバレーで次々に生まれているベンチャー企業をその眼で見てもらいたいと思ったからさ」

「中国人が多いな」

「そう。中国人と南朝鮮人ばかりが目立って、日本人が少ない。日本はシリコンバレーを軽視できるほど、そんなに優れた技術を持っているのか……と思ってね。そして、起業に成功した連中の多くは、自分の会社の存在を認めさせるために、国家と結びつく。だから、中国人と南朝鮮人のコミュニティはアメリカの至るところにあるが、日本人のコミュニティはどこも貧弱だ。リトルジャパンなんて場所はアメリカ国内にはどこにもない。リトルトーキョーがあるくらいだ」

「そのうち、中国も南朝鮮も日本を相手にしなくなる時がくるかもしれないな」

「それでいいのか？」

「その時はその時だ。ただし、日本を攻撃したり、日本の領土を侵奪するようなことになれば別だ。その時は圧倒的な軍備をもって戦うしかない。日本はその気になればいつでも核武装は可能だし、そういう状況になれば憲法改正も容易だろう」

黒田の言葉にクロアッハは満足気に答えた。

「久しぶりにジュンらしい台詞を聞いた気がする。君はターゲットの選択に関しては実にロマンチストであり、アレンジメントに対してはリアリストだと思っていた」

「目標選択にロマンなんてないよ。常に具象、具体あるのみで、抽象は必要ないと思っている」

「随分哲学的だな」

クロアッハは興味深そうに黒田の話を聞き始めた。

「僕は中国、ロシア、朝鮮半島が日本と敵対せざるを得なくなった状況を常に考えている。本来ならば孫子《そんし》の兵法にあるように『戦わずして勝つ』ことが一番なのだろうが、周囲を狂犬に囲まれた時のことを考えると、冷徹なまでのリアリズムが求められることになるだろう」

「なるほど。冷徹なまでのリアリズムか……」

「そこには、いわゆるサプライ・チェーン・マネジメントの原則を当ててみるとよくわかる」

サプライ・チェーン・マネジメント、日本語に直せば供給連鎖管理ということになる。

物流システムをある一つの企業の内部に限定することなく、複数の企業間で統合的に構築し、経営の成果を高めるためのマネジメント手法である。

「企業間の取引は対等であるとは限らない。これを国に置き換えればもっと簡単なんじゃないか？　ジュンの発想は現実と理論との乖離があるように思えるが……」

「もちろんだ。君は乖離と言ったが、そのギャップの分析が重要になるんだ」

「サプライ・チェーン・マネジメントというよりも、ロジスティクスの問題じゃないのか？」

ロジスティクスとは、原材料調達から生産・販売に至るまでの物流、またはそれを管理する過程のことである。

「ロジスティクスは、物流において生産地から消費地までのトータルコーディネートを行い、全体の最適化を目指すことを意味するだろう。僕があえてロジスティクスという言葉を使わなかったのは、もともとロジスティクスは兵站《へいたん》を表す軍事用語だったからだ」

「なるほど。その点もジュンの発想らしい。そこには抽象は必要ない……ということか」

「そう。具体、具象あるのみだな」

「具象化概念、つまり具象化する力は、抽象化、概念化したものを『はっきりとした形にする力』と考えればいいのか？」

「いや、必ずしも抽象概念は具象度の高い情報に支えられているわけではないだろう。むしろ具象度の低い情報との関係によって抽象概念が規定されていると思う」

「まるで心理学のようだな」

「最初に抽象という言葉を使ったのは、クロアッハ、君じゃないか。戦争が始まる時に抽象的概念でことを起こすわけはないだろう。ただ、太平洋戦争に突入した大日本帝国はそうだったのかもしれない。自分の国を『神国』と定義づけたくらいだからな。これはイスラミックステートの勃興《ぼっこう》と似ているのではないか」

「なるほど。そう言われるとわかりやすい。ジュン、君は一人で、本気になって戦争を考えているんだな」

「僕の基本は孫子の兵法だ。実際に戦争を起こすのは最後の最後でいい。しかし、その想定をしておかずして本当の戦いはできないと思う。だからサプライ・チェーン・マネジメントの話に置き換えたんだ」

クロアッハはマジマジと黒田の顔を見て言った。

「ジュン、君は本当に成長したな。そういう発想を、いちエージェントが真剣に考えているところに感心せざるを得ない」

「クロアッハ、君だから言ったんだ。上司に伝えたら危険分子扱いされかねないからな」

「もう立派な危険分子だ」

クロアッハがようやく声を出して笑った。

「クロアッハ、今、日本国内にどれくらいのスパイが存在していると思う？」

「最近はサイバーテロで、自ら足を運ばなくても情報操作やアタックはできるからな。それでもヒューミントを大事にする諜報機関はそれなりの人員を投入している。おそらく北朝鮮だけでも数百人単位で送り込んでいるんじゃないか。中国もほぼ同じだと思う。もう一つ気になるのが、イスラム原理主義者たちだ。三年後、東京で開催されるオリンピックが最大のターゲットになることは間違いない」

「奴らが起こしそうなテロはなんだろうか？」

「朝鮮半島の連中が平昌オリンピックの失敗をどのように払拭するかが課題だな。中国、朝鮮半島はいまだに発展途上国だから、オリンピックには熱を入れても、国の公共の福祉を示すバロメーターであるパラリンピックには力の入れようがないのが実情だ。そういう状況下で敢えて冬季オリンピックを誘致したとは。そもそも成功を前提にしているところに問題がある」

「南朝鮮関係者の誰もが平昌オリンピックが成功するとは思っていない。国民にとって国威高揚になるともな。ただ一つ可能性が残っているとすれば南北統一機運を盛り上げる施策だろう」

「北朝鮮はかつてソウルオリンピックの参加をボイコットした経緯があるからな。単独でオリンピックに参加するだけのメンバーも育っていないのが実情だろう」

　オリンピック北朝鮮選手団は、朝鮮民主主義人民共和国オリンピック委員会が招集する選手団であり、一九六四年の冬季インスブルックオリンピックに初めて参加している。夏季オリンピックは一九七二年のミュンヘンオリンピックに初めて参加したが、一九九〇年代以降は韓国との合同チーム結成の機運が高まっている。

「サッカーの国際大会同様にオリンピックでも合同チーム結成が実現される可能性があるのは確かだ。しかし、これには多くの南朝鮮国民がその是非をひと言では語ることができない複雑な思いを抱えているようだ」

「まだ反対派が多いのが実状だろうが、南北はもともと同胞であることには違いない。北朝鮮政府は信用していないが、いつの日か南北統一が実現してほしいと願うのは道理だろうな。その時の朝鮮民族にとって唯一の共通の敵は日本ということになる」

黒田の言葉にクロアッハが答えた。

「実は諜報部門でも北と南が情報交換や共同歩調を取っている……という話が、ここシリコンバレーでも囁かれているんだ。そして、その言い出しっぺを調べると、中国人留学生なんだな。そしてこの中国人留学生のインターネット接続状況を調べたところ、中国本国からの指令であることが判明したんだ」

「中国サイドが言っていることは決して嘘じゃないだろう。その兆しは実は日本でも起こっているんだ」

「日本の総理大臣は大丈夫なのか？」

「大丈夫とは言い難い。特に嫁さんが絡んだ方はタチが悪い。それだけに現場が無理をした感がある。それを口に出すことができないのが霞が関の役人だ」

「彼らは総理や官邸の指示もなく、勝手に忖度をした……というのか？」

「霞が関の役人にしてみれば、総理大臣に貸しをつくることは、将来の出世に役立つ。忖度というよりも損得に動いたと言った方がいいかも知れんが……」

「なんだ……損得勘定がバックにあった……ということか」

「その話題になると話が堂々巡りになってしまうぞ」

「そうか……それはあえて聞かないことにしておいた方がよさそうだ。それで、日本国内で南北の諜報担当はどうつながっているんだ？」

「現在調査中だが、最新の平壌放送の暗号放送を解析すると『同胞の協力関係を活かす』ということをしきりと指示している」

「そうか……それは世界規模で行われている可能性が高いんだな……うちも、北朝鮮からの無線指令を再確認しておくよう指示を出しておこう。何か引っ掛かるかもしれない」

クロアッハは手のひらに文字を書く仕草を見せた。重要案件を記憶する際に彼が必ず行う癖だ。黒田は二度軽く頷いて訊ねた。

「クロアッハ、もう一つだけ訊ねたいことがある。シリコンバレーには北朝鮮関係者は入り込むことはできないだろうが、今、中国、南朝鮮からの留学生や起業家を目指している者が多くいるだろう。彼らが学んでいる最大の学問はなんだい？」

「学問か……シリコンバレーといえば、ＩＴ関連の先端技術企業だ。その中でジュン、日本の企業がシリコンバレーだけでなく、世界的に立ち遅れている理由はなんだと思う？」

「スピードと若さだろうな」

「そのとおりだ。ジュンはわかっている。イスラエルの投資セミナーで講演したイスラエル人アナリストが笑って言っていた、『日本企業がビジネスに結びつかない理由は現地で即決できないからだ』とね。『今日中に決められない人は帰ってください』と言うのが最近のＩＴ関連の先端技術企業との取引の常識だそうだ。多少の言葉の綾はあるだろうが、シリコンバレーの新興企業との取引期限は一週間というのが標準だからな」

「一週間か……日本企業では無理だな」

「爺さん会社じゃ無理だな。経営の意思決定や現場での判断の速さ、それに若い経営者と幹部社員の登用が日本企業の最重要課題だな」

「昔の日本で成功した新興企業のリーダーがよく言ったのは『やってみなはれ』だった。創業者だから言える台詞だろうが、企業のトップである以上、前に進む勇気と失敗を恐れない意思を保つことが大事だろう」

「日本は優れた技術も持っているんだが、その活かし方に失敗している。そして逆にその優れた技術が盗まれている」

「盗まれている……嫌な言葉だが、それが実態なのかもしれないな」

黒田は大きなため息をついていた。

第二章　不穏な動き

「中国人民解放軍の海南島《かいなん》基地の陸水信号部隊が、久しぶりに日本の省庁などへ不正にアクセスしているようです」

警部補に昇任して先月着任した落合一真《おちあいかずま》が報告していた。

「しばらく止まっていたのかい？」

「この数年はおとなしくしていたようなのですが……」

黒田のデスクで二人は向かい合っていた。

「省庁はどこがターゲットになっている？」

「防衛省、財務省、農水省、文科省の四省です」

「どこも問題を抱えている省だな。警察庁には連絡しているのだな」

「長官官房総務課に連絡しておきました」

黒田は中国の動きには特に敏感だった。

「海南島基地の陸水信号部隊から直接攻撃を行っているのか？　それとも海南テレコム経由なのか？」

「後者です。ただし、一件だけ、文科省を狙った攻撃の中に彼らにしては珍しいミスを犯しています。ＩＰアドレスのなかに人民解放軍総参謀部第三部のものが残されていたのです」

「何か意図的なものがあるのではないのか？」

「総合的に検証した結果、ミスと判断しました」

「文科省はどの部門だったんだ？」

「攻撃を受けたのは大臣官房総務課と研究開発局、それに省直轄の国立試験研究機関である科学技術・学術政策研究所の三ヵ所です」

「研究部門がターゲットになっている可能性が高いな……」

黒田の言葉に一真が反応した。

「文科省で研究部門となると何があるのですか？」

「文科省には国の宝になるような分野がいくつかある。日本の独立行政法人のうち主に研究開発を行う中でも、世界トップレベルの成果が期待されるところがね。具体的には理化学研究所。『特定国立研究開発法人（スーパー法人）』として特例法を設け特別な措置が取られている」

「あの、なんとか細胞で有名になったところですね？」

「あの件は確かにミソをつけてしまったが、元々は大正時代に創設された物理学、化学、工学、生物学、医科学など基礎研究から応用研究まで行う国内唯一の自然科学系総合研究所だ」

「そんなに古くから……ですか……」

「一真が知っているだけでも、鈴木《すずき》梅太郎《うめたろう》、寺田寅彦《てらだとらひこ》、湯川秀樹《ゆかわひでき》、朝永振一郎《ともながしんいちろう》など、多くの科学者を輩出した組織だ。理化学分野において、産業の技術革新を推進してきたことは間違いない」

「寺田寅彦も……でしたか？　『天災は忘れた頃にやってくる』で有名な文人でもありましたけど」

「夏目漱石《なつめそうせき》の門下では最古参だったが、漱石も教えを請うていたそうだ」

「それよりも理化学は幅が広いですからね……」

「理研の他にも文科省には量子科学技術研究開発機構や宇宙航空研究開発機構が傘下にある」

「宇宙航空研究開発機構は私も知っていますが、量子なんとか……は知りません」

量子科学技術研究開発機構の研究分野は放射線医学および、量子ビーム（放射線、高強度レーザー、放射光）、核融合である。中でも放射線医学の分野は世界的にも認められており、重粒子治療はガン治療の最先端と言われている。

宇宙航空研究開発機構（英称：ＪＡＸＡ、Japan Aerospace Exploration Agency）は日本の航空宇宙開発政策を担う研究・開発機関で、法人格の組織では最大規模である。

黒田が概略を説明すると、一真は腕組みをし、首を傾げながら訊ねた。

「陸水信号部隊はかつてアメリカの政府・軍機関や民間企業に対してサイバーテロを頻発していたのですが、その矛先を日本に変えたのでしょうか」

「中国は今、様々な分野でメイドインチャイナとして世界に商品を輸出しているが、そのほとんどが海外の企業買収等によって得た技術だ。自国で研究開発したものはほとんどない」

「なるほど……それでも有人人工衛星や宇宙ステーションの構築も始めていますから、日本の小型ロケット等と比べると、中国の方が宇宙、航空分野では進んでいるような気がしますが……」

「有人人工衛星はその気になれば日本だって打ち上げは可能だ。しかし、日本が有人人工衛星を打ち上げるメリットがない」

「だからアメリカも止めてしまったのですか？」

「有人人工衛星の打ち上げはロシアにやってもらえばいい……ということだろう。宇宙ステーションで行う実験データさえ手に入れればいいのであって、アメリカは地球周辺の宇宙に関して興味がなくなっている。それでも自国で作った人工衛星だけは頻繁に打ち上げているが」

「日本はどうなんですか？」

「日本のロケットは新たな商売として成り立つことが明らかになった。今後は気象、通信、監視衛星の打ち上げを世界中から受注することになるだろうな」

「そうなんですか……北朝鮮がＩＣＢＭ等のミサイルを積極的に打ち上げた経緯とは関係がないのですね」

「あれは単なる、対アメリカ向けのパフォーマンスに過ぎない。しかしその結果、アメリカを怯《おび》えさせた効果は大きかった」

「やはりアメリカは怯えたのですか？」

「何をやらかすかわからない、無法者国家だからな。悪いオモチャは取り上げてしまいたいところだろう」

「日本のロケットは注目されていないのですか？」

「注目されているから中国が狙って来るんだろう。人工衛星を失敗することなく打ち上げるということは、ＩＣＢＭクラスのミサイル発射とは格段の差がある。核弾頭じゃないぞ」

黒田がふざけて言うと一真が笑った。

「久しぶりに室長の親父ギャグを聞きました。それよりも日本のロケット発射技術というのは、かなりなレベルにあるのですね」

「北朝鮮からみれば咽喉から手が出るほど欲しいだろうな。安定的に人工衛星を軌道に乗せる技術というのは、ＩＣＢＭクラスのミサイルを発射して、百発百中、目的地に到達させられるということなんだ」

「日本がその気になって軍備を拡充するとなると、北朝鮮の軍備など比べものにならないのですね」

「現在でも軍備から言えば日本の自衛隊が保有する兵器は世界でも五指に入るほどだ。人工衛星を打ち上げるロケットに、原子力発電所で発生したプルトニウムを加工した核弾頭を載せることも、その気になれば容易にできる」

「核実験は必要ないのですか？」

「宇宙空間で秘密裏に行えばいい。大型のもので実験する必要はない。核融合装置は私立大学だって持っている時代だ」

「考えてみれば恐ろしい話ですね」

「国民がその気になる時が来るのかもしれない。その準備だけはしておいても悪くはないだろう」

「室長はどれくらい先まで考えて、そのようなことを想定していらっしゃるのですか？」

「せいぜい十年後だな。二十年先なんて誰もわからない。五年前に今の北朝鮮の姿を想像した人間は誰もいなかったはずだ。アメリカにトランプ政権が生まれることもな」

「私はいまだになぜアメリカ人がトランプを大統領に選んだのか、納得ができずにいます。そして、歴代大統領の中で最低と言いながらも、アメリカ経済はそう悪くなっていません」

「トランプは日本人から見れば言動が一致しない、単なるビッグマウスのように見えるが、実業家としてはアメリカでは昔から人気があったことは確かだ。独立と不屈の精神で成功を収めた人物だからな。世襲政治家や理想ばかり訴える弁護士出身政治家より、個人的には評価されていると思った方がいい」

「ある意味ではタレントですね」

「そう。かつてロナルド・レーガンが大統領になったようにね。久々の大物変わり種の登場に期待を寄せた国民が多かったのは、むしろ当然だったのかもしれない」

「室長は十年後の日本がどうなっていると思っていらっしゃるのですか？」

「人口減少と少子高齢化が進むことは明らかだ。零歳から十四歳までの人口は一〇パーセントを割り、十五歳から六十五歳が五〇パーセント、六十五歳以上が四〇パーセントを超える時代になる。就業者人口の減少から、効率化のためにＩＴ化がさらに進み、中小企業は後継者不足から減少することになる」

「なんだか悪循環ですね」

「高齢者が増える人口の減少とはそういうものだ。これまでの国の政策の誤りは、もう修正することはできない」

「日本はどうなっていくのでしょうか？」

「来年の景気を見ればなんとなく先が見えてくるんじゃないかな」

「来年？　オリンピックも間近ですよ」

「どれだけの経済効果があるのか……訪日外国人は多少増えるのかもしれないが、それが果たして景気高揚につながるかははなはだ不明だな。特に東京は様々な分野で国際都市を強調するあまり、新規施設やリニューアルに投資を続けているが、これをどこまで回収できるか……その見通しが来年あたりになれば見えてくるだろう。以前からオリンピックで儲《もう》かるのはＩＯＣだけ……とも言われているからな。日本人の消費意欲が上向くとは全く考えられない。すると外国人による消費行動を当てにするだけだろう。最近の外国人で金を使うのは一部の中国人だけだ。それも、これまでのような爆買いはなくなっている。それでも都内のデパートの売り上げの二五パーセントが外国人によるものと言われているのだから、果たしてどうなることやら……だな」

「なんだか夢がないですね」

「そう。若者が夢を持つことができない国になってしまったんだ。海外に行ってみるとそれがよくわかる。若者が自分でチャンスを手に入れる可能性が低い国になったということだ」

「僕たち世代の給料はどうなるのでしょうね？」

「深刻だろうな……高齢化は中所得層の減少を生むから、低所得と高所得の二極化が顕著になる。そうなると、税収が減るだろう？　公務員としても民間に合わせなければならなくなるからな」

「やっぱり夢がないな……貯金が大事なんですかね……」

「ある程度預貯金は必要だろうが、もう少し視線を上げて、投資を考えるのもいいだろう。経済の活性化につながる。金を使わなければ経済は回らない」

「でも、消費税も上がるんでしょう？　なかなか使えなくなるのも実情だと思うんですが……」

「消費税が一〇パーセントなんてたいしたことはない。欧米では平均で二〇パーセントを超えている。それでも軽減税率を設けたり、社会福祉に力を入れたり……で、高い消費税は様々な形に変化し国民に還元されている。だが、どうも日本はそれが上手くできないんだな。消費税ほど公平な税はないと思うが……。アメリカなんて消費税に加えて、州税やチップが必要だろう。飲食代では一五から二〇パーセントのチップだ。それを考えると、金を使う人は多くの税金を払うわけだから、消費税は富裕層からどんどん取れるシステムなんだ」

「しかし、貧しい人からも取ってしまう……」

「それは最低限度の平等……というものだろう。日本だって食品には軽減税率を導入することにしているようだからね。しかし、それで将来の日本人に希望を見出すことができるかどうかは疑問だな。そういう国民の心の隙に付け込んでくるのが海外のエージェントたちだ」

「それは犯罪を仕向ける……ということですか？」

「北朝鮮がウクライナからロケット技術を盗んだのも、ウクライナの国民の中に、今の多くの日本人と同じように、厭世的な環境があったからだろう。夢を失うということはこの国に希望を失うのとおなじだからな」

　黒田は一真に言うよりも、自分自身に言い聞かせるような口調になっていた。

「中国や北朝鮮の工作員は、今の日本が草刈り場になる可能性があると知っているのでしょうか？」

「だから、あの手この手を使って仕掛けてきている。詐欺師が次のターゲットを狙う時の下準備のような時期だろう」

「外二だけでは工作員のチェックは難しいでしょうか？」

「まず、サイバーテロを受けている省庁や、関連企業との連携が必要だ。省庁の場合、複数の企業がサイバーセキュリティーを担っている。サイバー犯罪対策課とも連携を図りながら捜査を進めていくしかないだろうな」

「サイバー犯罪対策課と情報室とでは、どちらがサイバーセキュリティーに関して先んじているのでしょうか？」

「サイバー犯罪対策課が前身であるハイテク犯罪対策室から名称変更したのは、僕が万世橋《まんせいばし》に行く前年だ。情報室はその六年前からサイバーセキュリティー部門を作って、国内三大サイバーセキュリティー企業と連携を図っていた。人材の育成でも相当な予算を組んでいたのは事実だ」

「さすが室長、先を読んでいたんですね」

「サイバーテロに関して言えば、インターネットが生まれた時からハッカーという存在があったのだから、この対策を取るのは常識だろう。一真のようなハッカーがどんどん生まれているんだからな」

「それを言われると辛いものはありますが、今やクラッカーまでもが商売になっている現実は情けないですね。コンピュータウイルスを作りながら、そのセキュリティーソフトを売る、いわばマッチポンプ野郎まで登場しているくらいですから」

「うちも、サイバーセキュリティー担当の一個班を防衛省と文科省に投入する。一真、その人選をやってくれ」

黒田は一真に指示を出すと、その足で総務部長室に向かった。

「おう、黒ちゃんどうした？」

「やはり、中国のサイバーテロ軍団が動き始めました」

「米朝関係が気になっているんだろう？」

「それが最大の案件だと思います。習近平は張成沢が粛清されて以来、金正恩に対して無視を続けていました。さらに中国人民解放軍を中朝国境の鴨緑江《おうりょくこう》と豆満江《とうまんこう》の北朝鮮対岸地帯に展開するという脅しもかけています」

黒田の報告に武井《たけい》総務部長が二度頷いて言った。

「トランプと習近平の共通点は大きく二つある。一つは常に相手に対して大きく要求すること。恫喝やTPP撤退がいい例だ。次に決して自ら失敗を認めることはないが、ミスを素早く修正できることだ」

「最近のオーナー経営者に共通する発想でしょうか」

「そうだな。昔の『やってみなはれ』的な起業家とはちょっと違う。起業家ではないが、組織を一新して発展させる経営能力には長けている」

「習近平はトランプの次の一手を想定している……ということでしょうか」

「そうだな。トランプがロケットボーイ相手に本気で喧嘩を売るような男でないことは知っているはずだ。むしろ、ロケットボーイの方が疑心暗鬼になっている。彼の発言の裏に怯えを見て取ることができる」

「親父と同じですね」

「黒ちゃんは当時のことはよく知っているんだったな」

「先日、最後の確認のために当時の幹事長にお会いして話を伺いました」

「そうか……ミスターXも出てきたんだな」

「知り過ぎた邪魔者はあっさりと粛清されてしまいました」

「それを知っている今の北朝鮮の幹部は自分では動きたくないのが実情だ。今、北朝鮮で動けるのは金英哲《キムヨンチョル》党副委員長、金正恩党委員長側近の金昌善《キムチャンソン》国務委員会部長、そして金桂冠《キムゲグアン》外交委員会委員の三人くらいだろう」

「三人とその直属の部下の動きを見ていれば状況がわかるわけですね」

「金英哲は叩き上げの軍人でテロリストの総帥《そうすい》的存在だ。金昌善はロシア、中国とのパイプがある軍人上がりの側近。金正恩の信頼がもっとも大きい人物と言って間違いはないと思う」

「指揮系統はどうなっているのでしょうか」

「縦一本しかないはずだが、金正恩本人にそれほどの能力があるわけではない。執事の金昌善が情報を集めてアドバイスしているのだろう。秘書室が重要なポイントだな」

　黒田は今後のスケジュールを武井部長に伝えた。

「総監に報告しておいた方がいいんじゃないかな。総監も米朝関係について相当関心を持っている。先日のアメリカ出張報告を興味深く聞いていたからね」

武井総務部長が総監秘書室に連絡を入れ、黒田は総監室に向かった。

部屋に入るなり藤森総監は言った。

「黒ちゃん、身体は大丈夫かい？」

「どこも悪くはありませんが……」

「出張続きだろう。他に任せるわけにはいかないのはよくわかっているし、黒ちゃんの情報を頼りにしているのは事実だが、身体が心配だ」

「お気遣いありがとうございます。現在の米朝関係には何か裏がありそうです。トランプの本気度が今一つわかりません」

「それは在アメリカ日本大使館からの報告も同じだ。北朝鮮の前に対イラン攻撃があるだろうからな。そうなるとフセイン政権を倒した時と状況が似てきている」

「しかし、北朝鮮は今のままでは頼るところがありません」

「そこなんだな……中国はどう動くと思う？」

「中国はアメリカの出方次第……というところでしょう。アメリカが先制攻撃を行うとしても、北朝鮮の核・ミサイル施設だけを攻撃する『サージカル・アタック』か、さらに『斬首作戦（金委員長暗殺工作）』まで行うだけの情報があるのかどうか……」

黒田の意見を聞いて藤森総監が言った。

「情報戦では北朝鮮はむずかしいだろうな」

「現在米国が外国を対象に行っている諜報方法のほとんどは、電子機器による盗聴、サイバーによる諜報、スパイ衛星等で、肝心なヒューミント部門が弱いのが実情です」

「スパイを潜入させるうえで北朝鮮は世界でも最も難しい国と言われている。中国やイランよりも入りづらい。国が完全に鎖国状態にあるからな。おまけに隣国の南朝鮮の情報マンでさえ北朝鮮人の使う朝鮮語は方言が多く、発音すら違うため、入り込むスキもないといわれている」

「そうなると協力者の獲得……ということになるのでしょうが、そこもまた難しいのが北朝鮮です。ちょっとでもおかしな人間がやって来れば直ちに当局に通報をするシステムができあがっています。兄弟家族、親類縁者ですら信用していないのが現実ですから」

「北朝鮮の核・ミサイル施設がどこにあるのか、米情報各機関でさえ特定できないというが」

「それはやや違うと思います。北朝鮮がこの数ヵ月の間でミサイルを打ち上げた場所は特定されています。核・ミサイル施設からそんなに離れた場所で打ち上げるわけではないですから。しかも、そのうち数回は金正恩本人が直近で立ち会っています。金正恩の居場所は、ほぼ的確に把握されています」

「そういえばそうだな……アメリカも日本に対してブラフをかけるようになったということか……」

「それだけ視察している……ということを暗に伝えたいのではないかと思います。モサドでさえ金正恩の居場所は的確に把握できているようです。イスラエルとアメリカの関係を考えれば、必ずどこかで情報交換を行い、ユダヤ教に理解が深いトランプの耳には必ず届いているはずです」

「なるほど……そういう情報分析ができるのが黒ちゃんの面白いところだ」

　藤森総監が頷きながら言った。

「もう一つ、北朝鮮とパイプを持っているのがロシアの極東チームです」

「そうだろうな……その存在は忘れがちだが、何か情報はあるのか？」

「ロシアはトランプは直接攻撃をしないと踏んでいます」

「そうなのか？」

藤森総監が驚いた口調で訊ねた。

「アメリカにとって北朝鮮は核攻撃さえ仕掛けてこなければ、どうという存在ではないからです。南北が上手くいこうがいくまいが、アメリカには関係ありません。現に、南北はいまだに休戦中というだけの関係です」

「それを終戦まで持ち込みたい……ということはないのか？」

「アメリカ一国ではどうにもなりません。北朝鮮を一番何とかしたいのは中国とロシアです」

「確かにそうだろうな」

「北朝鮮の核をなくすことは、北朝鮮の独立国家としての意義がなくなることでもあります。軍備があってはじめて周辺国と対峙《たいじ》できるのですから。核廃棄によって現体制を保障するというのは、実に都合のいいまやかしでしかありません。核を持たない北朝鮮はすぐに草刈り場となって、天然資源を安値で買い取られる惨めな国家になるしかありません」

「日本の拉致問題はどう解決するつもりだ？」

「金正恩にとって拉致問題は解決済みなんです。今となっては探しようがない……これが事実だと思います」

「大きな声では言えないな」

「父親の金正日が拉致被害者の数人を帰国させ、その後、いい加減な報告を行った段階で、多くの拉致被害者は労働刑にされているのだと思います。拉致被害者のご親族の心情を考えれば、日本政府はもっと積極的に奪還作戦を実施しなければならなかった。ミスターXの処刑で全ての交渉が終わった……あの時の拉致被害者の帰国はその程度の外交交渉だったということです」

藤森総監はジッと黒田の目を見てため息まじりに言った。

「現総理は拉致被害者全員奪還を声高に言っているし、トランプ大統領や習近平にも協力を要請しているが……」

「政治的パフォーマンスでしょう。自国で外交ルートを作ることもできない政権です。北朝鮮が前回と違って、日本に救いを求めないということは、切り札となる外交カードを喪失していると考えればわかりやすいでしょう」

「日本の出番はない……ということか……」

「逆に東京オリンピックの開催をネタに脅しをかけてくるかもしれません。盗人に追い銭だけは避けるべきです」

「そんな国と友好条約を結ぶことは永遠にないと思うしかないのか……」

「北朝鮮にとって恒久的な外貨獲得ルートを失うことになるだけです」

藤森総監は静かに目を瞑《つむ》った。

文在寅《ムンジェイン》大統領がIOCのトーマス・バッハ会長と会談し「北朝鮮と韓国の南北合同チームの結成を議論した」というニュースが出た途端、北朝鮮による挑発行為と見られるミサイル発射が激化、トランプ・金正恩相互の挑発言動が激しさを増した。

北朝鮮に対する融和路線を積極的に打ち出す文大統領にトランプ大統領があからさまに不快感を示す中、事態は動いた。

「オリンピックの度を越した政治利用だな。IOCに何らかの形で金が流れたのだろう」

最近のIOCを批判的に見ている黒田が言うと、横にいた総合情報分析室参事官心得の小柳大成《こやなぎたいせい》警視正が驚いた顔つきで訊ねた。

「IOCが金で動くのですか？」

「賛否両論はあるだろうが、二十年以上、IOC会長を務めたサマランチの功罪だな。サマランチは放映権やスポンサーシップの管理を通じてオリンピック活動の財政健全化に成功したが、五輪の商業化、拡大化、権威の低下等を招いたのは事実だ」

「ＩＯＣ委員の定員は百十五人で、地域ごとの割り振りも決まっています。現時点では欠員を除くと、ヨーロッパ四十七人、アジア二十四人、パンアメリカン二十人、アフリカ十五人、オセアニア五人という構成です」

「ヨーロッパとアメリカが優位であることは明らかだ。特にヨーロッパではスイスから五人の委員が出ているのに、日本は一人だけ。政治的意図が見え見えなんだよ。しかもオリンピックの日程はアメリカプロスポーツの日程の合間を縫って決定されている。さらには欧米で視聴率が望める種目は、開催地との時差など全く考慮せず欧米のゴールデンタイムに合わせられている」

「ＩＯＣの主要な収入源である放映権料収入は記録を更新しており、リオ五輪では、その前回のロンドン五輪から一二パーセント増の二十八億七千万ドル（約三千億円）に達しました。二〇二〇年の東京大会ではさらに記録を更新することが確実でしょうね」

「ＩＯＣ収入の約五分の一を占めている、最高位の企業スポンサーからのスポンサー料は、十億ドルを突破したそうだ。リオ五輪では、チケット転売での利ザヤ稼ぎや、五輪幹部を巡る汚職捜査が行われたが、大会幹部たちはスキャンダルは関係ないと強気だった」

「オリンピックが平和の祭典などといわれているのは笑止千万……という感じですか」

世界各国で賛否両論が唱えられる中、オリンピック史上初めて南北朝鮮が合同チームを結成して平昌の開会式に現れた。

「金正恩の妹が代表で開会式に参加したが、アメリカや日本の選手団が入場した際には苦虫を噛み潰したような顔つきで、行進さえ見ていませんでした」

「あれが金正恩の名代なのだから、俗にいう『お里が知れる』というところだな」

情報室内でもオリンピックの政治利用を否定的に論じる者が多かった。

大赤字と観客不足、さらには交通問題で世界中の批判を受けても文大統領は満面の笑みを崩さなかった。

こうした中、南北首脳会議の開催が決まった。

「もともと文大統領は北朝鮮の工作員のような存在だ。南北統一は政治生命を賭けた動きなのだろう。それにしても十八歳から三十歳の女性の支持率が五五パーセントを超えているというのは特徴的だ」

電話で黒田が言うと、クロアッハが笑って答えた。

「世界中のどこの国も平和、統一を願うのは若い女性が多いんだよ」

「そういうことか……クロアッハは南北朝鮮の統一をどう考えているんだ？」

「朝鮮半島の分裂はそもそも米ソ代理戦争だった。第二次世界大戦後、日本の総督府統治が終焉したことで、米国とソ連が分割占領したのが始まりだ。アメリカが南朝鮮を、ソ連が北朝鮮を建国した後、北朝鮮が引き起こした朝鮮戦争によって現在の三十八度線を休戦ラインとして現在に至っている。それを統一するとなれば、どちらの体制を取るのか、新たな枠組みを作るのか……が問題となる。東西ドイツの時のように、ベルリンの壁の崩壊によって東ドイツの存在意義が消滅し、そのまま統一に雪崩《なだ》れ込むことは期待できないのが現実だ」

「ドイツの場合にはベルリンという特別な地域が存在していたからな……」

「北朝鮮の場合には、現体制の維持が統一の課題になる。南北国民の意思を統一するには、北朝鮮国民にとって、あまりに世界情勢に関する情報が少なすぎるのが問題だろう」

「そうだよな……文大統領は何を急いでいるんだろうか？」

「本人の過去が暴かれるのを恐れているのかもしれないが、南朝鮮国民もこれを許しているのかもしれない」

「歴代南朝鮮大統領の不幸な歴史を見る限り、なんとも言い難いな。言葉は悪いが、南朝鮮国民の政治意識は自浄努力を失っているようだ」

黒田はクロアッハとの電話を切ると、情報室の作業チームのデスクに顔を出した。

「工作員たちの動きはどうですか？」

作業担当責任者で参事官心得の河原《かわはら》警視正が言った。

「特異な動きはないと思っていたのですが、先日、国際政治学者がテレビでスリーパーセルの存在に言及したことで、動きが出始めているようです」

黒田が大きなため息をつくと、黒田の横にいた内川《うちかわ》係長が訊ねた。

「スーパーセルというのは何ですか？」

「スーパーセルではなくスリーパーセルだ。スーパーセルは非常に激しい荒天をもたらす『超巨大積乱雲』のことだ」

「そうですよね。ゲリラ豪雨の時に出てきた言葉だと思っていました。スーパーセルではなくスリーパーセルですか……」

「公安では日ごろ使う言葉ではないが、地下に潜伏している北朝鮮のスパイのことだな」

「外二は把握していないのですか？」

「都内在住の工作員に関してはほぼ解明しているはずだが、地方は温度差がある。ただ、今うちが視察、運営しているタマを外二は知らなかったけどね」

「チヨダには黙っていていいんですか？」

「今、うちは公安部じゃないからね。ただ総務部長から公安部長と警備局長には連絡が行っているから、必要があれば向こうから聞いてくるだろう」

「不思議な組織ですよね、総合情報分析室は……」

「総監に聞いてもらうしかないな。僕自身、ここの予算がどこから出ているのかも知らないんだ」

「最初は警備局だったわけでしょう？」

「警察庁警備局長よりも、警視庁警視総監の方が階級的にも年次的にも上なんだから仕方がない。チヨダの皆さんが皆同じ方向を向いて仕事をしていてくれればいいんだが、出向元の道府県警優先になっている人がいるのも事実だからね」

「情けない話ですが、仕方がないことですよね」

「組織とはそんなものだ。警察庁も早く自前で職員を育てるようにしなければ、霞が関の中で取り残されることになりかねないな」

黒田がため息をついて言うと、キャリアの河原参事官心得は頷きながら話を戻した。

「これまで多くの工作員が潜伏していた関西地域はどうなんですか？」

「あちらの外事警察は優秀だ。悲観することはない」

「以前、大阪府警は国外逃亡中の極左最高幹部が極秘裏に日本に帰国して潜伏しているのを発見、逮捕しました」

河原参事官心得が言うと、黒田があっさりとこれを否定した。

「あの国内潜伏情報は実は、エシュロン（アメリカを中心に、イギリス、カナダ、オーストラリア、ニュージーランドの五ヵ国で共同運営する通信傍受システム）によって情報が得られ、日本政府に通報されたものと聞いているけどな」

「えっ、そうだったのですか……」

河原参事官心得は唖然として黒田の顔を見ていた。これを聞いていた内川係長が訊ねた。

「潜伏工作員に対する指示はどうやって出されているのですか？」

「もっぱら平壌放送による暗号通信だろう。それとつなぎ役になっている協力者が直接伝えているようだ」

「暗号通信ですか……インターネットは使わないのですか？」

「今どき工作員に対する指示命令にインターネットを使う馬鹿はいない。エシュロンだけでなく、エシュロンの日本版であるMALLARDにも引っかかってしまうからな」

黒田が言うと河原参事官心得が訊ねた。

「MALLARDは防衛省ですよね。警察庁にも情報は入るのですか？」

「河原君、前の警察庁警備局公安課長だった友部《ともべ》孝雄《たかお》さんの現在の勤務地はどこだい？」

「友部課長は……ああ、防衛省情報本部電波部長ですね。えっ……それって」

「歴代、防衛省情報本部電波部長は警察庁から派遣されている場合が多い。それも、その情報は防衛大臣や内閣経由ではなく、直接警備局に報告されているんだよ」

「そういうことだったのですね……警察庁が通信傍受のサイバー化に成功した……と言っていたのはこのことだったのですね」

「防衛省情報本部職員の七割は電波部の職員と言われている。国内に六ヵ所の通信所があって、通信傍受を行っているんだが、これは電波だけではなく、インターネットもその対象になっている」

「MALLARDがそれですよね。もう五、六年前になりますか。エシュロンに遅れること十数年ですが、インターネットそのものが軍事用に開発され、それが民間に転用されたわけでしょう？」

「いや、それは誤った認識だと思うよ。確かにインターネットの起源でもある、ARPANET（Advanced Research Projects Agency NETwork）が、世界で初めて運用されたパケット通信コンピュータネットワークであり、アメリカ国防総省の高等研究計画局（略称ＡＲＰＡ）が資金を提供したのは事実だけどね」

「国防総省が資金提供をしているのに、軍事開発が目的ではないのですか？」

「そこがアメリカという国の懐の深さなんだ。ＡＲＰＡは現在、ＤＡＲＰＡ＝アメリカ国防高等研究計画局（Defense Advanced Research Projects Agency）と名前を変えている。そしてその存在目的は、軍隊使用のための新技術開発および研究を行うことだ。ここはアメリカ国防総省の機関なんだが、ＤＡＲＰＡの研究施設という建物は存在していない。実際の研究はプロジェクトマネージャーが企業や大学の研究施設で行っているんだよ。しかも、国防高等研究計画局で行われている研究は全て一般公募という形を取るため、全ての研究目標が公開されている。一般に秘匿されている極秘研究はないのが特徴だ。だから、軍隊使用のための新技術開発、研究は行っているが、これが軍事よりも他に優先するとなれば、そちらに転用されるんだな。ＡＲＰＡ

で開発されたもう一つ重要なものが全地球測位システムのＧＰＳだ」

「ＧＰＳもＡＲＰＡで開発されたものだったのですか……」

河原参事官心得が唸るように呟いた。

黒田は今でこそスリーパーセルと呼ばれ始めた潜伏工作員を発見した時のことを思い出していた。

第三章　潜伏工作員

それは四年前、黒田が万世橋警察署長の時に遡《さかのぼ》る。

黒田は休日でも狭い万世橋署管内を歩き回るのが好きだった。

電気街からやや外れたところにある、通称ジャンクショップと呼ばれる、激安の中古パソコン部品を路上に並べた地域に差し掛かった時、売り手に対し、発音に癖のある日本語で交渉をしている男が目についた。

「これより、もう少し古い型のはないか？」

「これ以上古いとなればWindows 3.0ですよ。一般には残っていないですね。それにインストール中にドライバを組み込む重要なファイルを編集する必要がありますよ」

「config.sysなら知っている」

「お客さん、もしかしてまだ当時のパソコンを使っているの？」

「パソコンはたくさん持っている。ただ、昔の機器を使ってみたくなっただけだ」

客の服装は古着屋でもなかなかお目にかかることがないような、作業着の上下で、とてもパソコンを何台も持っているようには見えなかった。しかし、服装に似合わず、彼の手は驚くほど白く細かった。

Windows 3.0といえば、黒田が卒業配置した当時、一九九〇年頃に発売された、単体では動かない十六ビットオペレーティング環境だった。

黒田はこの男に興味を持った。

数軒のジャンクショップを回ったものの、結局この男は目的の物を手に入れることができなかった。結局、東京メトロ銀座線の末広町《すえひろちょう》から浅草《あさくさ》に向かった。

浅草駅から仲見世に抜ける地下の通路は浅草地下商店街という名前のとおり、その両側に居酒屋やコイン専門店、ステーキハウスからバー、占いの店など様々な業種が並んでいる。その真ん中ほどのまだ開いていない店の前に来ると、男は奇妙な行動に出た。男は店に背を向けた形で、今、自分が歩いてきた方向を確認するような仕草を見せたのだ。

黒田にはその動きが、スパイや公安警察官が日常に行う点検作業のように思えた。

黒田は何喰わぬ顔つきで男の前を通り過ぎると、商店街の奥にある階段を上がって新《しん》仲見世《なかみせ》通りの出口に出た。

「さて、どうするかな……」

呟くと、黒田は今、出てきた地下通路の地上出口を見ることができる場所を探した。すぐ近くにハンバーガー屋があった。黒田はハンバーガーを一つ買うと、店内で食べながら男が出てくるのを待った。恒常的に行っている点検ポイントでの点検活動なら五分で出てくるはずだった。しかし、十分経っても男は出てこなかった。

「やられたか……」

失尾の可能性を考えていた時、男が出口に現れた。男は周囲を見回し、もう一度、今来た階段を確認してから仲見世方向に歩き始めた。

男が前を通り過ぎた段階で、再び黒田の追尾が始まった。今後は勇気ある脱尾も意識の中に入れておくことが必要だった。

男は浅草寺《せんそうじ》の脇を抜けてひさご通りを北に向かった。途中で二度ほど点検作業を行ったが、黒田の気配に気付いた様子はなかった。言問《こととい》通りの浅草観音堂裏の交差点で強引に信号無視をして通りを渡ると五度目の点検作業を行った。

「近いな……」

これまで多くの追尾を経験している黒田は、交通量の多い信号を無視した後に行う点検作業がゴール近くであることを感じ取っていた。

黒田は言問通りの浅草寺側歩道を言問橋方向にゆっくりと歩きながら、反対側で周囲を警戒している男を確認していた。男の点検は短かった。男は言問通りを西浅草方向にワンブロック歩いて右折した。黒田は言問通りでタクシーを拾うふりをしながら、近づいてくるタクシーのスピードを落とさせて通りを横断すると男を追った。

男が曲がった路地で一旦停まり、慎重に路地の先を見ると、男は速足で浅草警察署方向に進んでいた。ちょうどそこに浅草署の地域課の警察官が自転車でやってきた。黒田は警察手帳を示して、警ら中の巡査長を呼び止めた。

「万世橋署長の黒田と申します。あそこを速足で歩いている作業着姿の男の逃げ込み先を知りたいので、協力いただけませんでしょうか」

警察手帳を確認した巡査長は自転車から飛び降りると挙手注目の敬礼を行うと、黒田に訊ねた。

「あの男を追えばよろしいのですか？」

「そう願います。あまり急に追いかけると不審がられてしまいますので気を付けて下さい。職務質問をする必要もありません。ただ、どこに入るかだけ確認していただければいいんです」

巡査長は「了解」と言葉を残して自転車に飛び乗った。

黒田はその後をゆっくりと追った。巡査長は作業着姿の男をゆっくりと追い越し際に「ごきげんよう」と声を掛けて次の路地を右に折れた。

男は立ち止まって自転車に乗った制服警察官の後ろ姿を眺めていたが、思い直したかのように再び速足で通りを直進し、次の路地を左折した。すると自転車に乗った巡査長が再び現れ、男が左折した路地の手前に自転車を停めて制帽を取って様子を窺っていた。

やがて黒田が追いつくと、巡査長は黒田を見て言った。

「あの男は六軒目にある焼肉屋の勝手口に入って行きました。あの焼肉屋は北朝鮮系なんですが、美味いのとサツ盛りサービスをやってくれるので、署の幹部もよく使っているんです」

警察内部でいう「サツ盛り」というのは、警察協力者等の店が、警察官に対しては大盛以上の量をサービスで提供してくれることをいう。

「サツ盛り付きですか……警察には日頃から協力的なんですね」

「店主の小学生の息子は署の少年剣道に来ていますよ」

「あなたもあの店に行ったことがあるのですか？」

「三ヵ月に二回くらいですかね。安くて美味いと言っても、そうそうたかりのようなことはしたくありませんから」

黒田はやや鼻白む思いがしたが、黙って頷いていた。

「あの地域の巡回連絡簿冊はどこの交番にあるのですか？」

「西浅草PBです。でも、あの店のことなら署の公安に聞けばわかると思いますよ。公安の連中もよく利用していますから……。ところで署長さんは、先ほどの男をどこから追ってきたのですか？　何かやらかしたんですか？」

「浅草寺の仲見世で見かけたのですが、以前、どこかで接点があったような気がしたものですから……」

「そうですか……前がある……とか……ですか？」

「いえ、一般の参考人だったと思います」

「若くして署長になる人というのは、休みの日でも仕事を忘れないんですね」

「いえ、たまたま息抜きで来ただけです。ところで、あの焼肉屋は何という名前ですか？」

「金楽苑《きんらくえん》です。タン塩とハラミが抜群に美味いですよ」

「なるほど……助かりました。後は公安に聞いてみます。ご協力ありがとうございました。今日のことは一応、公安係宛に注意報告を出しておいて下さい。多少のポイントになると思いますよ」

黒田が言うと巡査長は再び気をつけの姿勢になって挙手注目の敬礼を行った。

注意報告とは地域課や交通課のように外勤を行う警察官が、日々の取り扱いの中で、今後の捜査の参考になりそうな案件を担当部署に対して報告することである。その際に使用するのが注意報告書であり、その内容によっては重大事件解決の端緒になって、注意報告だけで警視総監賞を授与されることもある。

「ありがとうございます。署長のことを書いてもよろしいのですか？」

「もちろん。僕の依頼を受けて追尾し、居所を割り付けた……と書いておいて下さい。私からも公安係に問い合わせする際にあなたのことを伝えておきますから」

巡査長は満面の笑みを浮かべてもう一度敬礼をすると、颯爽と自転車に乗って浅草警察署方向に走った。

巡査長が立ち去ったのを確認して、黒田は金楽苑に向かった。

木造二階建ての店舗は、お世辞にも綺麗とは言い難かったが、食べ物好きの黒田の直感で「美味そうだ……」とわかる独特の雰囲気を醸し出していた。店の外には十数個の七輪に炭火が熾《お》こっていた。それも安物の合成炭ではなく、ウバメガシではないものの備長炭に近い素材だった。

黒田のいたずら心に火がついた。黒田は店の暖簾《のれん》をくぐって入り口の引き戸を開けた。

「いらっしゃい。何名様？」

「一人だけどいいかな？」

「どうぞ。そこのテーブル席にどうぞ」

四十代と思われる男性従業員がてきぱきと案内した。店内は入ってすぐ右側に階段があり、大きな下足箱が用意されている。二階の広さが想像できた。一階にはテーブルが三卓、小上がりに座卓が六卓あった。小上がりのうち四卓が埋まっていた。

「お飲み物は？」

「生ビールの銘柄はどこですか？」

「サッポロです」

「それじゃあ生中でお願いします」

黒田は初めての客らしく店内をじっくり観察した。ホールにはいまの男性従業員と若い女性の他に、厨房《ちゅうぼう》には少なくとも三人がいることがわかった。

間もなく生ビールが運ばれてきた。

「ガツ刺とキムチ盛り合わせをお願いします」

「ガチュ刺とキムチ盛り」

癖のある日本語の発音を聞いて黒田はこの男も朝鮮系であることがわかった。これも黒田の確認方法の一つだった。若い女性は見るからに朝鮮族である。厨房の中では朝鮮語が飛び交っている。

一族経営ではないのだろうが、日本人を採用する気はなさそうだ。

「このガツ刺は美味いらしいね」

「お客さん、この店初めて？」

「そう。知り合いが浅草に行くならここで食べろと教えてくれたんだよ」

「いい友達だね。この店のお薦めはタンとハラミとホルモン。内臓は全部美味しいよ」

「それなら、タン塩、ハラミ塩から始めるかな」

焼肉屋で黒田のオーダーの仕方は必ず一人前ずつ頼むことだった。二人前を頼むと数が少なかったり、切れ端が混じったりするからだ。焼肉屋も正直なだけでは生きてはいけない。切れ端一つでも大事にしなければならない。しかし、一人前の皿に切れ端を入れることは、見た目的にも難しいことを知っていた。

タンは厚く、ハラミは肉のブロックか……と思うほどの厚さと大きさがあった。

「焼き方はお好みで……」

炭火の七輪でこの厚さのタンやハラミを焼くのは難しそうだった。黒田は網全体を使ってタンを焼いていた。

「お客さん、初めてなのに上手に焼きますね」

「横城《フェンソン》で韓牛《ハヌ》を食べているからね。ウソル、アンサンチャルも食べたよ」

「向こうでは牛タンもハラミも高級部位だからね」

男が韓国と言わず、向こうという言い方をしたことで、北朝鮮系であることがわかった。

「ハサミを貸して貰えるかな」

厚い肉も表裏を数度ひっくり返して食べごろになった段階で、はさみで切り、肉の内側も焼けているのを確認するのが韓国のしきたりの一つだ。

「うちはハサミは置いてない。それ位焼けていれば十分ね」

「ハラミは六面体全部を焼けばいいんだね」

「そう。新鮮だから中が赤くても火は入っているからタイジョウブ」

黒田はニコリと笑ってタンの繊維に沿って口に入れた。分厚いタンは前歯でさっくり切り取ることができる。そして確かに美味い。

「本当に美味しいね」

「ありがとうございます」

「いい仕入れルートがあるんだろうね」

「この店は祖父の代から六十五年続いているからね。毎朝、芝浦《しばうら》で目利きされた肉や内臓が届くからね」

芝浦とは、正式名称が東京都中央卸売市場食肉市場で、品川《しながわ》駅港南《こうなん》口から三分ほどの場所にある。ここでは牛と豚が解体されている。もちろん解体前の牛や豚は生きているものだ。

「そうだろうね。一昔前なら、レバ刺しやユッケなんかもここで食べたら美味かったんだろうなあ」

「日本の食文化がひとつなくなったね」

「僕もそう思うよ。国内で一ヵ所だけ今でもレバ刺しを食べることができる店を知っているんだけど、誰にも教えない」

「お客さん、ほんとうに焼肉が好きなんだね」

「好きだね。兄の国のご先祖様に感謝しているよ」

「兄の国？」

「今で言う、北朝鮮や韓国のご先祖様だな。アメリカでもコリアンバーベキューは有名だよ」

「嬉しい話です。私たちのご先祖様をそう言ってもらえるのは嬉しいですが、今の朝鮮半島はどうなんですか？」

「ちょっとできの悪い兄ちゃんに、弟が苦労させられている……という感じかな。お兄ちゃんはお兄ちゃんらしく、どっしり座っていて欲しいものだ」

黒田の言葉に三代目は大きく頷いて言った。

「お客さんは素晴らしい人だ。私も母国の親族に伝えてあげたい言葉です」

「お兄さんは北、南どっちなの？」

「私の祖父の親族はほとんど北朝鮮にいます。父親は何度か墓参などで北朝鮮に帰ったことがありますが、私はありません。大学も朝鮮大学ではなく早稲田《わせだ》大学です」

「早稲田なら僕の後輩だな。何年卒なの？」

「一九九五年の経済です」

「ほう。僕は一九八九年の政治だ」

「六年先輩ですか……キャンパスで一緒にはならなかったんですね」

「経済を出て、親父の後を継いだのか？」

黒田は先輩口調になっていた。三代目も後輩として丁寧に答えている様子だった。

「卒業後は総合商社に入って海外にも行ったのですが、国籍問題がどこでも言われるようになって、商社マンとしてやり辛くなったので、十五年目で辞めました」

「そうか……国籍問題ね……社内では大丈夫だったんだろう？」

「はい。ただアメリカのコリアン社会の中で私が北だという話が一気に広がってから、アメリカでの仕事がやり辛くなったんです。もともとは、アメリカの宗教団体が人道的支援として北朝鮮に入って来たことがきっかけで、私を含めた数人を『教育』と称して超法規的にアメリカに連れて行ってくれたのですが」

「海外のコリアン社会でも南北問題はあるのか……」

「特にアメリカはそうなんでしょうね。ならず者国家ですから」

三代目は自嘲気味に答えた。

「君は今の北朝鮮をどう思っているんだい」

「どこに行こうとしているのかわかりません。金正日の時代までは世襲もやむを得ないという意識でしたが、去年、正恩が三代目になった時には、共産主義国家として、おかしいと思うようになりました」

「君のお父さんはご存命なの？」

「今でも厨房で働いています。父とは母国の政治の話はしないことにしています」

「なるほどね……君、兄弟は？」

「弟と妹がいます。二人とも今は大阪で仕事をしています」

「大阪のコリアン人脈も大変なんじゃないのかい？」

「よくご存知ですね。弟と妹は鶴橋《つるはし》で店を開いています」

「やはり焼肉？」

「も、やっていますが、鉄板焼きもやっています」

「大阪らしいね」

「弟は生まれながらの商売人です。店も六店舗持って大儲けしています」

「兄ちゃんも負けられないんじゃないの？」

「この商売だけでは、そんなに儲からないので、マンション経営をしています」

「なんだ。不動産を持っているのなら、いいじゃないの」

「一応、経済学を学んでいますから、私の家族の分の資産運用だけはきちんとしておかないと、父親のようになってしまいます」

そう言うと、三代目はチラリと厨房に目をやって肩をすぼめて見せた。

その後黒田はハラミタレとホルモンを食べて店を出た。帰り際、三代目が名刺を持って店の外まで見送ってくれた。

「また来るよ。本当に美味しかった」

名刺を見て、三代目の名前が金田《かねだ》陽太郎《ようたろう》であることがわかった。黒田は笑顔で手を振って金田に店に戻るよう、手で指し示して別れた。

彼が店に入るのを確認して、黒田は改めて店舗をじっくりと眺めた。そこで黒田は店そのものの造りが少し変わっているのに気付いた。

作業服の男が入った勝手口は店内につながっていない。すぐ階段になって階上に上がる造りになっていた。その階段は店の奥の三階に真っ直ぐつながっているようだった。しかも建て増しされたように見える。

「別世帯があるのか……」

翌日、万世橋署に出勤すると黒田は浅草署の公安係に電話を入れた。

「管内の浅草四丁目にある焼肉屋、金楽苑の経営者に関して教えていただきたいのですが」

「金田のことですね。黒田署長が何か気になることでもあったのですか？」

「あの店というか、住居にもなっているようなんですが、その居住実態を知りたいのです」

「あの家に住んでいるのは、家族と住み込みの店員だけだと聞いています。人定も全員取れています」

「全員、朝鮮籍ですか？」

「はい。ただ、従業員全員が在日三世で関西から来ていることになっています。もちろん特別永住者証明書を確認しておりますし、そのコピーも取っています」

「金田の家族以外の居住者は何人いるのですか？」

「五人です。四人が厨房で、一人が芝浦で働いています」

「芝浦……ですか？」

「在日三世なんですが、東京都職員として勤務しています。肉のスペシャリストになるのが本人の夢のようで、試験にもたいへん優秀な成績で受かったようです」

「なるほど……かつての左翼系都知事時代の政策が生きていたのですね。そういう人材を抱えているので、あれだけ美味い肉を出すんですね」

「署長も行かれたのですか？」

「署員も相当行っているようじゃないですか。おまけにサツ盛りだそうで」

「参ったなあ。どこからの情報ですか……」

「まあそれはそれとして……あの店は警察には協力的なんですね」

「そうですね。創業者はバリバリのチュチェ思想家でしたから警察嫌いでしたけど、先代からは特練の差し入れもしてくれるようになりました。また、三代目が実にいい奴で、息子は少年剣道に来ていますよ」

「そうですか……金田家はいいとして、従業員の特別永住者証明書の写しを私に送っていただけませんか？　もちろん、署長の了解を取って下さい。私からも連絡を入れておきます」

「署長には警備課長から伝えてもらいます。ダメとは言わないと思いますが、何か気になることでもあるのですか？」

公安第二係長が心配そうな声を出して訊ねた。

「以前、どこかで見たことがあるような者がいたものですから、一応参考までに……ということです。地域課の巡査長の方にも追尾のご協力を得ています。近々、注報が上がると思いますので、加点しておいて下さい」

「了解しました。早急に課長に話を通して善処いたします」

電話を切ると黒田は浅草署長にも電話を入れて了解を取り付けた。

数時間後、黒田の卓上にあるけいしWANに浅草署警備課長からメールが届き、特別永住者証明書の写しが添付されていた。五人の中に昨日追尾した男は入っていなかった。

黒田は情報室の栗原正紀《くりはらまさき》係長に連絡を取った。

「栗原、今週の土曜日、空いていないか？」

「土曜は空いていますが、何か？」

「浅草に美味い焼肉屋があるんだが付き合わないか」

「嬉しいですね」

黒田は電話では用件を伝えなかった。

土曜日、黒田は栗原と共に金楽苑に入った。

金田陽太郎は満面の笑みで黒田を迎えた。栗原を紹介し、常連になるであろうことも伝えていた。

「いやあ、美味かったですね。上野、浅草は焼肉の激戦地ですが、ここは群を抜いていますね。あのハラミの美味いこと。さすがに黒田室長……じゃなくて黒田署長。ところで本当の狙いはあの店なんですか？」

「あの店は北朝鮮系の店なんだが、おかしな動きをしているかもしれない」

「さきほどの三代目も同様なのですか？」

「そこがなんとも言えないんだ。二十四時間の視察拠点を設定して、併せて、ある男の行確もやってもらいたいんだ。情報室長にも僕から話をしておく」

そして黒田は金楽苑の隣にある五階建てのマンションに向かった。

「勝手に入って大丈夫ですか？」

「いざとなれば警察手帳を出すさ」

エレベーターで三階に上がると黒田は勝手知ったるように外廊下方向に向かった。

「室長、いや署長は下見していたんですか」

「一応、元公安部だ。何の収穫もなく帰るようなことはしないさ」

三階の外廊下には隣家からの視線を避けるため遮蔽板《しゃへいばん》が設置されている。

黒田が言った。

「この遮蔽板がありがたいんだ」

黒田はリュックから無線機のようなものを取り出して、電源を入れた。

「それは無線機ですか？」

「最高級レシーバーだな。ハンディの枠を超えたポータブル・デスクトップとでもいえる受信機だ」

「送信はできないのですか？」

「そう。専用のマイクを使えば発信機にもなるんだが、今日は持って来ていない。ラジオ放送に関してはアナログ波がまだ主流で、ＶＨＦ帯のＡＭラジオ補完ＦＭ放送もワイドバンドレシーバーで受信できる。ヘリ無線は警察や消防も、航空無線のアナログＡＭを使っているからな。これがあると結構便利なんだ」

「何でもよくご存知ですね」

「万世橋に来て覚えたのさ。若い連中は楽しいオモチャの使い方をよく知っている。アナログ音声の電波を使う盗聴器の発見に使用することができるんだが、さらに高度な、電界強度計や瞬間同調といった機能を使えばプロの盗聴器発見業者以上の情報収集ができるようになる。警察官は無線の勉強をひととおりしているから、周辺機器の高度な使い方や、知識等のノウハウをさらに磨けば一層高精度な探知が可能になるんだ。今後の情報室の新たな課題になるかもしれないな」

そこまで言って、黒田は周波数の調整を行い始めた。

「これは……」

黒田が鮮明な朝鮮語の無線を探り当てた。

「署長、これは乱数表の変更を指示している無線です。それも極めて近いところから」

「おそらく、金楽苑の三階にいる奴がやっているんだろう。三階を徹底的に攻める視察が大事だ」

「攻める視察……黒田語録の中の懐かしい言葉ですね」

「ただじっと拠点から視察していても得られるモノは少ない。向こうが無線を使うのならばこれを傍受し、たまには逆手を使うことも試していい。さらに奴は古いパソコンを使っている。電話回線を必要とするはずだ。それをハッキングしてみればパソコンの中身がわかるだろう」

月曜日の朝、黒田は浅草署から送られてきた特別永住者証明書の写しと、黒田が秋葉原で秘撮していた作業着姿の男の写真を栗原宛に送った。

その日の午後には視察拠点が設定され、十六人態勢で視察、追尾の態勢が組まれた旨の報告が後任の情報室長からなされた。

黒田が万世橋署長を離任して海外研修に出発する前々日、情報室長から作業の推進状況の報告があった。

「どうやら黒田さんが撮った作業着の男は北朝鮮の潜伏工作員のようで、福岡《ふくおか》、大《おお》阪《さか》、札幌に頻繁に出掛けて、向こうで同様の連中と接点を持っています。さらに本国からの指示を都内の仲間に伝える役目も負っているようです」

「それがあの無線……ということですか？」

「奴のところには最も早く新たな乱数表が届いている様子です。平壌放送の暗号通信の翌日には必ず奴が仲間に一斉指示を与えています」

「二段連絡網か……北も頭を使い始めたな……」

「奴のパソコンの中身も確認できました」

「インターネットを使っているんですね」

「パソコンはネット検索と資料整理だけに使っています。おかげで奴の手の内は明らかになりました」

「ハッキングは十分に気をつけてやらせて下さい」

黒田はハッキングが発見された時の逆襲を恐れていた。

「十分に気をつけるようにくどいほど言っております」

「地方対策はどうしていますか？」

「福岡、大阪、札幌の潜伏工作員に関してはチヨダを通じて道府県警の作業班に視察を行わせているようですが、都内に関しては情報室が一元化して動いています。都内には奴の他に五人の潜伏工作員がおり、横浜、千葉にも数人いるようです」

「情報室は金楽苑対策の捜査要員を増やしましたか？」

「現在四十人態勢です。それから栗原係長には焼肉屋金楽苑の三代目に作業をかけさせています」

「栗原なら大丈夫だろうが、くれぐれも気をつけるように伝えて下さい。金田陽太郎は要注意人物かもしれません」

「やはりそうなのですか？」

「そんな気がしているだけです。それから、浅草署員もしくは現役警察官で金田陽太郎と接点がある者がいたら、その者の人定を採って人一の監察係長に報告しておいて下さい」

「監察を動かして大丈夫ですか？」

「それが一番安全なような気がします。彼らは決して無理をしませんから」

黒田は指示を伝えてアメリカに向かった。

黒田が帰国し、警視総監直属の総合情報分析室長に就任した際、最初に報告を受けたのが金楽苑に関する情報だった。

「金楽苑の名前そのものが『金王朝の楽園となる』という由来でした」

報告をした宮澤慶介《みやざわけいすけ》参事官心得が黒田の洞察力の鋭さに感服していた。

「栗原管理官はまだ作業を続けているのか？」

栗原は警視に居すわり昇任していた。

「金田陽太郎から、様々な相談を受けています。金田は栗原管理官の本来業務に関しては何の疑いも持っておらず、時折、黒田室長の所在を聞いてくるようです」

「報道ジャパンのアメリカ支局長だと思っているのか？」

「はい。日本の基幹産業から依頼を受けて、世界中の経済情報を専門に収集分析しているアナリスト集団ということになっております」

「本社は丸《まる》の内《うち》オフィスになっているんだね」

「はい。会社登記も行っていますので心配はないかと思います」

「何と言っても、企業からの賛助金だけで動いている報道専門企業で国税庁とも裏でつながっているからね」

「よく、そんな発想が出来るものだと、仲間内で話しています」

「警察が本当に基幹産業のホールディングス会社から賛助金を貰っているとは誰も思わないだろうね。しかも、全てが企業のトップだけが自由に動かすことができる金額の枠内なんだから、表に出ることもないし、国税庁直轄だから税務署も動かずに済む。八方丸く収まる組織だからな。あそこは……」

「あそこ……といっても、うちの完全子会社みたいなものですよ」

「国が作ってくれないんだから仕方がないだろう。官邸も暗黙の了解なんだから、思う存分仕事ができる……ということだよ」

「恐ろしい……」

宮澤警視正はため息まじりに言った。

「ところで潜伏工作員はどうなっている?」

「数が確実に増えています。現在都内だけで十八人を把握しております」

「増えたな……」

「福岡県警からの報告では上海から大型客船で来る観光客に混じっていて、一回のクルーズで多い時には十人近くが福岡で行方不明になっているようです。彼らは福岡から新幹線を使って大阪に行き、そこから東京、札幌に移動しています」

「外二は把握していないの?」

「総務部長と公安部長の申し合わせができているようで、潜伏工作員に関して外二は動いておりません」

「すると、一般の工作員や奴らの協力者との接点はないんだな？」

「はい。都内の工作員用一般協力者は自分の守備範囲だけで、協力者同士の話からも潜伏工作員に関しては何も知らされていないようです。潜伏工作員に対する協力者をわれわれは裏協力者と呼んでいます。裏協力者は限られており、ある程度の資産がある者や病院関係者が一切の生活の面倒を見ています」

「エスは取っているのか？」

「現在一人だけです。金田陽太郎は室長がおっしゃったとおり、裏協力者の中でも特殊な存在のため、栗原管理官も慎重に進めています」

「その一人は誰が落としたんだ？」

「落ちた裏協力者は赤坂で鉄板焼屋を営んでいる者なのですが、そこで暴力団員による発砲事件が発生したことで組対が入ってくるようになり、頭を抱えているところを東野主任が巧く作業を進めました」

「潜伏工作員はどうやって情報交換をしているんだ？」

「ほとんどが平壌放送で指示が出され、それに基づいて裏協力者が朝鮮総聯関係者から文書を受け取っているそうです」

「新たな乱数表は入手出来ているんだな？」

「ほぼリアルタイムで入手しております。金楽苑の潜伏工作員のパソコンからいまだに入手できます」

「まだ、使っているのか……金がないのかな……ところで、奴らの狙いはなんだ？」

「最近は中国大使館関係者をターゲットにして、何かをやらかす虞がありますす」

「中朝関係が危うい……というのか……」

「北朝鮮はアメリカによる斬首作戦と同時に中国が南下してくることに最も怯えている様子です」

「アメリカの情報と同じだな」

「去年の九月に北朝鮮が六回目の核実験を行ってから、アメリカもナーバスになってきたようですね」

「核実験はもう一回やる必要がある。それよりも十一月に北朝鮮はＩＣＢＭを完成させたと見ている。アメリカにとってこれが一番の問題だったんだ」

「トランプ大統領と金正恩の舌戦はどう収束するのでしょう」

「米朝の水面下の交渉は頻繁に行われているようだ。金正恩にとって、今は精一杯の背伸びをしておかなければならない状況だ。国連決議など屁とも思っていない連中だが、アメリカが本気になって斬首作戦を仕掛けてくることだけは避けたいだろう。その怯えがあのような発言になっているし、南朝鮮からの接近を仕掛けているふしがある」

「文大統領は親北派ですからね」

「問題はいつ、中国……というよりも習近平が介入してくるかだな。そのタイミングをアメリカもロシアも注視している」

「習近平がどう介入してくるのですか？」

「金正恩に対する恫喝だな。『てめえザケンじゃねえぜ』てな感じだろうな。と言っても、表面上は笑顔の対談を装うだろうが、外交を知らない馬鹿坊主に外交というものを一から教えてやる必要があるだろう。宗主国としてな」

「宗主国ですか……長い歴史は消えないのですね」

「中国が宗主国気取りでいるのは南朝鮮に対しても同じだ。アメリカが朝鮮半島から手を引けば、直ちに朝鮮半島は中国の属国に後戻りだ。そしてそれができる最大のチャンスがトランプ大統領の出現によって生まれている……と言って決して過言ではないだろう」

「なるほど……」

頷きながら宮澤警視正がふと思い出したように言った。

「室長、そういえば北京《ペキン》の日本大使館に勤務している後輩が先日妙なことを言っていたのですが、中国の人民大会堂にある国家接待庁が急遽、接客準備を始めている……というのです」

人民大会堂は、北京市の天安門《てんあんもん》広場西側に位置する建築物で、全国人民代表大会などの議場として用いられるほか、外国使節・賓客の接受の場所としても使用されている。

この一階にある国家接待庁には、国家主席、国務院総理や国家要人が来賓と会談する場所と、国家主席が外国使節を接受する場所とが存在する。

「習近平が動き出したか……」

「どういうことですか？」

「さっき言った『てめえザケンじゃねえぜ』ってやつじゃないかな」

「金正恩が呼び出される……ということですか？」

「この時期、それしかないだろうな。トランプが怒るだろうな」

黒田は笑って言った。

「笑い事じゃないんじゃないですか？」

「宮澤さん、訪朝した国際オリンピック委員会のバッハ会長と平壌で会談した金正恩の言葉を覚えているかい？」

「何だか偉そうに言っていましたね」

バッハ会長によると、北朝鮮は二〇二〇年の東京五輪や二〇二二年の北京冬季五輪に必ず参加すると表明したという。さらに、「この約束は、昨日の非常にオープンで有意義な協議の中で北朝鮮の最高指導者が完全に支持した」とし、「IOCは東京大会とおそらく北京大会についても、南北合同行進など共同のアクティビティーの可能性に関して適切な時期に提案を行う」とも述べている。これを受けて北朝鮮国営の朝鮮中央通信社は、金委員長はIOCの北朝鮮への支持と協力に謝意を表明したことを伝えている。

北朝鮮が両五輪参加の意向を示したのは初めてのことだった。

「つまり、どこかの国際問題評論家が言っていた『南北統一』は少なくとも二〇二二年までは起こらない……ということだ」

「それにしてもあのIOC会長はオリンピックの政治利用をやり過ぎませんかね」

「というより経済が第一のIOCになってしまったからだろう。勝手にやってちょうだい……というところだな」

黒田は厳しい表情で言った。黒田のIOCに対する反発はアメリカから帰国後、さらに顕著になっていた。

　宮澤警視正が話題を変えて訊ねた。

「金正恩は北朝鮮の核兵器・ミサイル開発を急ぐことによって、何を成し遂げようとしていると思いますか」

「金王朝となった、現在の国家体制の存続を図ろうとしているのが第一だな。一連の開発は、米国の攻撃を抑止するための最大の方法なのだと思うよ」

「そんなに数を持っているとは思えないのですが……」

「国内外に対して虚勢を張る意味もあるだろう。一方でミサイル等の武器輸出によって外貨を稼ごうとしている北朝鮮にとっては、軍事パレード同様、営業も兼ねているのだろう」

「各国が行う軍事パレードは、確かに武器の品評会のようなものですからね」

「武器商売をやっている国は地球上から戦争や紛争がなくなっては金にならないし、そこから金を貰っている政治家も票にならない。だから自国では戦争を起こさなくても、金や資源がある国を唆してドンパチやらせなければならない。古い兵器は潰して、新たな高額商品を売りつけるのが彼らの仕事だからな」

「武器輸出の最大国はやはりアメリカなのですよね」

「そう。だからトランプは早めに朝鮮半島から手を引き、再び戦火をまみえる状況になったら国連軍を連れて入ってくるつもりなのだろう」

「そんなに先のことを考えていますか？」

「そんなに先じゃないだろうことを、商売人のトランプは見越しているのだろう。もちろんその時は大統領ではないだろうが、彼の仲間が儲けて、その利潤の一部がトランプ一族に回ってくればそれでいいのさ」

「とんでもない奴じゃないですか」

「政治家としては歴代最低の大統領と言われているのだから、そうなんだろうが、アメリカ経済はいまだに順調だからな。商売人の感覚としてはやはり一流なんだろう」

「トランプは失敗をしたことがないのですか？」

「とんでもない。大チョンボを何度もしているが、これを認めないだけだ。却って、その失敗を成功と伝える腹黒さも持っているよ」

「転んでもただでは起きないのですね」

「それが商売人だ」

「一方で金正恩はどうなんでしょう？」

「トランプから見れば孫のようなものだ。習近平から見ても息子世代と言っていい。

ただ、どちらも舐めたことをされると本気になってしまうところが似ているな。ただ、習近平のしたたかさは、同じ共産主義で育ったプーチン同様だ。ライバルを潰すことにかけては天下一品だな。どちらもプーチン王朝、習王朝を作り上げてしまった。これは金正恩も見習うところだろう」

「北朝鮮に核兵器や軍事力がなければ、単なるならず者として、国際社会からは無視される存在ですからね」

「北朝鮮がアメリカの同盟国、つまり、南朝鮮や日本を攻撃した場合、米国がこれに反撃するかどうか……も重要な判断ポイントになってくるだろう。北朝鮮は釜山《プサン》上空で核兵器を空中炸裂させる訓練をしていたと述べていたが、釜山は南朝鮮でも有数のハブ港だ。これは本気で朝鮮半島を自らの手で統一しようという意思の表れでもある。さらに一方ではスカッド射程拡張型ミサイルを日本に向けて四発発射し、日本の米軍基地への空中核爆発攻撃の訓練だったことも伝えている。北朝鮮の核兵器とミサイルの開発能力はすでに実践レベルにあることを暗黙の了解とさせた効果は大きい」

「まさに脅威……ですね」

「だから日本は北朝鮮の非核化が不可逆的に実行されるまで、あらゆる手段を使って監視しておかねばならない」

「監視衛星も……ですね」

「日本の監視衛星は現在七基しか飛んでいない。そのうち三基は間もなく寿命ときている。これに比べて中国は二十基もの監視衛星を打ち上げている。つまり東シナ海や日本海で活動している海自や海保の巡視船等の位置をリアルタイムで把握されていることになる」

「中国はいつの間にそんなに多くの監視衛星を打ち上げていたのですか？」

「中国は今や宇宙をも独自で制しようとしている。国際宇宙ステーションに中国が参加できない分、それと同レベルの宇宙ステーションの建設が進んでいる。中国が太平洋に進出してくるのは時間の問題だ」

「アメリカとの太平洋分割案が現実のものとなってしまうのですか？」

「だから日本は海自にもっと金をかけなければならないし、空母の建設は喫緊《きっきん》の問題なんだ」

「日本がついに空母を持つ日が来るのですか？」

「中国が太平洋に進出してきた段階で、その必要性は高まるだろうし、小笠原に空港建設を進める必要性が出てくるだろうな。その時、小笠原の自然遺産を守ろう……などという甘っちょろい発想は捨てなければならない時が来るかもしれない」

「小笠原か……今のうちに行っておくべきですね……」

「ああ。愛すべき島、愛すべき自然だ。中国人が上陸する前に手を打っておかなければ大変なことになるだろう」

「室長は小笠原に行かれたことがあるのですか？」

「ああ。一年間、署長をやっていたよ」

「そうだったのですか……」

宮澤警視正が目を丸くして頷いていた。

「それよりも中国の工作員情報は何か入っていないか？」

「中国人が様々な企業にあまりに多く入り過ぎていて、誰がスパイなのか全くわからないのが現状のようです」

「実態を考えればそうなってしまうのだろうな……中国進出を図る企業はその見返りとして、現地だけでなく国内にも中国人の採用を条件づけられているからな」

「『日本での仕事は楽です。自分の意見を主張し続ければ、みんな簡単に折れてくれる』と、平然と答える中国人社員がいますが、現在、日本で働く中国人労働者の数は約三十七万人だそうです。最近では単純労働ではなく一流企業で働くエリート中国人も増えていますからね」

「その中には、過去に現実に産業スパイとして逮捕された事例もあるからな」

逮捕十年前に来日して日本の大学を卒業後、正社員として入社した人間の例がある。会社から貸与された個人パソコンから、限られた社員だけが閲覧できるコンピュータサーバーにアクセス。工作機械の設計図面数点を、不正に利益を得る目的で個人のハードディスクなどにコピーしたとしている。退職が決まった後に犯人が大量のデータをダウンロードしているのを同僚が不審に思い、関係部署に通報し事件が発覚したものだった。

「昨今、留学生や海外の大学から中国人など外国人を採用する企業の目的は、ダイバーシティ（多様性）と優秀な人材の確保という二点だと言われている」

「優秀な技術者かもしれませんが、金第一主義に加え、道徳心の欠如は中国の社会現象のようなものですからね」

「中国が今一番欲しいのは日本の潜水艦技術だと言われている」

「潜水艦……ですか？」

「日本は最高レベルの通常型潜水艦を自力建造できる。アメリカは原子力潜水艦建造に特化しているからな」

「中国の潜水艦はまだまだなのですか？」

「中国は潜水艦よりも戦闘機開発を優先したと言っていいだろうな。ステルス戦闘機『殲《せん》一〇』を自国で設計・生産が可能であるほか、一部では第五世代双発ステルス機『殲二〇』を開発中と伝えられている。一方、日本は戦闘機の内製化はまだできていない。日本は第二次世界大戦後、米国から航空機の製造はおろか研究も禁じられたからな。禁止は解除されたものの、世界との技術力の差は大きく開いてしまった……というわけだ」

「先進技術実証機『X－二』は断念したのでしょうか？」

「渋いところを知っているな……今、世界の戦闘機開発はステルス性と高運動性能を備えた第五世代戦闘機に移っている。これまでにF－一一七攻撃機やB－二戦略爆撃機等のステルス機を開発したアメリカも、本格的な第五世代機であるF－二二戦闘機を実戦配備し、F－三五戦闘機の飛行試験も終えている」

「第五世代戦闘機とは具体的にどういうものなのですか？」

「一言で言えば高度な火器管制装置とステルス性を有するモノ……ということだな。『敵よりも先に発見し、先に複数の敵機を撃墜する』というのが最低限の条件ということになる」

「第五世代戦闘機同士の戦いになると大変ですね」

「そこはパイロットの技術と戦闘機の性能次第だな」

「日本も戦闘機の開発に取り組んでもらいたいものですね……」

「戦闘機開発は必要とされる技術が非常に広範なんだ。いくら特殊技術を持っていたとしても一企業だけによる開発ではコスト負担が大きすぎる。日本で言えば日産と三菱重工、東レの三社が組めばいいものができるかもしれないが、なかなか難しいだろう?」

「そういうことですか……残念な気がしますね」

「アメリカが同盟国である以上、アメリカから買っておけばいいだけのことだ。トランプだって武器商人のように『アメリカの兵器を買え』と平気でトップセールスをしてくるじゃないか」

「少なくとも、貿易摩擦の軽減にはなりますね」

「なんでもアメリカの言いなりになる必要はないし、日本は地政学上、アメリカと日本の共通の敵であるロシア、中国、北朝鮮ともそれなりの関係を築いていなければならない。ただし、中国の露骨な太平洋進出に対してはアメリカと共同歩調をとる必要があるだろう」

「しかし、アメリカは中国と太平洋分割案を認め合っている……のではないですか？」

「アメリカが世界の警察を放棄したのは事実だ。だからといって、空母を一隻しか持っていない中国と太平洋分割するのはあり得ないだろうな。これにはフィリピンや台湾の動向も問題になるだろうが……」

「フィリピンか……そう言えば室長は今の大統領に会ったことがあるそうですね」

宮澤警視正が訊ねると、黒田は笑って答えた。

「彼がまだダバオ市長だった頃の話だ。プライベート警察を持ち、市長自ら銃を握って反政府勢力と闘っていた。どれだけぶっ殺したかわからないほどな」

「彼はアメリカを避けて、中国にすり寄っているんじゃないですか？」

「南シナ海情勢をどう判断するか……だな。フィリピンから米軍は撤退したが、今のままであの国が収まるとは誰も考えていない。教育制度を変えない限りフィリピンは発展しないんだ」

「教育制度……ですか？」

「あの国にはハイスクールがなかったんだ。中学からそのまま大学に入ってしまうような教育システムだったんだよ。だから自国では人材が育たない。金持ちはアメリカに子供を留学させて世界へ体面を保ってきた……というのが実情なんだよ」

「そういう背景があるのですね」

「だから、フィリピン大統領の最大の弱点は制度として十分な教育を受けていない……ということだ。そこをアメリカも中国も突いているんだ」

「南シナ海はどうなりますか？」

「アメリカが過去に中国と共同声明を行った、いわゆる『上海コミュニケ』に対して、『国際法上の事情変更の原則』を持ち出してきた」

「どういうことですか？」

上海コミュニケでは、アメリカ、中国両国はアジア・太平洋地域で覇権を求めないことで合意していた。

「中国が南シナ海で次々と海上軍事基地を造成して軍事膨張を拡げたからさ。コミュニケの前提が崩壊してしまったことで、コミュニケそのものが効力を失ったということさ」

「すると、アメリカと中国の太平洋分割案も破棄……ということですか？」

「アメリカは両面外交を採っているようだが、おそらく習近平は激怒するだろうな」

「両面外交……ですか？」

「まだ不確定ではあるんだけど、おそらく、面白いことになるだろう。トランプ外交というのは、やはり商売人の駆け引きだと感じるよ」

「飴《あめ》と鞭《むち》……ということですか？」

「そんなところだな」

黒田はフフッと笑って言った。

そこへ栗原が入ってきた。

「栗原どうした」

管理官になった栗原にだけは親しみのためか、黒田は昔ながらの呼び捨てにしていた。

「室長、米朝会談を実施するようです」

「ほう。いつだ？」

「まだ、日程は明らかになっていませんが、金田陽太郎情報ですので間違いはないと思います」

「金田陽太郎がそこまで話すようになったのか？」

「彼にはまだ私の身分を告げていませんが、北朝鮮ジャーナリストと思っているようです」

「向こうも探ってきた……ということか？」

「丸の内オフィスの周辺を何度か探索しているのが確認されています」

「警察につながるものは何もないから大丈夫だろう」

「それで、米朝会談の理由は？」

「金田によると、現体制の維持をアメリカが確約する……というのです」

「ほう。非核化だけが条件じゃないだろう？」

「もちろん、ＩＣＢＭの放棄も入っているようです」

「アメリカにとってメリットは何もないような気がするがな……ならず者の若造の機嫌を取ってどうするというのか……習近平だって黙っちゃいないはずだ」

続けて黒田は指示を出す。

「宮澤さん、中国の動きを見ておくように作業班に伝えて下さい。それから、海自の潜水艦にかかわっている二社に対する中国からのサイバーテロと、接近している中国人の有無を確認させて下さい」

そして自室に戻ると、卓上電話に手を伸ばした。

「ホノルルはまだ勤務中だよね」

「ハイ、ジュン。もうすぐ四時だ。実質勤務終了になることを知って電話をしたな」

「ジャックの仕事好きは有名だったからな。ところで、エシュロン情報を一件確認したいんだ」

「ジュンらしいな。国家機密に対する遠慮というものがない」

電話の向こうでＦＢＩ特別捜査官のジャック・ヒューリックが笑って答えていた。

ジャック・ヒューリック特別捜査官はＦＢＩの中でも国家保安部（National Security Branch：略称ＮＳＢ）に所属していた。

「我々でもエシュロン情報はそう簡単には入手できないんだ。運用しているのはＮＳＡだからな」

「ハワイは別だろう。極東対策を兼ねているんだからな。衛星受信も海底地下ケーブルもチェックできる数少ないキャッチポイントであることくらい知っているぜ」

「参ったな。君も特別捜査官だったことをすっかり忘れていたよ」

ジャック・ヒューリックと黒田は、黒田が警視になった頃、ジャックがアメリカから日本警察に研修に来ていた時からの付き合いだった。警視庁内の各課に黒田がジャックを案内して紹介した縁でもあった。

「特別捜査官か……懐かしい響きだな」

「ジュンは法学博士の資格を持っていたのか？」

「いや、僕が部外試験として受けて合格した衆議院の政策担当秘書試験資格を、そのように扱ってくれたんだ」

「それで何を知りたいんだ？」

「日本が潜水艦を自前で作っていることは知っているね」

「あの技術はアメリカでも高く評価されている。ボディーに特殊ゴムを貼り付けるという発想はアメリカの原子力潜水艦にもないからね」

「その潜水艦を作っている二社に、何らかの形で接点をもっている中国人を知りたいんだ」

「何らかの形で接点か……あまりに幅が広すぎるんじゃないのか？」

「だからいいんだ。スパコンを活用できるだろう」

「おいおい、スパコンなんてハワイには置いていないぜ」

「検索エンジンは使えるだろう。キーワードを巧く組み合わせればある程度は絞り込めるさ」

「ジュンの頼みとあれば仕方ないな。やれるだけのことはやってみるさ。私としても、このハワイ近海に中国船がうろつく光景を見たくはないからな」

「今がその瀬戸際だと思っている。僕は貴国の大統領の政治的手腕はさほど評価していないが、商売人としての感覚はあると思っている。今後、貴国の大統領が注意すべきは中国、しかも習近平だけで、ロシアは放っておいてもいいと思っているよ」

「ロシアはスノーデンのクソ野郎にいいようにやられたからな」

「その気持ちはわからないでもないが、あの野郎に様々な職務権限を与えてしまったミスを国防総省はもっと深く考えなければならないと思っている」

「ペンタゴンか……ＣＩＡ同様にシギントにハマり過ぎているからな」

「それは世界中の諜報機関が同様の傾向だ。三十代の情報担当者のコミュニケーション能力の欠如は日本やアメリカに限った話ではないんだ」

「いずこもゲーム世代の連中の最大のギャップはコミュニケーションの問題だ。いくらディベートの訓練をしても、回答が同じ。あえて逆の立場で話をしようとする者が少なくなっているそうだ」

「ディベートの本場と呼ばれているアメリカをもってしても、そんな状況なんだな」

黒田が寂しそうな声を出して言うと、ジャックは笑いながら答えた。

「アメリカの西海岸なんて、すでにアメリカではなくなっているな。不法入国者の巣だよ。それでも経済が悪くなっていない……と言うんだから、この国の将来も危ういものだ」

「アメリカがこけた時は日本もなくなっているかもしれない。そろそろ日本も自立する時期になっているんだろう。ただし、その時日本は本気で核武装をする、ならず者国家になっているかもしれない。その先行事例を作っているのが現在のアメリカだからね」

「ジュンが嫌いな盗人に追い銭……ってやつだね」

「まさにそうだ。それを許した時、世界の正義が崩れてしまう。その時日本はその反面教師になる覚悟があるかどうか」

「馬鹿げた戦争を仕掛ける国ではないだろう？」

「それは極東の情勢次第だ」

「日本もいよいよ憲法を改正して核武装する気か？」

「一国安全主義だけでは生きていくことができなくなったという認識を国民が持つかどうかだな」

「ジュンのその覚悟を信用しよう。それでどれくらいのスパンで調査すればいいんだ？」

「米朝会談が話題に上った時期からでお願いしたいんだが……」

「トランプが『話し合いの準備がある』と言い始めた時……ということか？」

「具体的になってからでいいだろう」

「ざっと半年間だな……」

「よく記憶しているな」

「第七艦隊が動くたびにこちらは北朝鮮情勢をチェックしている。一時期は、海軍も本気だったからな」

「やはりそうか……のんびりしていたのは日本だけか……」

「そこが日本のいい所さ。拉致問題の解決に向けた動きを諸外国に依頼するのはいいが、北朝鮮が行った回答に『違う』と言い切れる証拠さえ持っていない」

「調べようがないだろう。北朝鮮の一般政治機関ではコンピュータさえ使っていないんだからな」

「北朝鮮のハッキング技術はかなり高度だ。中国経由だけでなくロシアルートも盛んに使うようになったかと思えば、最近は日本国内からも積極的に仕掛けている」

「FBIハワイ地方局でもそれくらいのことを知っているのか……」

「ハワイ地方局でも……は余計だ。うちの仕事の半分以上は極東対策だと言っただろう。プリンス・クヒオ連邦政府ビルにどれだけの政府機関が入っていると思っているんだ。第七艦隊が本気で戦争を引き起こせば、ハワイは大忙しになるんだ。どこも徹底した情報収集を行っているんだよ」

「そうだったな。海軍はグアムよりもハワイが拠点だからな」

「大型爆撃機が飛ぶときはハワイからだが、ステルス系はグアムからだな。グアムで終われば御の字。ハワイがかかわれば大戦争……ということだ。オスプレイでは戦争はできない。敵に手柄を与えるだけだからな」

「撃ち落とすのが簡単……ということか？」

「まあそういうことだ。後方支援用で実戦向きじゃない」

ジャックは海外の情報分析も行うことができるマルチFBI特別捜査官としてCIAやNSB本局からも一目置かれた存在だった。

「僕もそれなりに情報収集をしてみる」

「日本にいる蠅《はえ》どもをとっ捕まえてくれ。奴らは拠点を転々としながらサイバーテロを行っているからな」

電話を切ると黒田は平河町《ひらかわちょう》にある日本最大級規模のセキュリティー監視センターを訪ねた。この会社の社外取締役には二人の警察キャリアが就任していた。

「近藤《こんどう》さんお久しぶりです」

「アメリカだったそうですね。インターネット関連事業の吉岡《よしおか》さんから話は聞いていました」

「彼とはイスラエルでバッタリお会いしましたから」

「そのようですね。彼のインキュベート精神とバイタリティーにはいつも感心させられていますよ」

「僕も結構海外旅行に誘われるのですが、東欧やら中東やら、それもエコノミークラス利用なので、なかなかご一緒できません」

「エコノミークラスしか飛んでいない路線が多いんですよ」

近藤常務が笑いながら言った。

「『ミスター・インターネット』は相変わらずお元気ですか？」

「『インターネット・サムライ』ですね。元気も元気。あれだけ勉強されると、我々も付いて行くのに必死ですよ」

「何をおっしゃる。三十年前にこの会社が設立された時からのメンバーじゃないですか。しかもサイバーセキュリティー事業部のトップも兼ねていらっしゃる」

「警察も同じでしょうが、攻撃する側に利があるのはコンピュータの世界でも顕著なんです。公安警察のように事前に犯罪の兆候を得て、これを予防する……ということはほとんど不可能と言っていいのです」

「それはわかります。近藤さんとお会いしたのは僕がまだ公安総務課勤務の時でしたからね」

「今はどこの部署にいらっしゃるのですか?」

「総務部の総合情報分析室というところにおります」

黒田は名刺を近藤に差し出した。

「警視正ですか……ご出世されたのですね」

「上にまだ三つ階級がありますが、僕はもう一つ上がることができるかどうか……です」

「でも、麴町《こうじまち》警察署の署長さんも警視正でしたよ」

「警視正でもピンからキリまであるんですよ。警視でも署長もいれば課長も同じ……ということがありますからね」

「そういえば、ここに越してくる前の愛宕《あたご》警察署はキャリアの署長さんでしたが、署長さんも警備課長さんも警視でしたね」

「キャリアは別として、僕たちノンキャリは同じ階級でも相当な格差があるものなんですよ」

「一般人にはわかりにくい組織なんですね」

「特に警視庁はそうですね。ところで今日お邪魔したのは、二つの会社に対するサイバーテロの実態を知りたいのです」

「企業からの要請ですか？」

「いえ、企業側も気づいていないかもしれないのです」

近藤常務が首を傾げて訊ねた。

「実害がないサイバーテロ……ということですか？」

「実害の有無よりも、なんらかのウイルスが仕掛けられている可能性があります」

「バックドア……のようなものですか？」

コンピュータセキュリティー用語のバックドアとは、パスワード等を使って使用権を確認するコンピュータの機能を無効にするために、コンピュータ内に密かに仕掛けられた通信接続の窓口のことである。

「その可能性も否定できません」

「何か思い当たることでも？」

「四井《よつい》重工業と金沢島《かなざわじま》造船の二社なんです」

「それならうちが防衛省がらみで扱っている会社です。空ではなく海の方ですね」

「インターネット経由だけとは言えないようですね」

「わかりますか？」

「以前、四井重工業の社員が自宅から持ち込んだUSBにウイルスが仕込まれていて、危うくロケットエンジン技術が盗み出されるところだったのです」

「イランの原発事故のパターンですね」

「社員にはUSB等の記憶媒体に関しては徹底した指導を行っているのですが、働き方改革とやらの影響で残業ができない分、自宅に仕事を持ち込む者が増えている実態があります」

「働き方を国が示すというのも妙な話なんですが、この国はどこまでも国が管理しなければ気が済まないのでしょう」

「まさにそのとおりなんですが、それを声高に言うと、うちのような会社は仕事を貰えなくなりますよ」

「御社なしでサイバーテロへのセキュリティー対策が自前でできれば苦労はしません。時代の先駆者でありながら、次々に関連事業を立ち上げる御社の姿勢は素晴らしいと思いますよ」

「それはそうとして、両社に対するサイバーテロの実態は数字で出ていると思います。一年間のデータをお見せしましょうか？」

「攻撃元もわかりますか？」

「ほぼ解明できているはずです。中国、北朝鮮、ロシアからが多かったと思いますが、詳細を確認してみましょう」

近藤常務は自室に黒田を招いた。デスク上には四台のモニターが並んでいた。

黒田はデスクの前で立って見ていると、近藤常務が言った。

「そんなところに立っていないで、横で確認して下さいよ」

黒田は一礼してすでにキーボードを打ち始めている近藤常務の横で中腰に立った。

間もなく正面のモニターに四井重工業、その右隣のモニターに金沢島造船のデータが出ると、それぞれの両脇のモニターに世界地図が現れ、両社に対するリアルタイムのサイバーテロの実態が映し出された。

「相変わらず派手に攻撃を受けていますね。どちらも中国の海南島からのモノが多いようですね。北朝鮮からもロシア経由で攻撃を受けています」

「中国は海南テレコムでしょうか？」

「ちょっと待ってくださいね。確認してみます」

「確認できるのですか？」

「ある程度は過去のデータと照合して見ればわかると思います」

そう言って近藤常務は世界地図のモニターを海南島にズームした。

「そうですね。海南テレコムの陸水信号部隊の連中のようですね。人民解放軍総参謀部第三部なのでしょう？」

「よくご存知ですね」

「一応、防衛省もチェックしていますから、基本は知っています。北朝鮮も同じです。中国経由からロシア経由に変えた段階で、足跡がわかりやすくなったのです。おそらくロシア当局が日本に気を遣ってくれているのでしょうね」

「ロシアが気を遣う……そんなことがあるのですか？」

「ロシアとしても自国内に設置されたサーバーを勝手に使われ、しかもこれがサイバーテロに使われていることが明らかであることが面白くはないでしょう。サーバーを通過した段階で特殊な符号をつけるようになっています。だからロシア経由でいくら第三国を抜けて来ても、最初にロシア国内のサーバーが特定できる仕組みです」

「北朝鮮のクラッカー集団はそれを知らないのですか？」

「おそらく知らないんでしょう。これは特殊な符号で、内情を知っていない限り発見できない仕組みです」

「近藤常務……というより、御社はどこからそのような特殊な符号の設置を知ったのですか……と言っても企業機密でしょうが……」

「これを見つけ出したのがミスター・インターネットですよ」

「ご本人が見つけ出したのですか……」

「そうなんです。そしてその符号に関してアメリカ当局に連絡をしました。彼らもそれを確認して情報を得たようです。ですからアメリカも北朝鮮の行っているサイバーテロがロシア経由の場合、直ちに彼らの拠点に対して圧倒的な逆襲を仕掛けているようです」

「圧倒的な逆襲……ですか……」

「アメリカが国家として本気でサイバーテロを行ったら、数百台のパソコンやサーバーがパンクしてしまうことでしょう」

「北朝鮮にとっては厳しい反撃ですね」

「実際にアメリカが大逆襲を行った後、二ヵ月間は北朝鮮からのサイバーテロが停まったことがありました。それからはアメリカにたいするサイバーテロは中国経由に戻したようですけどね」

「ところで、現在進行形で四井重工業に行われているサイバーテロですが、何か特徴がありますか？」

「待ってください……」

近藤常務がモニター画面を切り替えた。

「本社経由で神戸《こうべ》造船所が集中的に狙われていますね」

「神戸造船所か……あそこは造船所という名前はついていますが様々なものを作っています。原子力発電プラントや関連機器などに加えて、防衛・宇宙分野では、潜水艦や宇宙機器まで手掛けているんです。サイバーテロを本社だけで止めることはできないのですか？」

「どこかにバックドアが仕掛けられているようですね……」

「神戸造船所内で正規の手続きをとらずに情報を呼び出したり、情報の作成・変更・消去が行われていませんか？」

「サーバーを確認した限りでは、プログラムを外部から送り込んで、コンピュータ内で動作させるところまではいっていませんが、早急に対処が必要です。すぐに担当者を向かわせます。教えていただいてよかった。本社のパソコンも再チェックします。セキュリティーホールによって操作可能な領域を超えて、コンピュータの全機能を掌《しょう》握《あく》されてしまうところでした」

「もし、単なるサイバーテロの結果だけでなく、犯罪の疑いがあるときはすぐに知らせていただけますか？」

「もちろんです。全てのクライアントと業務契約を締結する際に、犯罪行為の疑いがある時は当局に通報する旨を確認しています。勘ですが、内部に誰か協力者がいるような気がしますね」

近藤常務がモニター画面を注視しながら言った。


黒田がデスクに戻ると公安部外事第一課長から電話が入っていた。外一課長は公安部のノンキャリ課長としては公安第一課長と並ぶ人材だった。

黒田はここに来た運の良さに感謝しつつ、すぐに電話を入れた。

「黒ちゃん。相変わらず一人で動いているんだね」

「うちはキャリアの警視正も実働員ですから」

「面白い仕事をやっているようだね。今朝、ロジオノフが本国に帰ったよ」

「えっ。今朝……ですか？」

「情報では更迭《こうてつ》されるのではないか……ということだ」

「彼を除いて極東のエネルギー担当をできる人材はいないと思っていましたが……」

「彼の裏の商売が発覚したようだな」

黒田は首を傾げた。ロシアの有力者のほとんどが本業の他に裏の仕事を持っていることを知っていたからだ。

「マカオのカジノの件ですか？」

「なに。知っていたの？」

「マカオはロシアの情報収集拠点の一つになっているんですよ。長い間カジノの売り上げ世界一だったラスベガスを抜いてトップになったくらいですからね」

「それは中国人の富裕層がカジノで金を使うようになったからじゃないのかい」

「確かにそうですが、マカオの売り上げが世界一になったことは事実です」

「すると、ロジオノフの急な帰国は更迭ではない……と思っているのかい」

「昨年十月にロジオノフと会った時には、全くそんな兆候はありませんでした。僕の予想では米朝関係に関して意見を求められたのではないかと思います」

「十月に会った？　どこで？」

「稚内です」

「その件を公安部長に報告したのかい？」

「総務部長に報告しています」

「総務部長って、彼は公安畑じゃないからな……情報の重大さをわかっていないんじゃないのかい？」

「総監には届いているようですから、僕は何とも言えません。ただし、総務部長はバランス感覚が優れた方ですから、必要と思えば公安部長にも話をしているかもしれませんよ。年次は二年違いますけど」

「そうか……俺にも教えて欲しいネタだったなあ。そうか……それで、米朝関係？米朝関係にロシアが口出しをするというのかい？」

「トランプとプーチンはアンチ中国、アンチ習近平という立場で繋がっているような気がするのです」

「そりゃ新説だな」

瀬川《せがわ》外一課長が受話器の向こうで驚いたような声を出した。

「今のままでは金正恩は習近平の完璧な手下になってしまいます。それが一番面白くないのはプーチン以外にいないでしょう」

「プーチンも北朝鮮の地下資源を狙っているのかい？」

「それもありますが、ロシアは朝鮮半島が欲しくて仕方がないんです。できれば、釜山までの鉄道利権を得たいのが本音でしょう」

「釜山？　韓国はどうなるんだ？」

「中国もロシアも南朝鮮なんて目じゃないでしょう」

「南朝鮮か……警視庁内でも、韓国をそう呼ぶのは黒ちゃんくらいしかいないだろうな」

「南北朝鮮と自分たちで言っているんですから、片方が北朝鮮なら他方は南朝鮮でしょう」

「一体何を考えているんだ……」

瀬川外一課長は黒田のこだわりに異議を唱えながら話を続けた。

「黒ちゃんにロシアの情報はどのくらい入るんだ？」

「僕にとってロシアは全くの専門外です。ただし、今の朝鮮半島情勢は我が国の防衛にとって重要な分岐点になる可能性がありますから、これに関わる国家の情報も一応取っているだけのことです」

「最近、ロシア政府の中堅クラスがちょくちょく北海道に来ているんだ。何を狙っているのかがわからないんだよ」

「すると、外一は駐日ロシア連邦通商代表部首席代表補佐の実弟でロシアのエネルギー部門のナンバースリーのセルゲイ・エベゴロフが札幌の医大に入院していることを知らないのですか？」

「何？　エベゴロフが入院？　いつのことだ？」

「サハリンからヘリで運ばれて入院したのは昨年の十月のことですよ。脳梗塞で緊急手術を行ったようです。最近、ようやくリハビリが功を奏して後遺症がなくなってきたということです」

「そんな重要な情報も十月に入手していたのかい？」

「外一も知っていると思っていましたよ。ヘリコプターでの緊急搬送は防衛省の情報本部も知っていますからね。最近、外一は電波部から情報を取っていないのですか？」

瀬川外一課長は言葉を失っていた。黒田はこれ以上何も言うことがない……と感じていた。

「担当者に確認させておくが……黒ちゃん、どうして最近公安部は情報を取れなくなってしまったのかな」

「育て方じゃないですか。管理官クラスがデスクでふんぞり返っているようじゃ情報なんて入りませんよ」

「管理官の質の低下は俺もわかっているんだが……」

「外一にも優秀な情報マンがいたはずです。彼らは今どうなっていますか？　妙な派閥抗争をやっている間に、支店で埋もれてしまっているんじゃないんですか？」

「派閥抗争なんてとっくの昔になくなっているぞ」

「そうですか？　今でも熊本《くまもと》さんを囲んだ飲み会が、相変わらず虎《とら》ノ門《もん》の小料理屋で行われているようじゃないですか」

「それは……」

「そういえば、課長もご出席されていたんでしたね」

「黒ちゃんのところにはそんな情報まで入ってくるのか？」

「僕にとってはいらない情報ですし、知りたくもない話です。しかし、そういう会合を面白くないと思っている公安部員も多いということは認識された方がいいと思いますよ。二次会は禁止……といいながら、その会では必ず三次会までやっているそうですね。そして、三次会の席には必ずチヨダの理事官を呼んでいるのでしょう」

「それは……」

「僕には関係のない話ですが、そういう噂は結構、組織の上層部の耳にまで届いているようですよ」

「黒ちゃんがご注進しているわけじゃないよな」

「勘弁してくださいよ。そんな暇は僕にはありません。瀬川課長申し訳ありません。総監から出頭命令が入りました」

　黒田は電話を切ると大きなため息をついた。瀬川外一課長と話をする気力が失せただけで、総監からの出頭命令は口実だった。しかし直後、本当に総監から呼び出しがあった。

「黒ちゃん。官邸が今後の日朝問題について交渉役を内閣情報官に任せようという動きなんだが……」

「いいことじゃないですか。外務省は何もできないでしょうし、政治家はもってのほかですから。米朝交渉の窓口をアメリカが元CIA長官にし、北朝鮮も情報担当が対応していることを考えると、内閣情報官はいい選択だと思います」

「ただ、内調にそれだけの情報があるか……という問題だな」

「情報官は内調だけでなく警察庁警備局とのパイプもあるわけですから、内閣府に出向している多くの参事官よりは、ピンポイントの情報が入ると思います」

「内閣官房参与じゃだめなのか？」

「うーん。内閣官房参与の半数は単なるお仲間……ですからね」

「お仲間ね……」

　内閣官房参与とは、内閣が対応すべき各種分野において優れた専門的識見を有する人材を首相が直接任命する内閣官房の役職の一つである。内閣総理大臣の「相談役」

的な立場の非常勤の国家公務員で、任じられた当人は首相に対して直接意見を言い、また情報提供や助言を行う。いわゆる「ブレーン」や「側近」的存在で、職務に対しては守秘義務が課されている。また全員に、所属する内閣府や総理大臣官邸で一つずつ執務室が与えられている。

「かつての拉致問題にかかわった方もいらっしゃいますが、結果的にあの方もかつてのミスターX人脈にはなかった人です。その後、官邸の主導によって平壌を訪問して金永日《キムヨンイル》朝鮮労働党書記、金永南《キムヨンナム》最高人民会議常任委員長と会談しました。しかし、何の結果も残せず、逆に米韓に対して不快感を与えた結果になっただけです。彼に外交交渉を任せること自体が間違いだった」

「言われてみれば確かにそうだね。昨年末、彼は『米朝・日朝、同時並行でだいたいあと二ヵ月、年内にある種の解決ではなくて、着地の方向が見えてくる』と言ったきり、そのままですからね」

「彼はまた『日本も北朝鮮とさまざまな外交チャンネルを通じて、水面下での交渉を行っている。すり合わせをやったうえで、最後の判断は、首相がする』とも語っていますが、その前提である北からのデータが届かない状況です」

「難しい問題であることは間違いないが……黒ちゃんの情報ルートで次の一手はない

のかい？」

「北朝鮮にとって日本の存在は中朝、米朝、南北朝鮮の交渉を行うにおいて邪魔な存在になっているのではないか……と思っています」

「邪魔か……」

「金正恩にとって拉致問題というのは祖父さんと親父がやったこと。親父の時代で終わった話で、自分には関係ないという感覚になっているのだと思います」

「なるほど……確かに金日成は自身『必要なら日本人を包摂工作し拉致工作をすることもできる』と言明したことが明らかになっているからな」

「はい。『金日成の日本人拉致承認』と言われています。それなのに、かつて日本では『拉致問題は捏造《ねつぞう》』と言い放ち『特定アジアの代弁者』と揶揄されていた残党がいる政党がまだあります。『赤が書き、ヤクザが売って、馬鹿が読む』と呼ばれた新聞社は、いつの間にやら知らん顔をしてますしね」

「そういう時代があったのも確かだな。すると拉致問題に関しては北朝鮮内の拉致被害者に関する正確な安否情報を入手しなければならないということなんだが、相当なパイプがないと難しいだろう」

「おそらく、北朝鮮は金正日時代から本気で調査は行っていないと思われます。どれだけの人を拉致し、その後どうしたのか……詳細なデータも残っていない可能性も、また抹消した可能性もあります」

「やはりそういうことか……」

「ですから、北朝鮮が提出してくるデータを覆すだけの証拠がない限り、交渉にはならないでしょう」

「すると、そのネゴシエーターとして内閣情報官が抜擢されるわけか……」

「そう思います。スタート地点に立つことができるかどうか……あらゆる情報機関と連携をとる必要性があると思います」

「拉致被害者に関するデータの保存場所はわかっているんだろう？」

「外務省は知っていると思います。二〇〇二年九月十七日、首相に同行し、平壌で非公式の安否情報リストを入手した外務省関係者はその分析を急いでいます。しかも、リストには死亡日等が記載されていた。しかし重要情報は『未確認』を理由に日朝平壌宣言の署名直前まで総理には伝えられませんでした。後に外務省による『情報操作』と批判されましたから」

「そうだったな……。現総理はその当時の事情を知っているだけに、北朝鮮情報に関しては外務省を信用していないのかもしれないな」

「そこで内閣情報官をネゴシエーターに選ぶというのは、正解ですが、組織的には内調に負担をかけることになるでしょうね」

「内調か……確かに難しい立ち位置になるだろうな。内調にそこまでの情報収集能力があるとは思えないからな……警備局に丸投げ……ということはないだろうが、総裁選で再選が確実となれば、国として一致団結して拉致問題に対処しなければならなくなる」

「一致団結……これがまた難しいですね。拉致問題は被害国が十四ヵ国に上るとみられます。北朝鮮という国の犯罪性をどう考えるか。拉致被害者奪還の為に必要な国際協力と、事態打開の鍵を握る中国への対応をどうするか……ということが重要になると思います」

「中国か……金日成の日本人拉致承認当時、中国もこれに対して暗黙の了解というよりも、むしろ積極的に行っていた形跡があったようだからな。黒ちゃんはさすがによく調べているな」

「金日成が日本人拉致承認発言を行ったのが一九六九年の十一月だったわけですから、北朝鮮が拉致を行った頃の中国のトップ劉少奇《りゅうしょうき》が判断したとしてもおかしくありません」

「劉少奇か……当時は毛沢東に次ぐ二代目主席だからな……文化大革命で失脚して非業の死を遂げただけに、彼を責めるのは酷かも知れないな」

「そこをどう攻めるか……そこがこれからの情報戦のポイントになるかと思います。中華人民共和国の歴史の中で起こったことですから」

「歴史認識問題になるかもしれないな」

「習近平の歴史観はアロー号戦争以降ですから、文句は言えないでしょう」

黒田はきっぱりと言い切った。

第四章　スパイたち

セキュリティー監視センターの近藤常務から電話が入ったのは、黒田が平河町の会社を訪れてから二週間後だった。

「黒田さん、四井重工業に対するサイバーテロですが、北朝鮮、中国だけでなく、日本国内からも攻撃を受けていました。しかも日本国内のものは北海道と京都《きようと》にある大学からです」

「大学のコンピュータが使われている……ということですか？」

「そうです。現在パソコンを特定しましたので捜査されれば使用者が特定できるかもしれません」

「日本はその二件だけなのですか？」

「ええ。国内から企業に対するサイバーテロを行うこと自体、最近では珍しいことなのですが……」

「そうですよね……国内発で海外のサーバーを利用するにしても、これが日本に戻ってきた段階ですぐに足がつきますからね」

「それから本社総務課内の一台のパソコンにバックドアが仕掛けられていたことがわかりました。そしてこれが神戸造船所の総務課のパソコンに繋がっていたのです」

「繋がっていた……総務課のパソコンは造船所のオンラインに繋がっていたのですか？」

「幸い、総務課同士のオンラインしか繋がっておらず、知的財産に関するサーバーとの接続はありませんでした」

「それは意図的なものだと思われますか？」

「本社総務課の当該課長本人に確認したところ自宅に仕事を持ち帰って作業した際に、プライベートのUSBを使ってしまったとのことです」

「しかし、バックドアを作るソフトはどこで仕込まれたのですか」

「それが今一つはっきりしません。捜査された方がいいと思います。中国がサイバーテロで繰り返して打ってきたパスワードが、知的財産関連のサーバーのパスワードと一致していることが判明したのです。総務のコンピュータ内にはパスワードに関する一切のデータはないんです」

「獅子身中の虫がいる……ということかもしれないですね。その本社総務課課長の個人情報を教えて下さい」

黒田は詳細を聞いて捜査員を四井重工業と札幌市、京都市に派遣し、黒田自身は秋葉原の電気街に向かった。


四井重工業総務部総務課秘書室付課長の竹原誠一郎《たけはらせいいちろう》は筆頭常務取締役室で待機していた。

「竹原秘書課長とお呼びしてよろしいのでしょうか。警視庁総務部の栗原と申します」

「副社長の塚本《つかもと》から話を聞いております。黒田さんの部下の方ですね」

「黒田は別件がありますので、私が代理で参りました」

栗原は竹原の目から視線を外すことなく語った。竹原は涼しい室内にもかかわらず、すでに額にうっすらと汗をかいていた。

「早速ですが、竹原さんのプライベートパソコンと今回ウイルスを持ち込んだUSBを拝見させていただきたいのですが」

「USBは常務に提出済みですが、個人のパソコンは自宅に置いたままです」

「今、ご自宅にはどなたかいらっしゃいますか？」

「妻がいると思いますが、確認はしておりません」

栗原は職場用の携帯を取り出し、竹原に確認の電話をさせたところ、妻は在宅していた。自宅にあるパソコンはルーターを通じて屋内LANが設定されているという。

「それでは竹原さん。奥様にパソコンを立ち上げていただいて、その後は私の指示に従うようにお伝えください」

竹原から電話を代わった栗原は妻に丁寧に指示をしながら、竹原のプライベートパソコンを栗原の公用パソコンでリモートアシスタンスができるよう設定した。

竹原と筆頭常務の吉池《よしいけ》は栗原が操作しているパソコンを、栗原の許可を得て覗き込んでいた。栗原のラップトップパソコンのモニターは黒い画面の中に白い文字で英語と数字が並んでいた。

「今、何をなさっているのですか？」

「竹原さんのプライベートパソコンのハードディスクの中を確認しているところです。電話の向こうの奥様も同じ画面を見ていらっしゃると思います。スマホで録画していただいていますし、この画面もオートで録画しておりますので、不正がないことは証明できます」

話をしながらも栗原の両手の指は止まることを知らないように、高速でキーボードを打ち続けている。

「栗原さんはパソコンのプロフェッショナルなのですか？」

吉池常務が訊ねた。

「いえ、警察に入ってから覚えただけで、プロでもなんでもありません。これくらいの操作ができなければ今の仕事は務まらないのです」

「ＩＴが進むと、これに並行して犯罪もＩＴ化していくわけでしょうから、捜査に携わる警察も大変ですね」

「うちのセクションにも、いわゆるハイテク捜査官は多数在籍しており、彼らはさらに専門的な仕事を進めています」

そう言いながら栗原が手を止めて竹原に訊ねた。

「竹原さん。あなたのパソコンに残されているウイルスですが、そもそもこれはＵＳＢから移されたもので、インターネット等による感染ではありませんね。そのＵＳＢのウイルスはこちらのパソコンに移されたのと同じものですから、あなたはご自宅以外のどこかでもこのＵＳＢを使ったことになります」

竹原の唇が震えはじめた。この時、栗原の携帯が鳴った。栗原は一言二言話をして通話を切ると竹原に訊ねた。

「竹原さん。りそな銀行衆議院支店に口座をお持ちなんですね」

竹原の額から汗が噴き出した。栗原は竹原に正対して口調を強めて訊ねた。

「大阪府出身の衆議院議員、園山玲子《そのやまれいこ》代議士とはどういうご関係なんですか？」

竹原は即座に答えることができず、吉池常務が改めて竹原に訊ねた。

「竹原君、園山代議士といえば野党の中でも北朝鮮に近い議員だ。社として接触してはならない人物として総務部職員には厳命していたはずだが、どういうことなんだ」

竹原は下唇をギュッと噛んだ。栗原が再び訊ねた。

「昨年十月と十二月に六百万円が二回、計千二百万円が園山事務所から振り込まれているようですね。確定申告もされていらっしゃらないようですが……ぶっちゃけ、何の金ですか？」

「以前、私の親族が貸し付けていたものを返金していただいただけです」

「ほう。園山代議士本人ではなく、事務所もしくは政治団体に対して貸し付けた……ということですか？」

「その点はよくわかりませんが、親族間で借金の相殺ということで私の口座に振り込まれただけです」

「どうしてそのためにわざわざ同銀行の衆議院支店という、一般人が入りにくい支店に口座を作ったのですか」

「それは……」

国会は衆参両院とも旅行社も銀行も一社独占の形態である。しかもそれぞれの支店に行くには国会議事堂もしくは議員会館で手続きをしない限り、辿り着くことができない。このため、一般人が国会内の銀行支店に口座を作るのは、一生の記念でもなければ必要がないはずだった。

「それも、預金通帳を必要としない口座を作っていますよね。外部にバレない……とでも思われたのですか？」

「今どき通帳を作る必要を感じなかっただけです」

竹原の声が震えはじめていた。

「竹原さん。今頃、園山代議士の政策担当秘書が供述を始めている頃だと思います。あなたの言っていることが正しいことなのか、すぐにわかりますよ」

「えっ、堤《つつみ》秘書が取調べを受けているのですか？」

「まあ、そういうことですね」

「彼が取調べを受けていることと、私の預金口座問題に何か関係があるとでもいうのですか？　堤秘書は政策担当者ではありますが、会計責任者ではないはずです」

「それは残念でしたね。堤秘書は今期から政治団体だけでなく事務所の会計責任者にもなっているのです。おまけに堤秘書は元外交官でしたからね。嘘を言えない性格なのですよ」

「どうして外交官が嘘を言えないといえるのですか？」

「外交官の行動というのは隠しようがないのです。常に誰かに見られていることが日常だったからです。悲しい性といえばそうなのですが、いくら彼らに私心があったとしてもそれを行動に移すのは困難を伴うのです」

「しかし彼は外交官といっても大使や総領事になったこともないはずです。一等書記官は隠密行動ができる……ということを聞いたことがありますよ」

「彼は国家一種ではなく外交官試験後半の合格者でしたからね。今後、外交官が常識と専門知識を兼ね備えてくれることを願っていますよ」

「これまでの外交官には常識と専門知識がなかったとでも言いたげですね」

「ない人が多かったのは事実ですね。なぜなら、大学在学中に外交官試験に受かって、専門を勉強しないまま中退して外交官になる方が多かったですからね。しかも、それがエリートだという意識を持っていたわけです。卒論も書かなければゼミ論もない。いわば大学時代に本当の友達さえ作ることなくエリートの地位を得ていたわけです」

「エリートとはそういうものではないのですか？」

「エリートは大学時代にどれだけ勉強したか……それも一般教養とコミュニケーション能力を高めたか……によって決まるものです。資格を取ることも大事ですが、外交官は辞めてしまえばただの人。司法試験や公認会計士のように一般社会に通用する資格は何もないのです」

竹原は啞然として栗原の顔を見ていた。それを見た栗原は話を続けた。

「話を戻しましょう。同じ一等書記官であっても派遣先によって違うのです。彼の場合は中国担当でしたしね。確かに重要なポジショニングではありましたが、東北地方だったので勝手な行動をとることはできなかったのですよ」

「北京じゃなかったのですか……」

「北京勤務が優秀とは限りません。香港《ホンコン》、上海、大連《だいれん》、遼寧《りようねい》……大事なところはたくさんあります。なかでも大連、遼寧は北朝鮮との関係で大事な部署だったのです」

「それで園山代議士の事務所に入ったのですね」

「そう。北朝鮮の裏人脈を築いていたのでしょうね。だから竹原さん。あなたにはどうしても聞いておかなければならないことがあるのです」

竹原は栗原の巧みな誘導尋問に気づいていなかった。

「どういうことでしょうか？」

「あなたは堤秘書が外務省で中国担当であったことも、北朝鮮との関係で大事なポジションにいたことも知ったうえで付き合っていた。しかも、その堤ルートからある人物を紹介されて、その相手からＵＳＢを受け取ってしまった……」

竹原が栗原の顔を呆然と眺めていた。栗原が続けた。

「竹原さん。私がそんなことも知らずにここに来たと思っているのですか？」

その時吉池常務が両膝を両手で叩いて栗原に言った。

「栗原さん、あなたのお立場が今、ようやく理解できました。あなたは黒田さんから全幅の信頼を得てここにいらっしゃったのですね」

「黒田室長から全幅の信頼を得る者など、まだ警視庁には一人もいないと思います。それだけ黒田室長は雲上人のような存在なのです。ただ、今回、黒田室長は四井重工業のサイバーテロに関する捜査を私に全面的に任せてくれました。これに応えるのは部下として当然のことなのです」

「そうでしょうね。私も黒田さんとは十年近くになりますが、黒田さんは当社の筆頭副社長の申し送りなのです。もちろん、その中には社長、会長に就いた者もおりますが、当社の社長の地位は日本国内のあらゆる企業のトップと比べても引けは取りません。それだけ当社が日本国の基幹産業の中心的位置にいるからです」

栗原は表情を変えずに答えた。

「黒田室長も御社の存在が国内で重要な立ち位置にあることは十分に認識していまず。だからこそ、数多くの企業が海外からサイバーテロを受けるなか、御社に対しては特別な目で見ているのです。ですからサイバーテロだけでなく、海外からのスパイ活動に関しては格別の注意をしていただきたいと思っているのです」

「この竹原は三代の社長に仕えておりまして、社内の事情については精通している幹部の一人です。彼は工学部出身ですが、能力的に総務に向いていると判断され、現在の分野が長くなっています。基幹産業の専門分野に関する技術者ではありませんので、一般的なことはわかっていても、原子力や宇宙開発等に関する詳細については知らないと思います」

「吉池常務は技術畑出身でしたね」

「はい、私は潜水艦を専門に開発しておりました」

「まさに、今回のターゲットとなった分野ですね」

「黒田さんからそう聞いて、愕然としたところです」

吉池常務は表情を曇らせて答えた。栗原は正面でジッと俯いている竹原に向かって訊ねた。

「竹原さん。正直に話してしまいましょうよ。あなたと園山代議士との関係はどこに由来があったのですか？」

竹原は目を瞑って俯いていたが、おもむろに顔を上げて話し始めた。

「園山先生との関係は私が学生時代の一九九四年に遡ります。私は園山さんたちが設立したワールドピースの船で何度か世界旅行をしたのです。一九九六年、ワールドピースの企画で北朝鮮の万景峰号《マンギョンボン》をチャーターしたことがありました。この時はいわゆる北朝鮮の『苦難の行軍』と呼ばれる食糧不足を支援する物資も積載しての航行だったそうですが、私たち一般の参加者にすれば未知の世界に足を踏み入れる経験だと思ったのです」

「北朝鮮に行かれたのですか……」

「はい。日本の日朝友好団体等が北朝鮮訪問の一環として行ったツアーだったようですが、その時にはそういう話はでませんでしたし。当時は園山さんが北朝鮮シンパとは知りませんでした。また北朝鮮が日本人を拉致していることも……」

「そこで何かあったのですね」

栗原がストレートに訊ねると、竹原は一瞬、栗原の目を凝視して、再び弱々しく視線を下げながら頷いて答えた。

「女です。今思えば、私が京都大学大学院で機械工学を学び、四井重工業に内定していたことが、彼らの興味をひいたのでしょう」

「いわゆるハニートラップに引っ掛かってしまった……ということですか？」

「結果的にそういうことになってしまいました」

「彼らからの理不尽《りふじん》な要求が始まったのはいつ頃からですか？」

「三年前です。私の子供が北朝鮮にいる……ということから始まりました」

「たった一度のことで……ですか？」

「いえ、一度ではありません。十数年前に突然、本社前に彼女が現れたのです。しかも、彼女の容姿はあの頃とほとんど変わっていなかった」

「竹原さんはすでにご結婚されていましたよね」

「はい。子供も二人おりました。しかし……」

「誘惑が待っていたのですね」

「三日間でしたが。私は彼女と一緒の時を過ごしました」

「あなたは子供の写真を見たのですか？」

「彼女が両腕で抱いている写真がメールで送られてきました。小学校の制服を着た、彼女に似て可愛い女の子でした」

栗原はこの時点から供述調書の作成に取り掛かった。供述拒否権を伝えると、同席していた吉池常務も思わず生唾を飲み込んでいた。

栗原の聴取は詳細だった。途中から竹原は涙を流しながら供述したが、栗原の取調べは一切緩むことはなかった。

「それで、初めてスパイとして総聯関係者から命じられた仕事はどんな内容ですか？」

「ロケット部門と潜水艦部門の担当者の個人情報です」

「それを教えたのですか？」

「人事資料に関して私にはアクセス権がないのでわからないと伝えました。すると両部門の工場の場所について聞いてきました」

「それは教えたのですね」

「はい」

「それから？」

「工場内の写真撮影を命じられました」

「したのですか？」

「はい。ちょうど防衛大臣の巡視があり、社長が案内役でした。そこで写真撮影を命じられたため、ついでに何ヵ所か撮りました」

「防衛大臣の巡視とはいえ、秘密の場所を撮影できるものなのですか？」

「いえ、極秘事項にかかる場所では一切撮影はできません」

「それで先方は納得したのですか」

「その時は防衛大臣が写っていることを評価してくれました。それほど重要な仕事に私が就いていると思ったからでしょう」

「その後はどうなりましたか？」

「防衛大臣が写っている写真を渡した時に、私は彼女を引き取りたいと伝えました。しかし、彼女が北朝鮮から出ることは当面困難で、私からの支援がなければ子供はいい学校に行くこともできない……と言われました」

「彼女と話したわけではないのですね」

「彼女とはネットを通じて話し合いました」

「北朝鮮からネットを繋いだ……というのですか？」

「彼女は北朝鮮から直接ではなく中国経由だと言っていました。また、北朝鮮でインターネット等に接続できる人物は限られている、自分は現時点では特別な環境にあるが、私の態度次第では全てを失うことになるかもしれない……と涙ぐんで話をしておりました」

「よくやる手口ですね……それで、その次の要求はなんだったのですか？」

「弊社のコンピュータにアクセスする方法を教えることでした」

「サイバーテロが起こる可能性を考えてはいなかったのですか？」

「弊社はインターネットセキュリティーに関しては日本でも有数の企業に完全委託しております。もし彼らがサイバーテロを企てたとしても鉄壁を打ち破ることはできないだろうと考えていました」

「実際にプロテクトされて御社のサーバーに接続することはできなかったのですね」

「そのとおりです。しかし、その次には外部から私のオフィスパソコンに侵入できるよう工作することを指示されました」

「どうしました？」

「私のパソコンに入ったとしても、その先の秘密事項にアクセスできなければ意味がないことを知っていたので、私のパソコンのアドレスを伝えました」

「ウイルスが送られてきたのではないですか？」

「はい。通称『トロイの木馬』と呼ばれている偽装ソフトウェアが送られて来ましたが、アンチウイルスソフトが稼動したため実害はありませんでした」

「稼動中のコンピュータに存在するセキュリティーホールを使って送り込まれたソフトウェアではなく、メールに添付されたソフトウェアを開いた……というわけだったのですか？」

「命令されたのです」

「命令……いつから依頼ではなく命令に変わったのですか？」

「初めから命令でした。自国の女性に手を出し、妊娠、出産させて放置した、北朝鮮では犯罪者に当たる行為だと言われました」

「あなたは子供の存在を知らなかったのでしょう？　しかも、本当にあなたの子供かどうかもわからないわけですよね」

「それが……写真と音声があったのです」

「えっ。意味がわからないな……」

「彼女が日本に来て、三日間一緒に過ごした時のベッドの中での写真と会話です」

「隠し撮り……ですか？」

「いえ、同意のもとに彼女が撮ったものです。私も明日は彼女と離れなければならない……という思いから、彼女を喜ばせるような会話をしていました」

「例えば？」

「僕の子供を産んで欲しい……とか、そういう内容です」

「それはあなたが言い出したことですか？」

「いえ、彼女が僕の子供を欲しい。産みたい……と言ったので、それに合わせるように言ったのです」

「本気の部分もあったのでしょう？」

「なかったと言えば嘘になります。それほど彼女に溺れていたのは事実です」

栗原は以前、似たような事案を野党の国会議員が受けていたのを思い出していた。

「見事なハニートラップに引っ掛かったものですね。彼らの要求はヒートアップしたのではないですか？」

「そうです。しかしやむをえないことだと思うようになっていました」

「あなたの日本の家庭はどうなっていますか？」

「実質的には家庭内別居です。離婚してでも、彼女を引き取ろうと思ったのですが、それはできないと言われました。彼女と娘が人質に取られているような気分でした」

「その後、あなたは北朝鮮関係者に対してどのような内容を伝えたのですか？」

「人事関係がほとんどです。サイバーテロを受けるような内容は伝えていないと思います」

「パスワードも含めて……ということですね」

「いくらパスワードを教えても、外部からは絶対にアクセスできないことは明らかでしたので、問題はないと考えていました」

「もし、内部に潜入したスパイがパスワードを使ったらどうなりますか？」

「えっ……」

栗原の質問に竹原は唖然とした顔つきになって訊ねた。

「内部にそのような者が入り込むことは不可能だと考えております」

「不可能？　それはあなたが工学部出身の総務課長として判断したことですか？」

「いえ、弊社に潜入すると言っても、工場には部外者は一切入ることもできませんし、コンピュータルームは尚更《なおさら》です。ですから内部に潜入することは不可能だと申し上げたのです」

「そうですか……それならば実験してみましょうか」

栗原はアタッシェケースからもう一台のラップトップパソコンを取り出してこれを

立ち上げた。さらにバックドアが仕掛けられていたパソコンに侵入するとそこから幾つかの作業を行った。そこでパソコンに社内電話のモジュールを接続すると、社長室長のデータを入手して副社長のパソコンにアクセスした。

この一連の作業を見ながら、竹原は額に浮かんだ汗を懸命に拭き始めた。栗原は知らん顔をして作業を進めた。

副社長の卓上電話からある番号に電話をかけた。この様子を技術者の吉池常務も興味深そうに眺めていた。

栗原は副社長のパソコンからあるサーバーに侵入して作業を進めた。するとそこにはバックドアが仕掛けられているのが確認できた。

「栗原さん、これはどういうことですか？」

「このサーバーは本来存在しないはずのものなのですが、神戸造船所に対するサイバーテロ防止用のサイバーセキュリティー対策として設計開発段階で仮に作られたものです」

「どうしてこのサーバーの存在をご存知なのですか」

「あらかじめ調査をして参りましたからね」

栗原は知らん顔をして答えたが、このサーバーの存在は黒田がセキュリティー対策会社から入手した情報だった。

「設計開発段階で盛り込まれたバックドアによって作られたセキュリティーホールを放置した場合、更に高度な機能を操作可能にするバックドアが外部から取り付けられる場合があるのですよ。さらにセキュリティーホールの種類によっては操作可能な領域を越えて、コンピュータの全機能を掌握されてしまうことがあることをご存知かと思いましたが……」

吉池常務は言葉を失っていた。栗原は作業を続けて言った。

「神戸造船所の潜水艦部門のサーバーに侵入しました。いかがですか？」

竹原は悪寒におそわれたかのように全身が大きく震えはじめた。

吉池常務は竹原の様子を気に留める余裕もなく栗原に訊ねた。

「栗原さん。このサーバーに侵入された形跡はあるのでしょうか？」

「それは私ではわかりません。セキュリティー対策の会社に訊ねて下さい。ただ、先方から報告がないということは、侵入は阻止されているのでしょう」

「すぐに確認してみますが、国家機密が漏れる虞があった……という事実を目の当たりにして、私も今後の対策を考えなければならないと思いました。栗原さんのような方がいて下さると本当にありがたいのですが……」

「それは企業努力で探してみることですね。ところで、竹原さんに対して、御社は被害届を出されますか？」

吉池常務が竹原を見ると、竹原もまた吉池常務の視線を感じたのか顔を吉池常務に向けた。視線がぶつかった。

吉池常務の視線は穏やかではなかった。竹原は目を伏せるしかなかった。

「それは早急に上司に報告し、結果をご連絡したいと思います」

「どれくらいの時間がかかりますか？」

「一週間、いや、五日見ていただければありがたいのですが……」

「随分のんびりした会社ですね。そんなことで世界と戦えますか？　これは私のあくまでも個人的な意見です。気を悪くしないで下さい」

栗原は率直な意見を言った。これは日頃から黒田に言われていたことで、取調官として絶対的優位に立つ方策の一つでもあった。

「いえ、それがご本音だと思います。日本企業の弱さとでも申しましょうか……私自身も情けなく思っております」

「私も一応、黒田に伝えなければなりませんので、お伺いしたまでです」

吉池常務は恐縮した態度で栗原に接したが、竹原を見る目は実に厳しかった。

黒田は再び秋葉原のジャンクショップが並ぶ電気街の裏路地に向かった。

「よう、裕也《ゆうや》」

「ああ、黒田さん。お久しぶりです。よく、ここがわかりましたね」

裕也は新しいビルのツーフロアを借り切ってコンピュータプログラムの会社を設立していた。コンピュータがいかに高度な処理を遂行していても、コンピュータは設計者の意図であるプログラムに従い、忠実に処理を行っているにすぎない。

「この前テレビに出ていたそうじゃないか」

「ああ、ハッキング講座の件ですね。結構有名になっちゃいました。それよりも黒田さんだって、パインクレストを辞めてアメリカに行かれてたんでしょう？」

「丸三年な」

裕也が言った「パインクレスト」というのは、秋葉原にある有名コンピュータシステム会社で、裕也には黒田自身の仕事を同社のシニアマネージャーと告げていたからだ。もちろん、パインクレストの社長は協力者であり、黒田がその名前を使うことの了承は得ている。

「アメリカはシリコンバレーだったのですか？」

「いや、もっぱらニューヨークだ。シリコンバレーには何度か顔を出したが、あまりのスピードの速さについて行くことができなかったよ」

「シリコンバレーは皆若いでしょう？」

「若いな。三十代前半の若者たちがあの世界を動かしている……まるで明治維新の時の日本を見るような……そんな感じだ」

「わかんないけど、きっと勢いがあるんでしょうね」

「新しい会社が次々とできて離合集散を繰り返しながら大きくなっている……そんな感じだな。ところで裕也もたいしたものじゃないか。一国の主だ」

「このビルは祖父《じい》ちゃんのものですよ。家賃は出世払い……生きている間に払ってやりたいんだけど、相続税の対象になるだけだから……って会社の帳簿だけ見て喜んでくれています」

「理解のある人だな」

「母方の祖父ちゃんなんで、結局、相続するのはこの俺だけなんですよ」

「おふくろさんは？」

「去年死にました。黒字の決算報告を見せることができてよかったですけど、ちょっと気が抜けてしまいました」

「そうだったのか……天国できっと見守ってくれているよ。裕也がここまで成長してくれて僕も嬉しい。社員は何人くらいいるんだ？」

黒田はすでにこの会社の登記簿謄本を手に入れていたが、さりげなく訊ねた。

「今、二十五人です。平均年齢二十八歳。売り上げ二十五億円です」

「たいしたものだ。一人平均一億円の売り上げはなかなかできることじゃない。顧客もついているようだな」

「クライアントが結構、大手の企業なので助かります。祖父ちゃんの信用もあったんですけどね」

黒田はあえて裕也の祖父のことは訊ねなかった。

「そうか……ところでテレビでは言えないが、まだハッキングはやっているんだろう？」

「一応、講師も兼ねていますからね。コンピュータプログラムを作っていると、たまに外部からの割り込みなどで、設計者の意図しない動作をすることもあるんです。その原因究明のためにハッキングをやることもあります」

「なるほど……攻撃は最大の防御というが、サイバーセキュリティーの世界でも同様なんだな」

「そうですね。サイバーセキュリティーソフト会社はハッカー集団と言っても決して過言ではありません」

「いわれてみればそのとおりだ。ところで、最近の傾向は何かあるのか？」

「相変わらず、中国からのサイバー攻撃は多いですね。ロシアも結構やっていますが、日本向けには少ないみたいです。北朝鮮もロシア経由から、中国経由に戻ってきている気がします」

「北朝鮮はやはり中国との関係改善を図っている……ということなんだろうか？」

「政治的なことはよくわかりませんが、ただ、以前と違うのは、ＩＰアドレスから確認すると、海南テレコム経由よりも人民解放軍総参謀部第三部という部署を経由するものが多いです」

「海南テレコムは人民解放軍総参謀部第三部の直轄……という説も大きいんだが……」

「中国には未だにアマチュアクラッカー軍団の中国紅客連盟というのがいます」

「世界最大のハッカー集団か……」

「紅客連盟と他のフリーランスの中国人ハッカーたちは中国政府と複雑な関係を持っているようです。その中には中国政府公認というよりも、中国政府がメンバーにセキユリティーや軍の部隊に入るよう指示している者もいると伝えられています」

「その話はかつてトロント大のコンピュータ・セキュリティー専門家グループが発表していたが、裏が取れていないんだ」

「えっ。本当ですか。北京のインターネットカフェでネットサーフィンする若者たちが、相互に就職活動などの情報交換する中で、この事実を伝えています。北京でこの情報を記憶媒体に落としてきた仲間が見せてくれましたよ」

「そういう情報があるのか……」

黒田は北京の日本大使館からこのような重要情報が届かなかったことに思わず唇を噛んでいた。

「ただし、インターネットカフェと言ってもネットは制限されていますし、メールを送るとすぐに足がついてしまいます。ですからインターネットカフェでは画面に情報を書き込んで、これを回し見るやり方をしているそうです。そして、連絡先等については各々がUSB等の何らかの記憶媒体に保存して持ち帰るのが通常だそうです」

「そういう情報交換のやり方は現地にいなければわからないし、外に漏れることもないということか……」

「中国の若者も必死なんですよ。インターネットカフェで情報を得ている連中は、決して中国共産党幹部の子弟ではないようですからね」

「なるほどな……」

中国に行ったことがなくても、その場の状況が手に取るようにわかるハッカーグループの情報力に黒田は脱帽する思いだった。

裕也が黒田に訊ねた。

「ところで黒田さんは今、何の仕事をしているんですか？」

「情報部門のリスクマネジメント……というところかな」

「リスクだらけですから、人脈さえあれば、黒田さんなら成功しますよ」

「ありがたい言葉だな。裕也からそんな激励を受けるとは思わなかったよ」

「もし、時間があったら、うちのマネジメントもやって下さいよ。それなりの対価はお支払いしますから」

「ありがとう。まだ始めたばかりの仕事だ。顧客の整理がついたら営業に寄らせてもらうよ」

「名刺はないんですか？」

「今、発注している最中だ。今はまだ過去のお客さんと、その紹介だけでやっている段階だ」

「それで仕事を取れるんだから、ヤッパ黒田さんは凄いや」

「まあ、これからだな」

黒田は裕也と握手をして別れた。裕也の握力が思ったよりも強いことを初めて知った。

デスクに戻ると黒田は裕也の祖父について調べた。建物の登記簿謄本を取っていたため、その作業は容易だった。

「何……」

デスクトップ画面に出た照会結果を見て、黒田は思わず背中に汗を流した。

「池澤幸綱《いけざわゆきつな》……広域暴力団岡広組総本部顧問の池澤が祖父ちゃんだったのか……」

万世橋署の組対担当課長代理に電話をしたが、裕也が入っているビル所有者に関する事案は未把握だった。

すぐに万世橋署長から電話が入った。

「黒田参事官、誠に申し訳ありません。巡回連絡も行われておりませんでした」

「万世橋署は警視庁管内で最も狭い地域を受け持つ警察署だ。しかも、世界の秋葉原を抱えている。そのど真ん中に奴らの拠点ができたことが未把握では困るな」

「早急に対処いたします」

「八階建てのビルだ。ビルの設計、施工会社、全てのフロアの借主とその営業実態も徹底的に至急調べて、僕にも報告してくれ。それからもう一つ。この沢池《さわいけ》ビルの六、七階を借りているピーロードジャパンという会社の銀行調査と、この代表取締役社長の大越《おおこし》裕也の個人口座についても徹底的に調べてくれ。大越裕也は池澤幸綱の孫らしい」

万世橋署長はいかにも這《ほ》う這《ほ》うの体という感じで電話を切っていた。

黒田は静かに目を瞑った。

そこに栗原が飛び込んできた。栗原の捜査状況に関しては四井重工業の副社長から携帯電話に報告が入っていた。

「言いたいことを言ってきたみたいだな」

「日頃から室長に言われていることを実践したまでです。それよりも情報が早いですね」

「お前が会社を出て三十分もしないうちに副社長から携帯に電話が入ったよ。実演販売をしてきたらしいじゃないか?」

「室長からの情報のおかげです」

「大事なことだ。お前のアドバイスで常務も評価が上がったことだろう。協力者に対する累進育成ではないが、今後、その常務はお前を頼りにしてくるぞ」

「頼られても困ってしまいますが……」

「四井重工業に足場を作ったと思えばいい。その次には四井グループがお前のクライアントになることを想定して勉強しておくことだ」

「それは荷が重すぎます。私は室長のような知識も判断力もありません」

「お前には将来、この部署を背負って立ってもらわなければならない。僕もいつまでここにいるのかわからないし、総監が替わる度に人事の心配はしたくないからな」

「情報室がなくなることも想定されていらっしゃるのですか？」

「それは時々のトップが決めることだ。僕は今の立場がいいとは思っていない。ただし、一番自由に動くことができるのは確かだ。しかも、かつて情報室ができた時、北《きた》村《むら》さんと西村《にしむら》さんが考えていた構想に少しずつだが、近くなってきたのは事実だからな」

「何年前のことなのですか？」

「二〇〇〇年のことだから、もう十八年になるな……」

黒田の目がふと遠くを見つめるようになっていた。

それを見た栗原がポツリと言った。

「十八年間ずっとトップにいらっしゃったのですか……」

「初代……とはそんなものなんだろうな」

「初代……確かに初代ですよね……」

「僕ももう五十を過ぎたからな。後継者をはっきりしておかなければならないと思っている」

「まだ、誰もいませんよ」

「お前がそう言うということは、僕自身の努力が足りなかった……ということだな」

「室長。今、総合情報分析室の職員は二百人を超えているのですよ。ゼロからのスタートで、ここまで成長したのは室長あってのことじゃないですか」

「そうじゃない。二〇〇〇年の春に情報室ができた時、僕は今の状況を全く考えていなかった。この組織が続くのは、いいとこ五年だと思っていたんだ」

「五年……ですか？」

「そのうちに公安部に吸収されてしまうと考えていたんだが、そうならなかった。決してズルズルと引っ張ったわけではないが、果たしてこれでよかったのか、自問自答しているのも事実だ」

「情報室すなわち黒田……でしたからね」

「警視正が八人もいる所属は日本中探してもどこにもない。しかも、六人が警察庁キャリアだからな。ある種の実験的組織になっているような気さえしている」

「情報室を拡大しようとしているのでしょうか？」

「人材の育成は幅広く行わなければならないのは事実だが、一朝一夕に組織は拡大できるものではない。警視庁だけでも二十年近くかかってようやくここまで辿り着いたんだ。警視庁などは、東京に世界中の在外公館や世界的企業が集中しているから情報は集まるが、これを他の道府県に作ろうとしても限界がある」

「それなのにキャリアの警視正が六人も投入されたのは何か別の意図があるということでしょうか？」

「最終的にトップにキャリアを据えたい……という警察庁の思惑があるのかもしれないな」

「警察庁が諜報部門を本気になって作ろうとしている……という感じですね」

「諜報部門か……北村さんと西村さんの思いに、ようやく一歩近づいてきたのかな……」

黒田の言葉に栗原が感慨深げに呟くように訊ねた。

「それは黒田室長の夢でもあったのでしょう?」

「夢か……ただし、諜報機関となると責任を取ることができる政治家もまた必要で、それだけの覚悟を持った人間も育てなければならない。これは与党だけでなく政権交代が可能な健全野党にもそれなりの人材が必要だ」

「それを考えると、夢がしぼんでしまいますね……」

栗原が泣き笑いをするような情けない表情になって言った。それを見た黒田が笑って答えた。

「少しずつだが、日本国民も賢くなってきたのだろう。ダメな野党は自主分裂を繰り返すようになってきた。もう二、三度、野党が再編を繰り返し、与党から新たな勢力が飛び出すような事態になれば、案外、健全野党ができてしまうかもしれないな」

「あと何年かかりますか?」

「朝鮮半島が一つになるより前でなければ意味がない。これは日本国がアジアで生き残れるかどうかの試金石になる」

「アジアで……ですか?」

「日本は世界の中心にいなくてもいいんだよ。G7なんて、国連の戦勝国よりも質が悪い存在になりつつあるからな」

「サミットはいらない……ということですか?」

「あと二年でトランプが政治の舞台から消えても、EUの不安は変わらない。それと同時に中国、ロシアも自国の思惑だけで生きていくことはできなくなるだろう」

「いわゆる黒田予感ですか?」

「誰がそんなことを言っているのか知らないが、ただ世界の普通の人々の生活をよく見てくると何となくわかってくるものだ」

「中国も行かれたのですか?」

「僕が中国に入った段階で公安がへばりついてくるよ。そしていつの間にか覚醒剤を持たされて逮捕、死刑……それが中国がやる常套手段だ。わざわざリスクを冒してまで行く必要はない。あの国から学ぶものは何もないとも思ってる」

「中国の発展スピードはもの凄い……ということですが……」

「共産主義社会だから出来る、限られた都市部だけの発展だ。田舎の農民の生活は何も変わっていないさ」

「なるほど……そういうものですか」

「海外に出て行く中国人の行動を見ていれば、あの国の民度がどの程度のモノかよくわかるさ」

いる」

「それが国を計るバロメーターだ。そのためには計測する本人の民度も大事だけどな。この案件が終わったら、できるだけ多くの室員を順次海外に派遣しようと思っている」

「民度……ですか？」

「海外派遣……ですか？」

「少なくとも、アメリカとユーロ、イギリスは自分の目で見て来てもらいたいし、現地の情報関係者と会っておくのも大事だと思っているんだ」

「情報室のメンバーは最低でも英語は勉強してきていますが、現地の情報関係者と話ができるほどの内容があるのでしょうか？」

「日本の存在意義を示す絶好の機会だ。欧米人は中国の動きがわからなくて必死になっている。特にEU諸国の多くは中国から借金をしているからな」

「融資という借金は返済すれば済むことじゃないのですか？」

「それがすぐにできない。なぜなら中国の覇権主義を理解できなかったEU諸国の多くの政治家リーダーは拡大する中国の政治的影響力を把握していなかったからだ」

「イギリスは含まれていないのですか？」

「イギリスも同様だな。エリザベス女王の認識の方が正しかったにもかかわらず、政治家は目の前にぶら下げられた金に喰いついてしまったからな」

「やはり金……ですか」

「ドイツ以外、ヨーロッパ各国の経済は厳しい状況にある。特に重工業に関してはかつて工業国といわれた国家の多くが没落している」

「それを言うのならば日本の経済も苦しいでしょう。日本ほどの借金大国はないわけですから」

栗原が珍しく反論した。黒田が表情を変えずに答えた。

「日本の借金は海外にではなく、国内の問題だろう。だから日本の国債の評価は下がっても、円は安定通貨となっている」

「円の問題は確かにそうですが、国民一人当たり九百万円近い借金があるというのに、今年もまた赤字予算を組んでいる。政治家や財務省の精神構造が全くわかりません」

「それは金よりも、日本の人口問題が大きく影響しているんだ。棺桶型と言われる年齢別人口構成をみると、今のままでは日本の将来が危ういのは事実だろう。特に社会福祉問題は大きな転換期を迎えているし、これは喫緊の課題でもある」

「それよりも国の借金を減らすことはできないのですか？」

「国債や借入金、政府短期証券を合わせた『国の借金』の残高が三月末時点で千八十七兆八千百三十億円になったと報じられている。長期国債の残高増加が影響し、二〇一七年十二月末と比べ二兆五百九十三億円増え、過去最高を更新したという。総務省の人口推計で単純計算すると、人口一億二千六百五十三万人として国民一人当たり約八百五十九万円の借金になる」

「相変わらず数字には超詳しいですね」

「数字は嘘をつかない。数字のマジックなんて言葉があったが、それは実態を知らない人に言う詐欺のような話だ」

「しかし、わずか三ヵ月で二兆円以上の借金が増えているんですよ。馬鹿だと思いませんか？」

「確かに褒められたことじゃないが、これは元首相のわかりやすい例えを使えば、『簿記の基本がわかってない人がしゃべって、わかってない人が書いて、わかってない人が読んでいるから、いよいよ話がわからなくなっている』ということだな」

「簿記なら私は二級を持っていますが……」

「お前は商学部出身だったな……。バランスシートを考えてみればよくわかるはずだ。借方金額の総計と貸方金額の総計とは等しいことは承知しているだろう」

「もちろんです。借方には『資産の部』があり、貸方には『負債の部』と『純資産の部』があります」

「では日本国の財政を見ればわかるが、金を借りているのは日本政府ということになる。政府が金を一〇〇借りていれば、必ず、一〇〇貸している人がいないとおかしいよな」

「そうですね」

「じゃあ、日本政府に誰が貸しているんだ？」

「国債を買ってくれているところですよね……海外の政府とか日本銀行とか……」

「日本の国債の九四パーセントは日本人が買っているんだ。つまり、国民が国に金を貸しているんだ。しかも残り六パーセントは外国人が買っているが、それも円だけだから、実質的に百パーセント円で賄われていると思っていい」

「日本人の購入はそんなに高い比率なんですか？」

「昔、政権交代が起きた時、『抜け駆け』とかいうような政党の党首が大蔵大臣になって『財政破綻宣言』なんてことを言ったことがあったんだ。そんな経済のイロハも知らない奴が余計なことを言ったので、後になって『日本がギリシャと同じになる』などという流言飛語が出た。その結果、誤った認識を国民に与えることになったんだ。そんな党首がリーダーだったので、その政党にはろくな議員がいなかった。今でも残党がいるが、やはり国のためにはなっていない」

「あの政党は出自もバラバラでしたが、最後もまたバラバラだったみたいですね。ところで、ギリシャと日本の借金実態は実質的にどう違うんですか?」

「かつて、日本の政治家が、実にわかりやすく説明している。つまりギリシャ発行の国債のうち、ギリシャ人が買っているのは三割に過ぎない。しかも、残りの七割は国債相場に出るんだが、国債市場は金持ちがみんなギリシャ政府を信用していないから誰も買わない。だからギリシャはその金利を上げなければならず、現在は一三パーセントだ。日本は知ってのとおり一パーセントが上限だから、十三倍以上の違いがある。したがって、日本という国は、日本の政府が借金しているのであって、間違っても国民一人一人が借金しているのではないということだ」

「どうも話をすり替えられているような気がするのですが……」

栗原が首を捻ると、黒田が笑いながら答えた。

「日本政府の借金である日本国債は当然円で賄われているから、いざ満期になったときには、日本政府が印刷して返せばいいということだ。ドルやユーロに替えなくてもいい。その点でギリシャとは全く違うんだよ。だから返さなくていいというわけではないが、返済可能であることは間違いないんだ」

「可能……って、本当に返済できるんですか？」

「金融資産を見ると、七十代が我が国全体の金融資産の二五パーセントを持っている。さらに六十代が三二パーセント。つまり六十代以上で六〇パーセントを超える資産を持っているんだ」

「そんな比率になっているのですか……それじゃあ、金は回りませんよね」

「だから金を回すシステム作りがこれからの課題だな。その一つが消費税になるだろう」

「余計に金を使わなくなるんじゃないですか？」

「若い世代はそうなるかもしれないが、高齢者が使うようにすればいい。それまでは相続税はなくならないだろうけどな」

「相続税か……死んでまで税金を支払わなければならないなんて、酷な制度ですよね」

「金が回るようになればカナダのように相続税がなくなる時が来るかもしれないな。借金の話はともかく、世界を見て、また海外から日本を見て、将来の日本の立ち位置を自分なりに考えておくのも情報マンとしては必要なことだと思う。その基本があって初めて、国家にとって有益な情報の有無がわかるようになると思っている」

「なるほど……それで借金の話も詳しくなさったのですね」

「お前があまりに幼い意見を言うからだよ」

黒田が笑った。

第五章　捜査

「北の動きがおかしいようです」

作業担当責任者の河原警視正が黒田に報告をした。

「浅草情報か？」

「焼肉屋金楽苑の三代目は相当なタマです。栗原管理官が慎重に作業を進めた結果、店を隠れ蓑にして北の工作員を裏で仕切っていたことがわかりました」

「やはりそうだったか……」

「黒田室長は最初から重要人物かもしれない……とおっしゃってましたが、どういう点でそのように感じていたのですか」

「目だ」

「目……鋭かったのですか？」

「いや、狡猾な目つき……というか、一筋縄ではいかない、いやらしさを奥に宿らせていた」

「それは直感ですね」

「直感とは少し違う。多くの情報マンを見てきたし、同時に国際スパイとも接触してくると、わかるんだ。おまけに話に隙がなさすぎた。逆に言えばいい人過ぎる」

「いい人……ですか……」

「八方美人で笑顔の奥が笑っていない。常に警戒をしている……。それで、栗原情報なんだな？」

「はい、栗原管理官は金田陽太郎の情婦に裏作業をかけたんです」

「報告がなかったな」

黒田は怪訝な顔つきで河原警視正の顔を見た。

女性に対して作業をかける時には必ず黒田の承認を取ることになっていたからだ。

「裏作業と言っても、獲得ではありません。この情婦が二股をかけていて、そのもう一人の相手方を獲得していたのです」

「そういうことか……栗原のセンスだな……その男はやはり北なのか？」

「北の在日三世です。金田陽太郎とも知り合いですが、商売はこの男、康正 哲《コウジョンチョル》の方が上手く、焼肉屋の他コンピュータ関連事業も行っています」

「コンピュータか……金田とは全く違う分野だな」

「それが、この康という男のコンピュータの師匠はかつてのオウム信者なのです」

黒田が反応した。

「なに……付き合いは長いのか？」

「相当長いようで、情婦の話では、康本人が麻原彰晃《あさはらしょうこう》と会ったことがあると言っていたそうです」

「麻原と会った？」

「本人の話ですから、どこまで本当かわかりません。そのオウム信者は教団がやっていたマハポーシャのコンピュータ分野のナンバースリーでした」

「麻原の逮捕が一九九五年五月十六日。しかもこの年に入ると麻原は国内を転々としていた。僕も内調時代に麻原の所在等に関する怪文書の内容を吟味したものだ」

「当時、奴は十代だったそうで、麻原の周辺にいた若い女性に目を奪われた……旨を話していたようです」

「なるほど……オウムか……教団の北朝鮮ルートと何か繋がれば面白いんだが……もっともオウムの捜査は終わってしまったし、大部分は闇に消えたままだ。何の立証もできないことに今更興味を持っても仕方ないか……」

「平成最大最悪の事件ですからね。と言っても私はまだ学生でしたけど……」

「君の先輩たちも教団に多かったからな」

「どこにでもいる落ちこぼれですよ。それも自分だけはエリートを自任していたのでしょう」

「脆いエリートの顛末《てんまつ》か……。それより、今でも康は旧オウムの連中と繋がっているのか？」

「そのようです」

「康のコンピュータ関連の商売は主にどんなものなんだ？」

「部品販売が主です。今でも自分でパソコンを組み立てる者は多いようです」

「そうなんだろうな……北朝鮮の工作員との接点はないのかい？」

「その様子はありませんし、携帯の通話記録をみてもありませんでした」

「情婦絡みとなれば、金田陽太郎とはうまくいっていないのかな？」

「金田陽太郎の裏の仕事を知っており、それを良く思っていないようです」

「それで、潜伏工作員どもはどういう動きをしているんだ？」

「一時期は中国に対する攻撃的な姿勢を見せていたのですが、最近、どうも中国のスパイ連中の傘下に入っているようなのです」

「スパイ防止法がない日本は先進国で最も諜報活動がしやすい国になっているのは事実だが、中国人スパイは減っているんじゃないのか？」

「それでも二万人は超えているとも言われています。最近は留学生だけでなく、日本企業の正社員になっている者も多いですから」

「奴らは巨大なネットワークを作っているからな……外事警察だけでは対応できないのが現実だが……中国人諜報員の傘下に北朝鮮の工作員が入るというのは極めて稀なケースだ。奴らのターゲットをしっかり分析してくれ」

黒田はその後の報告を受けて次の策を与えると、六人のキャリア警視正を集めた。

「どうやら豚とアヒルの化かし合いは現実のものとなりそうだ」

「相変わらず、口が悪い……金正恩とトランプの昨年末までの子供の喧嘩のような罵り合いは何だったのでしょう」

黒田はトランプ大統領のことを、ファーストネームの「ドナルド」から、「アヒル」と呼んで憚《はばか》らなかった。ましてや金正恩については例のごとく……だった。

小柳警視正が口を開くと河原警視正が言った。

「確かに昨年七月のＩＣＢＭ発射実験後は、ロシア外相にまで『米朝は幼稚園児のケンカ』と苦言を呈されるほどでしたが、十一月の新型ＩＣＢＭの『火星一五』の発射が成功した後、アメリカは国中がパニックを起こしたかのようでした」

黒田は頷いて言った。

「北にとっては計画通り……ということだろう。トランプが大統領になるずっと以前から核兵器のミサイル開発を二〇一八年までに完了させることは、国策として決定済みだったからな」

「そうだったのですか？」

「トランプ本人よりも国民の動向を見ていた……ということですか？」

「国連も併せて……という感じだったな。アメリカの最大の弱点は、アメリカ合衆国本土で一度も戦禍を被ったことがないからだ。九・一一であれだけパニックを起こした国民だ。核兵器の飛来が現実問題となった場合のアメリカ国民の恐怖感は想像ができる」

「金正恩はそれをわかっていた……ということですか？」

「金正日時代からの申し送りだろう。だからあらゆる手段を使ってＩＣＢＭの開発を急いだ」

「どうして二〇一八年まで……だったのですか？」

「建国七十周年。これが実現可能な目標だったようだ」

「北朝鮮の建国記念日は九月九日ですよね」

「アメリカのカウンターアタック或いは先制攻撃を誘発しないよう、巧みに口で挑発しながら世界の目を自分たちに向けさせたんだ。アメリカが譲歩しない限り、必ずICBMの開発を成功させた上で交渉したかったんだな」

「アメリカだけでなく中国、ロシアの反応も北朝鮮にとっては大きいのではないのですか？」

六人の警視正が思い思いに質問するのに対して、黒田はその全てに即答を繰り返していた。

「アメリカも含めロシア・中国は核実験は許さないが、ミサイルがアメリカに届かない状況ではロシアや中国にとっては話題にすらならない。しかし、潜水艦から、または陸から準中距離弾道ミサイル北極星シリーズ以上を撃てば、中国、ロシアもかなり反応することを北朝鮮は知っていたんだ」

「核兵器はどうなんですか？」

「核兵器はほぼ完成しているだろう。だから北朝鮮はICBMの完成と併せて、これをレバレッジとして使って、アメリカとの強気の交渉をすることを決めていたんだろう」

「レバレッジ……ですか……経済用語がここで出てくるとは思いませんでしたが……リスクも大きいのではないですか？」

レバレッジ（leverage）は本来「テコの原理」を意味する物理用語である。これが経済用語で用いられる場合、テコを使えば小さな力でも重いものが持ち上げられるように「自己資本は少なくても大きな資本を動かすことができる」時に使われる。ただし、レバレッジは、利益および損失の両方を増幅させることがあり、圧倒的な利益を期待できる反面、潜在的損失が上回ることもある。

「アメリカの斬首作戦のような先制攻撃を受けることを考えれば、リスクは小さいと言えるだろう」

「なるほど……そうなると日本として北朝鮮への制裁はあまり意味がないような気がするのですが……」

「日本にとって対北朝鮮外交の最大のネックは拉致問題の全面解決だ。拉致被害者全員奪還があって初めて次のステップに踏み込むことができる。しかし、これこそが最も困難な情報戦になってくる。そして、それを北朝鮮だけでなく中国もロシアも南朝鮮も知っている」

黒田の言い方に河原警視正が表情を引き締めながら訊ねた。

「拉致問題の成否は領土問題よりも大きいのかもしれませんね」

「領土問題についてだが、北方領土は敗戦によって奪われたものだが、尖閣や竹島は相手方の一方的な主張と占有だ。いっしょくたに考えないことだ」

「米朝はどうなると思いますか？」

「どうにもならないだろう」

「どうにもならないとは？」

河原警視正が首を傾げると、黒田は六人を見回しながら答えた。

「トランプに限らず誰がアメリカ大統領になろうと、米国が自国の核兵器を廃絶することは決してないだろう？　それと同じだ。北朝鮮がこれまでなんのために核開発に力を入れてきたか……しかも、金正恩が独裁者として国民を抑圧する方法に、今後も変わりはないはずだ」

「確かにアメリカと中国の間にも過去数十年間、政治的交流に加えて貿易や商取引があるからと言って、中国国内の人権問題が解決されたわけではないのと同じですね。香港のことを考えればさらに悪化していますからね」

河原警視正の発言を受けて種田《たねだ》警視正が黒田に訊ねた。

「すると、北朝鮮核問題における米国の交渉目標である『ＣＶＩＤ（Complete,

Verifiable and Irreversible Denuclearization）：完全かつ検証可能で不可逆的な非核化』は不可能……ということですか？」

「まあ無理だろうな」

「なんのための米朝会談なのですか？」

「習近平があそこまで露骨に介入してくるとはトランプも思っていなかったんだろうな。北朝鮮が嘘を重ねて交渉を長引かせ、真の譲歩をしないという従来のやり方を続けるに決まっているんだが……」

「確かに米朝会談の前に二度も、中国に金正恩を呼びつけていますからね。階級闘争を生き抜いてきた習近平ならではのアドバイスを与えているのでしょうね」

「北朝鮮では流さなかったが、習近平の言うことを懸命にメモしている金正恩の姿は世界中にインパクトを与えたことだろう」

「トランプも習近平のことを『世界一流のポーカープレーヤー』と皮肉ったようですからね」

「アメリカが北朝鮮の非核化の方法として、完全な核放棄の後に経済制裁緩和を実施する『リビア方式』を早々に言及したのが間違いだったな。リビアのカダフィ政権は核開発を放棄した後に崩壊したことを北朝鮮は学習している」

「室長はトランプをどう見ているのですか？」

「あまり賢くない世襲社長が成功と失敗を繰り返しながらも昇りつめたんだ。よく言うんだが、彼は口では失敗を認めないが、ミスを素早く修正する力がある。トランプが大統領在任中、どのように考え、どのように判断したのか、後世にその史実を残すための文書がきちんと記録されていなければならない。アメリカには『大統領記録法』という法律があって、この法律に従って、ホワイトハウスは大統領が書いたすべてのメモや書簡、ｅメール、文書の類を保存しなければならないんだ」

「そんな法律があるのですか？」

「全米各地にある、これまでの大統領の記念図書館には『手書きの文書』も多数、残されている。ただ、トランプの場合は大統領記録法を意識しているのかどうか知らないが、文書類等に書き込みをしたものを、紙吹雪の紙片のように細かくちぎってゴミ箱に捨てることもよくあるそうだ」

「それは犯罪にはならないのですか？　罰則がない……とか……」

「これら紙片の復元はホワイトハウスの『記録管理分析官』の仕事になっている」

「そんな仕事もあるのですか？」

「デスクの上に広げて透明テープを使ってつなぎ合わせているようだ。公安部の若い捜査官がゴミ作業をさせられるのと同じだな。中にはシュレッダーにかけられた文書を繫ぎ合わせて復元させたマニアックな者もいたけどな」

「いかにも公安部員らしいですね。私なんかジグソーパズルでさえ嫌になるのに」

「商売人の大統領だから、交渉当日まで誰にも手の内は明かしたくない……そこが弱点であり、利点でもあるのだが……」

「歴史的に見ても、通常、アメリカ政府がこれほど重要な首脳会談に際しては、事前に何度も閣僚級および次官級の米国家安全保障会議（NSC）を開催するのではないですか」

「そうだろう。NSCには米国家情報会議（NIC）や米国家情報長官（DNI）、米中央情報局（CIA）など情報機関から数々の報告書が提出されて協議をするのが一般的だ」

「するとアメリカは北朝鮮の核開発の現状を十分に分析して『非核化』を北朝鮮に対して要求し、かつ交渉する戦略を採っているわけですね」

「北朝鮮との交渉に臨むため、ポンペオ国務長官は総勢百人以上の専門家から成る省庁間チームを結成して『北朝鮮の各種兵器の解体に関する問題を検討している』と語っている。ポンペオはトランプが選任した政府高官の中ではマティスと双璧をなす人材だからな」

「ポンペオはCIA長官からの異動でしたよね」

「そう。彼はウェストポイントの陸軍士官学校をトップの成績で卒業。その後ハーバード大学ロースクールを出た後は法律家として働いた経緯がある」

「エリート中のエリート……ということですか？」

「しかも、オバマが行ったあらゆる政策に反対する、保守派のポピュリスト運動であるティーパーティー運動のメンバーでもある」

「バリバリの共和党員……ということですか？」

「宗教的にもそんな感じだな。また、対北朝鮮問題に関して、北朝鮮を専門とした部署を新設して、金委員長暗殺を目的とした動きもしたと言われている。実際にポンペオは金委員長の排除を示唆している」

「スーパー強硬路線ですね……」

「それくらいの人物が対応しなければ北朝鮮と話などできないだろう。といってもアメリカというよりもトランプ自身、米朝会談はアメリカ本土への直接攻撃を避けるためのセレモニーに過ぎないと思っているはずだ」

「拉致問題はどうなのですか？」

「所詮、アメリカにとっては他人事だ。話題の一つに挙げただけで日本に対しては義理を果たしたことになる」

「そんなものなのですか？」

「日本には拉致被害者の生存に関して何の証拠もないんだ。アメリカにしても金正恩に対して『拉致は悪いこと』と言うしかないだろう。しかし金正恩にとっては過去の出来事に過ぎない。『親父が頭を下げて詫びただろう』くらいの感覚でしかない」

「全く話にならないじゃないですか？」

「それが世界の常識だ。相手は世界有数のならず者国家なんだからな。しかも、その背後に中国とロシアが付いているとなれば、下手な口出しはしたくないのが政治だ」

黒田のストレートな言い方に六人の警視正はうな垂れるしかなかった。

作業担当責任者の河原警視正が顔を上げて訊ねた。

「室長。我々が今懸命にやっている、対北朝鮮と対中国工作員作業は、極めるところ、何が目的なのかわからなくなってきました」

「拉致問題を究極の案件と考えないことだ。拉致被害者ご自身や、そのご家族、ご遺族には本当に申し訳ないが、今の日本には北朝鮮の主張を覆《くつがえ》すだけの証拠を収集する能力がない。我々の目的は、そんな状況下で将来に向けた情報体制を構築していく礎《いしずえ》になることなんだ」

「礎……ですか……」

河原が唸った。黒田が自分自身に言い聞かせるかのように言った。

「情報室ができて十八年。いろいろなことがあったが、ようやく組織としての形ができてきたように思う。特に君たちのような若い逸材を警察庁が投入してくれるまでになったのだからね。しかし、さきほど話題にあがったアメリカのNSCのような会議が開かれても、そのチームに情報を提供できる機関がなければ意味がない。例えばアメリカの場合、北朝鮮の核廃絶に関して、エネルギー省の研究所から博士号を持つ数十人の核兵器専門家が加わっている。さらには北朝鮮の生物・化学兵器、ミサイル問題を担当する専門家も入っているのが実情だ。日本には何もない」

「交渉で対峙《たいじ》する前提となる裏方がいない……ということですね」

「これまでは全て、アメリカにおんぶにだっこという状態だったからな」

「日本に本格的な情報組織はできるのでしょうか？」

「真っ当な政治家にそろそろ本気になってもらわなくては。大規模テロが発生してからでは遅すぎる。オウム真理教による地下鉄サリン事件を体験してもまだ、多くの政治家、国民ともテロの怖さを知らない。七十年以上もの間、戦争をしたことがないからだ」

「戦争……ですか……」

河原警視正のため息まじりの言葉に黒田は苦笑しながら答えた。

「僕は交戦主義者じゃないよ。ただ、日本のリーダーを目指す政治家は常に『トーキング・ポイント』(Talking Points)を準備しておかなければならない。これは首脳会談のような国際舞台だけでなく、党首討論に際しても同様だ。プロンプターを見ながら講演するのとはわけが違う」

「トーキング・ポイントを作るのは誰なのですか?」

「今のところは各省庁の官僚が頭を悩ませて作っているのだろうが、省庁ごとにやるから整合性をチェックできない。一国のリーダーは相手側に対して発言する要点を常に押さえておく必要があるんだ。神輿《みこし》は軽い方が担ぎやすい……ではもうダメなんだよ」

「若くて頭の回転が速いリーダーの登場にはまだ時間がかかりそうですね」

「政治の安定と長期政権を考えると若いに越したことはないが、アメリカだって故ロナルド・レーガンやトランプのような高齢の大統領が出てくる時もある。ただし、アメリカ大統領には最低でも四年という任期がある。一時期の日本のように四年間で四人の首相では、海外の要人は誰も相手にしてくれない。国のトップが相手にされないということは、日本という国家が相手にされないのと同じだ。ただ、国家に確固たる情報機関があれば、それを海外の国々は無視することはできない」

「イスラエルのようなものですね」

「そうだね。イスラエルはそれに加えて軍需産業だけでなくコンピュータ分野でもサイバーセキュリティー対策に関しては世界でもトップクラスだ。見習うべきところは多い」

「うちの落合一真も一年間、イスラエルでサイバーセキュリティーを学んできたようですが、あれも黒田室長が警察庁に掛け合った……と聞いています」

「一真は向こうでも一目置かれる存在になっていたようだ。ああいう才能というのは一朝一夕では育たないからな。僕が若い頃にはまだコンピュータというのは特別な人がやる学問だったからな……」

「室長くらい知っていれば何も怖くないですよ」

「何を言っている。一真の足元にも及ばない。日々進化を続けるＩＴ分野で生き残るということは大変なことなんだ。僕には真似できないよ」

「中国や北朝鮮のハッカー軍団はどこで勉強しているのでしょう」

「中国は子供の頃からパソコンを与えられて、才能ある者には徹底した教育が行われる。日本のような画一教育はなされない。一方、北朝鮮は二つのパターンがある。サイバー戦士と呼ばれるクラッカーは幼い頃から『英才教育』で鍛えられているようだ。全国から優秀な成績をおさめる小学生をスカウトして六年制の平壌の金星第一・第二高等中学校に入学させ、パソコン習熟の機会を与える。ここでさらに能力を認められた生徒は金一軍事大学の他、金策工業総合大学や金日成総合大学に入学してサイバー攻撃の基礎訓練を受けるようだ」

「小学校からの英才教育は中国に似ていますね」

「共産主義だからできる教育システムだな。特に北朝鮮では金正日が実権を握った当時に遡るからね」

「そんなに前からやっていたのですか？」

「一九九五年に専門のハッカー部隊を創設した際、金正日は『二十世紀が石油を使って砲弾を撃ち合う戦争なら、二十一世紀は情報戦争だ』と訓示をしたほどだ」

「親父は先見の明があったのですね」

「『サイバー戦は、核・ミサイルとともに軍事能力を担保する万能の剣』と金正恩もまたサイバー部隊の育成に力を入れてきたんだ。低いコストで多大な攻撃を生み出すサイバーテロは北朝鮮にとって『ＩＴはビジネスや勉学のためではなく、国のために戦い他国を攻撃するためにある』という感覚なんだ」

「そういう感覚をもって大学でさらなるステップアップの講義を受けることを考えると、末恐ろしいですね」

「大学の授業とは言うが、その実態は犯罪集団の育成と何ら変わりはない。学生の多くは卒業後、サイバーテロ集団として世界のあらゆるところに攻撃を仕掛け、しかも他国を混乱に陥れるエリートに他ならない」

「犯罪集団の育成所ですか……」

黒田が伝えた実態を想像すると、若い六人の警視正たちは厳しい現状を悟るしかない様子だった。


そして六月十二日、世界中が見守る中、米朝首脳会談がシンガポールで開催された件に話題が移った。

「中国の露骨な介入が会談前から行われましたね」

河原警視正が笑いながら黒田に言った。黒田も苦笑しながら答えた。

「アメリカも黙ってはいないだろう。中国相手に次の一手を打ったようだからな。トランプという男は本当に喰えない人物だな……」

河原が言った露骨な介入とは、金正恩がシンガポールのチャンギ国際空港に到着した時に搭乗していたのが、自身の専用機ではなく、中国国際航空（CA）の旅客機を使用したことだった。北朝鮮は十日朝に平壌から計三機の航空機を飛ばした。一機は北朝鮮の輸送機（IL－七六）だ。これには移動用の専用車であるベンツの他、移動式トイレを搭載しており、トイレは、排泄物から金氏の健康状態に関する情報が外部に流出しない目的だという。これに続いて、平壌からは、中国国際航空の旅客機ボーイング七四七－四〇〇、そして金氏の専用機「チャムメ一号」が、それぞれシンガポールに向け出発した。

当初、中国国際航空機は要員の輸送やバックアップ用で、金正恩自身は専用機に乗っているとの観測もあった。さらに、一部マスコミでは専用機が金氏の所在を特定できないようにする目的で飛ばされたとの見方を伝えていた。

しかし、実際に金正恩が搭乗していたのは中国国際航空の旅客機だった。この民間機は普段はCAの旅客機で、習近平国家主席が専用機としている二機の一つである。中国は前月から該当機種の運航を一時とりやめて改造した後、北京―平壌路線での試験運航を行っていた。

「北朝鮮にとっては、西側世界に対する初デビューに際して、恥も外聞も捨てた……という感じなんですかね……」

「『最高尊厳』である金正恩朝鮮労働党委員長を、ＳＬＢＭは飛ばせても自国の航空機を使うのは心配で、外国航空機を借りて乗せたんだからな。北としては体面を汚したことをどう考え、どう伝えるか……。しかも外国機を使った場合に恒常的に行われる盗聴の懸念を払拭できたのか……二流以下の国家の証明を世に示したようなものだな」

「各国の元首専用機は国力を象徴し、国家としての自尊心とまで見なされることがあるという話を聞いたことがあります」

「アメリカ大統領が使用する『エアフォースワン』は原則として米空軍一号機であり、先端通信および防護装備を備えた二機の航空機が同時に飛ぶことになっている。しかし北朝鮮にはそんな芸当はできないからな」

「そう言えばシンガポールで行われた米朝首脳会談後、トランプは金正恩に大統領専用車の『ビースト』の内部を見せていたようですね。『獣』を意味するビーストは『キャデラックワン』とも『動く要塞』とも呼ばれています。米シークレットサービスが設計から携わるこの車両は、装甲、防弾、生物兵器、ガス攻撃に備えた車窓の完全密閉、爆発の衝撃に備えた安全対策が施されて、ドアの厚さは二十センチメートルにもなるようです」

「今年の夏に『ビースト二・〇』と呼ばれているトランプ専用の新車ができるからだろう。一台百六十万ドル（約一億七千万円）とも言われていて、現在の装備の他に催涙ガス砲や連射式のショットガン、暗視カメラも装備しているそうだ。さらに、酸素やトランプと同じ血液型の血液も常備すると言われている。その点で言えば、ロシアのプーチンの専用リムジン『Kortezh（カルテシュ）』にどこかの石油国の皇太子を招き入れたのとは意味が違う。ちなみに、この車のスペックは、ポルシェのエンジン技術とロシア製の九速の自動変速装置が組み合わされ八五〇馬力でターボチャージャー付きのV一二エンジンを搭載しているという。開発費に二億ドル（約二百二十億円）近くが投資されているらしい。プーチンのこの姿勢は毎月フェラーリの新車を買い替えて自慢するどこかの酒屋のおっさんと何ら変わらない」

黒田が笑いながら言うと、六人の警視正も思わず笑いながらも、黒田の情報量の豊かさに舌を巻いた様子だった。

「それにしても米朝会談へこのような形で中国が介入してくるとは思いませんでした」

「アメリカは中国国際航空の件はある程度想定していたようだな。だからトランプがシンガポールで米朝会談を行っている間に、台湾ではアメリカの対台湾窓口機関、米国在台協会（ＡＩＴ：American Institute in Taiwan）台北事務所の新庁舎の落成式を開いたんだ。しかも、この新庁舎の警備は海兵隊が担うことについて、すでに昨年ＡＩＴ台北事務所長が明らかにしていた」

「中国の反発は大きかったのではないですか？」

「こと台湾に関して中国は敏感だからね。いかなる口実にせよ、米側の台湾地区への高官派遣も『一つの中国』原則及び中米間の三つの共同コミュニケの規定に深刻に違反し、中国への内政干渉であり、中米関係に悪影響を与える……ということだな」

「内政干渉……ときましたか……」

「中国は米側に対して、中米関係及び台湾海峡の平和・安定を損なわぬよう、台湾問題における中国側との約束を順守し、誤ったやり方を正すよう促す……というのが精一杯だな。米朝会談にあまりに深入りし過ぎた習近平の焦りをあざ笑うかのようなアメリカの態度と、関税問題に関して、中国が今後、どう対応していくのかが見ものだな」

「台湾問題に関して日本はどうすればいいと思われますか？」

「日本と台湾は相互に信頼関係がある。日本は中国に対しては理不尽な要求をはねつける毅然とした姿勢が必要だな」

「中国に進出している企業は大変なのではないですか？」

「企業は企業として自らの判断で進出しているんだ。国策でもなんでもない。自らの責任として株主に対して説明責任を果たすだけのことだ」

「相変わらず、中国に進出する企業に対しては厳しいですね」

「国対国ではない。もちろん企業対企業でもない。企業対国の戦いであることを理解したうえでチャレンジしていくしかない。そこには絶対的な資本力の差があること、さらには共産主義が資本主義をどう見ているか……という政治経済の基本をはっきりと認識しておくことが重要なんだ」

「その点で、今回の米朝会談の成否を黒田室長はどう感じていらっしゃるのですか？」

「現時点では金正恩の優位は変わらない。しかし、果たして今後北朝鮮がアメリカから資本を引き出すことができるかどうかに本当の成否はかかっているだろうな。相手は海千山千の商売人だ。無駄な金を使うのが一番嫌いな男だからな」

黒田はサラリと言って続けた。

「今、北朝鮮も中国も対アメリカ対策を懸命に考えているし、アメリカと対立関係になることを最も嫌がっている。その対米対策の情報を得るためには何でもするだろう。しかもその情報を最も取りやすいところが日本なんだ。スパイ天国と呼ばれて久しい日本はスパイに対して非常に意識の甘い国になってしまった」

「甘くなってしまったのはやはり戦後のことですか？」

「日本には戦前の情報統制の暗い歴史がある。日教組によって歪められた教育現場でも正しい歴史が歪曲して教えられた経緯がある。この結果、国家が国民の個人情報を取得することについて、脊髄《せきずい》反射的に反対する人々がいまだに多い」

「脊髄反射……いい言葉ですね」

「物事の本質や実態を考えもしないで批判する連中だな。しかしこれが外交や安全保障の問題になると諜報活動はまずなくならない。特に後者では諜報活動なしにやっていけるというのは理想でしかない。今の日本で自衛隊の情報を狙うスパイもいる。防衛面では日米同盟として非常に強固な同盟を持っているため、日本を経由してアメリカのミリタリーの情報を取ることもできるわけだ」

「情報の宝庫でもあるのですね」

「国家による諜報活動は止まらない。諜報活動は国家にとって必要不可欠なものという前提のもとに立ってルール作りをすることも必要になる。これは対相手国だけでない。自国の機密情報を守るためのルールも必要だ。だから『特定秘密の保護に関する法律』という、我が国の安全保障に関する情報のうち、特に秘匿することが必要であるものの保護に関して必要な事項を定めたんだ。この法律は、特定秘密の漏洩を防止し、国と国民の安全を確保することを目的としているんだが、これに反対する政治家が多かったのも事実だ」

「革命政党やこのシンパは仕方ないですよね。国家権力の暴走を心配するよりも、未《いま》だに本気で共産主義革命を起こそうとしている連中ですからね。あの政党を『正論を言っている』という素人さんが多いのも事実ですが、できないことを知って言っている、最も無責任な政党であることを知らない国民の政治的知的レベルの劣化も心配です」

「国民の一割はそれ位の人がいても仕方ないだろうな。しかし、それが政治家となれば話は違う。日本の機密情報が主要国のインテリジェンスから『スパイ天国』と揶揄されるほどにザルになっていることを知らない政治家は存在する必要がない。先進国と言われる国家の中で日本の情報セキュリティーは格段にゆるいと言われている」

「そんな国に重要な情報は流しませんよね。しかも情報漏洩に関して罰則規定のゆるさも格別ですから……。公務員が国家の機密情報をリークした場合は最大でも懲役一年、自衛隊で最大十年でしょう」

「刑罰水準は保護法益との比較衡量《こうりょう》によって決まる。日本人のインテリジェンスに関する意識の低さの表れだな」

「そんな中で我々は当面のターゲットとして中国と北朝鮮の工作員を追っているわけですが、奴らの一斉検挙の時期を室長はいつ頃と考えていらっしゃるのですか」

「平成のうちに一度はやってしまいたい」

「オウム真理教の死刑執行のようですね」

「過去の事件処理と将来に向かっての警鐘《けいしょう》とは違う。ただし、平成という時代は一般市民にとって決して豊かな思いを残した時ではなかった。新しい元号、新たな時代の始まりにはそれにふさわしい明るい話題が欲しいものだ。その前哨戦のような戦いを平成の最後にやっておきたいのさ」

「そういう意図でしたか……準備は進んでいます。公安部や組対部を巻き込めばさらに大きな事件化も可能かと思います」

「最終判断は総監が行うことになるだろう。そこには一切の政治はかかわらせない」

　黒田が断言すると六人の警視正は揃って頷いた。

世界が注目した米朝会談は、その必要性が問われるほどの乏しい内容で終わった。

「室長、米朝会談は予想どおりというか……何のためにやったのでしょう」

栗原が黒田のデスクに来て話を始めた。最近、作業現場での直接指揮が多い栗原は来春の副署長人事が気になっているのかもしれなかった。

「アメリカは本土に対する核攻撃の当面の回避、北朝鮮はロシア、中国、南朝鮮、アメリカの中でどうやって体制を保障してもらうか……だな。その点では北朝鮮優位の結果だったと思っている」

「日本の首相がアメリカや中国、韓国にまで足を延ばして会談した結果は実らなかった……ということですか？」

「前にも言っただろう。拉致被害者全員に関する北朝鮮が提出した資料を覆す証拠が何もないんだ。この件に関してはアメリカも二の足を踏んでいるに違いない」

「しかし、北朝鮮は日本の経済支援を期待しているわけじゃないのですか？」

「北朝鮮にとって、日本は眼中にないのが実情だろう」

「それなのに日本で工作員を動かしているのですか？」

「初めはアメリカの斬首作戦動向を見守るため、そして今は中国の指示に従っていると見た方がいいだろうな」

「そういうことですか……」

「今回の米朝首脳会談で多くの途上国がアメリカをはじめとした主要国と対等に話をするには何が大事かを見たはずだ」

「核を持つ……ということですか？」

「それもあるかもしれないし北朝鮮が持つミサイルや核を買う輩も出てくるだろう。金正恩はトランプ並みの商売上手だし、これを教えたのが習近平ということだろう」

「そうか……すると、北朝鮮と中国がセットで動いている……というのもあながち嘘ではないということですね……」

「十分に気を付けておくことだな。河原参事官もその点ははっきりと認識しているはずだ」

栗原をはじめとして、情報室のメンバーはキャリア警視正の職名である「参事官心得」の「心得」を外して呼んでいる。ノンキャリでも所轄の課長職に就いた管理職警部の際に「課長心得」となる場合があるが、この時でも呼び名は「課長」だからである。

「最近、キャリアの皆さんのリーダーシップが顕著になってきました。やはり、ここに来るキャリアは優秀な人が多いのですね」

栗原が冗談ともつかない言い方をした。黒田は生真面目な顔つきになって答えた。

「お前たちが育ててやるくらいの気概を持つことが大事だな。彼らは将来、国を支える存在になる。そうなってもらわなければならない。彼らがトップに立つときに信用できる存在になることも、お前が警察社会で生きていくには大事なことだ。僕とこうやって話をすることもいいが、河原たちを支えてやってくれ」

「ここにいらっしゃる六人の参事官は皆さん優秀だと評判ですよ。公安部の連中が、よく公安部のキャリア参事官と比較して言っています」

「公安部参事官の階級は警視長だからな。警視監の公安部長と警視正の公安総務課長の間を調整する立場だ」

「でも公安部にはもう一人ノンキャリの参事官がいますけど、警視正でしょう？」

「組織上そうなっているだけで、いくら影の公安部長と呼ばれようが、警察組織は階級組織だ。日頃から僕が『階級で仕事ができるのなら、全員を警視総監にすればいい』と言っていることに矛盾するようだが、行政官と執行官の違いをよく理解しておくことだ」

「黒田室長は行政官待遇なのではないですか？」

「何を言っている。これほど自分で仕事を取ってくる行政官はいないだろう。僕は警察官でいる限り、執行官なんだよ」

「それでも、報告は室長に直接ではなく、必ず参事官を通すように言われているのは、これまでと明らかに違います」

ようやく栗原が本音を言った。

「これまで立場上、僕の下に就いたキャリアは全員が情報マンの見習い的な立場だった。しかし、今回の六人は全く違う。全員が在外公館の一等書記官として情報の任についてきた者だ。いわば、情報の収集や分析だけでなく、その扱い方を知っている。おそらく彼らの中の一人は将来、内閣情報官になるだろうし、内閣総理大臣を直接支える人材になる。僕はその時には一般ピープルになっているだろうが、お前は違う。この情報室がその時どうなっているのかは全くわからないが、警視庁の中で本当の情報とは何かを最も知っている存在になっていて欲しいし、そうならなければならないと思っている」

黒田の言葉に栗原は背筋を伸ばし、やや目を潤ませていた。それを見て黒田が言った。

「栗原、来月早々に二、三件挙げてみるか」

その瞬間、栗原の目が輝いた。

「本当ですか？」

「浅草を挙げる準備をしておけ」

その日、黒田は久しぶりに西葛西《にしかさい》に向かった。

小料理屋の「しゅもん」は相変わらずの繁盛だったが、カウンターは一席空いていた。

「おやまた珍しい人が……」

カウンターに座っていた伊東《いとう》社長が入り口の引き戸を開いた黒田を見て最初に言った。続いて真澄《ますみ》ちゃん、敏《とし》ちゃんの二人が気の合ったところを見せつけるかのようにハモって言った。

「黒田さん。お帰りなさい」

「どうも、ご無沙汰をしてしまって……。相変わらずご繁盛でなにより」

すると伊東社長が言った。

「実は去年、ワシントンDCの空港で黒田さんを見かけたんだけど、外交官のパスポートを持っていたでしょう。びっくりしちゃって……」

伊東社長の言葉にカウンター仲間が黒田を見た。おそらく噂話になっていたのだろう。黒田が頷きながら答えた。

「あれは外交旅券ではなくて、日本国が発行する公用旅券というものなんです」

公用旅券とは、国の用務で渡航する人やその同伴者に発給される旅券である。表紙が緑色のためグリーンパスポートとも言われるが、正式には「OFFICIAL PASSPORT」と表紙に表記がされている。有効期間は五年間で、原則として一往復用だが、必要に応じて数次往復用のものが発行されている。

黒田がその説明をすると伊東社長だけでなく、周囲の者もホッとしたような表情を見せた。

「職業柄、国からの調査を受けることも多いですから、スパイ容疑をかけられたり、調査結果等の文書等を没収されない目的もあるのです」

「そうか……確かに黒田さんの仕事は大変だからね。国がクライアントになることも多いんだろうね。逆にスパイもできる……ということか……」

そこにカウンター越しで敏ちゃんが話に入った。

「黒田さんがスパイだったら面白いだろうな。何でもできそうですよね」

「闇から闇に葬り去られるのは嫌だよ」

黒田が笑って答えると、おしぼりを持って来てくれた真澄ちゃんが、いつもの笑顔で言った。

「みんな黒田さんの話を聞くのを楽しみにしているんだから、怖いことを言わないで下さい。でもやっぱり黒田さんはただものではないんだなあ。亡くなった父がよく言っていましたから」

「会長がそんなことを言っていたの？」

「父にとって黒田さんは命の恩人でもあったわけですから、家族の間でもよく話題に出ていたんですよ。どんなに飲んで騒いでいても、決して目の奥は笑っていない……って自分が酔っ払いながら言っていました」

「そんなことはないんだけどな……」

黒田が言うと伊東社長が頷きながら言う。

「黒田さんって、いつも心のどこかに仕事を引きずっているような感じかな。私も仕事柄そんなところがあったけど、今はみんなが『ユッキー』と呼んでくれるようになったでしょう。偉そうなことは言えないけど、本来、黒田さんが持っている懐の深さを示してもいいんじゃないかな」

多くの仕事と人脈を持っている社長ならではのアドバイスを黒田はありがたく聞いていた。そこにひょっこりと黒田の仕事をよく知っているマスコミ関係者が現れた。

「あれ、黒田さん。どうしてこんなところで飲んでるの？」

「ここは昔からの馴染みの店なんですよ。森《もり》さんは確かこの近くでしたよね」

「そう。今日は賢ちゃんも一緒なんですよ」

森紘一《こういち》は著名な政治ジャーナリストで、賢ちゃんこと鈴村賢一《すずむらけんいち》は大手出版社の取締役だった。

「賢ちゃんも一緒なんだ……」

黒田は二人が黒田の素性を話すとは考えられなかったが、話題を限定しなければならいことを瞬時に判断した。伊東社長が二人の会話を聞いて、こっそり黒田に訊ねた。

「あの人、有名な政治ジャーナリストでしょう？」

「そう。いろんな賞をとっていますよ」

「前にパチンコ関係でうちにも取材をしに来たことがあったんですよ」

「そういえば伊東社長は遊技協の会長をされていましたよね」

「私は全日遊連の方。全国のパチンコホール組合の協同組合連合会組織だね。一般社団法人の日本遊技関連事業協会、つまり日遊協とは違いますよ」

「日遊協はメーカーでしたね。警察の天下りも多い……」

「警察さんはうちにも多いですけど、向こう程、うちは金が出ませんから」

「警察には財団法人保安通信協会もありますからね」

「パチンコ台等の遊技機の型式試験を主業務としていますから、メーカーにとっては極めて重要なクライアントですよ」

「風営法に基づく、国家公安委員会の指定試験機関ですからね。ここが『ノー』と言えば、どんな新台も出すことができないわけですからね」

「新台も客引きにはなりますが、我々としては、今の若者のパチンコ離れの方が深刻な問題ですよ。最盛期の一九九五年に全国で約一万八千あった店舗が、この二十年で四五パーセント減って、ついに一万店舗を割ってしまいましたからね」

「そこまで減っているんですか……」

「ですから警察さんは、最近パチンコからカジノやIR周辺の『宝の山』探しに懸命になっていらっしゃるようですね」

「カジノの暴力団リスクは周辺にこそ多いですが、カジノ本体には暴力団が関与することは難しいですよ」

「ハリウッド映画ではありませんが、カジノを運営しているのはマフィアのボス……という図式は崩れているのですか？」

「今、カジノを認めているほとんどの国では、アメリカのネバダ州ラスベガスで行っているカジノ規制にならって『カジノ管理委員会』のような独立機関を設けています」

「独立機関……ですか……」

「事業者の個人資産から反社会勢力との関係まで、すべてチェックされ、公開されるほどの厳しい規制が敷かれています」

「公開される……これは形式的な官報のようなモノではないのですか？」

「現在では主にネットですね。そこまで民間に厳しさを求めるのだから当然、規制する側も丸裸にされるわけで、警察もカジノに仕事を求めると、自分で自分の首を絞めるようなことになってしまいます」

「するとカジノに警察は直接関与しない……ということですか？」

「何らかの違反があれば告発を受けて仕事をせざるを得ない……警察は普通の事件の取り扱いと同じように、そんな存在になるはずです。カジノは公営ギャンブルにすべきではありません。もし、そんなことになれば、それこそ、世界の笑い者になってしまいますよ」

「そういうことですか……衰退著しいパチンコ屋のたわごととして聞いておいてくだ

さい」

「なにをおっしゃる。あれだけ手広く仕事をなさっていて様々な情報にも触れていらっしゃる。反社会的勢力の話も多くご存知なのでしょう？」

「パチンコに関しては多いですね。年金生活者や生活保護受給者が食いものにされている現実は見るに堪えないのですが、これも受給者本人の問題が大ですからね」

「依存症……というやつですね。気軽過ぎるギャンブルの宿命でもあるのでしょうね」

「確かに競馬や競輪のように遠くまで交通費を払ってわざわざ足を運ぶギャンブルとは違いますからね」

「競輪とオートレースは経産省、競艇は国交省、競馬は農水省、ｔｏｔｏは文科省で宝くじは総務省が所管、そしてパチンコは風営法のもとで警察が指導・管理という、ギャンブルそのものがお上の利権という構図はなくさなければなりません」

「本格的なカジノだけ別組織……ということがありうるのかな……」

「僕も正直疑問に思っています。『国際基準』では、反社会的勢力との関係があった時点でカジノライセンスが剝奪されます。莫大な資金を投じて、さらに反社会的勢力と関係を持つなどという、そんな大きなリスクを取るバカはいないと思いますけどね」

「そうですね……ましてや海外のＩＲオペレーターにとっては尚更でしょうね」

「カジノ関係で何か情報があるのですか？」

「実は今、北朝鮮系のパチンコ屋が次々に中国籍のオーナーに変わっている……という風評があるんですよ。私が不動産業もやっている関係で、登記簿謄本を取ってみると土地の権利だけが譲渡されているんですよ」

「パチンコ屋さんでもそういう時代になってきましたか……上物は取らず、土地だけですか……その手法で土地の取得者に大きなメリットはありますか？」

「地主は強いですよ。上物なんて、建物の所有者の過失で焼失でもしてしまえば終わりですからね。日本ほど火災を過失認定する国はないようですよ。仮に放火であっても、犯人が賠償できるはずもなく、被害者のほとんどが泣き寝入りだそうです」

「いくら地主でもそこまでアコギなことはしないでしょう」

「土地の所有者が転々としてしまえば、どうなるかわかりませんよ。パチンコ屋というのは、だいたいが駅前若《も》しくは大通りに面した、不動産としては一等地にありますからね」

「彼らはどうしてそんな一等地を手放したのでしょう？」

「上からの指令でしょうね。確かにかつてのように大儲けはしていなかったにせよ、土地を手放すほどの経営状況ではなかったかと思います。以前、何度か本国から理不尽な要求がくるというような話を聞いたことがあります。親族が人質になっていて、彼らの生活も見なければならないようでした」

「今、上から……とおっしゃいましたが、本国から指示を受ける組織がある……ということなのでしょうか？」

「彼は上からとしか言っていませんでした。私もそれ以上のことは聞きませんでしたけどね」

「それはそうでしょうね。妙なことを聞いて拉致でもされたら大変ですからね」

「北朝鮮はまだやっているのですか？」

「拉致被害者全員がまだ帰ってきていない……ということは、彼らはまだ反省していない……ということでしょう。となれば、やってもおかしくはない……という結論に辿り着いても決して理不尽ではないという意味です」

「そうか……まだならず者国家のままですからね」

「そのうわまえを撥ねる中国という国もありますから、所詮共産主義国家というのはそんなものです。弱肉強食の世界。北朝鮮の焼肉定食は食い尽くされてしまいますよ」

黒田が真面目な顔つきで話したので、伊東社長は声を出して笑いながら言った。

「そういう黒田さんは実に面白いんだよな」

「怒ると怖いけど、笑うと可笑しいんですよ」

「そのフレーズ頂きました」

再び伊東社長が笑った。そこへ鈴村取締役が入ってきた。彼もまた黒田の顔を認めるなり言った。

「おや、これまた奇遇な。黒田さんじゃありませんか」

「賢ちゃんお久しぶり。いつ常務になるの？」

「勘弁して下さいよ。もうここで十分ですから」

「そうか……副社長になっても、ファーストクラスには乗れないんだったね」

「そんなことばかり覚えているんだからな。それよりも海外勤務、大変だったんですか？」

「たいした仕事はしていないからね。ドサ回りして頭を下げてただけだよ」

「何をおっしゃる。エリート情報マンだから、官邸の意向も含めて各国を飛び回っていたっていう話でしたよ」

「官邸はクライアントの一つだからご意向は伺っているけど、あまり役には立っていないだろうな」

「税金分だけでも、しっかり仕事をして下さいよ」

鈴村取締役はさすがに場所をわきまえた婉曲的な表現で、森が待つ奥の小上がりに入った。伊東社長が改めてため息交じりに言った。

「官邸がクライアント……なかなか言えない言葉ですよね」

「金を出してくれるところはクライアントでしょう。あまり難しい仕事は来ませんけど、足を運ぶのが大変なんですよ」

「だから公用旅券だったわけですね」

「世のため人のため。わが社は営利企業ですが、薄利多売なんです」

「黒田さんの面白い情報はそういうところからも得ていたんですね」

「たまにはおまけもあっていいでしょう？　ところでユッキー。先ほどの北朝鮮のパチンコ屋さんの件ですが、この近所ですか？」

「黒田さんだから教えるけど、葛西駅そばの環七沿いの黒い建物の店ですよ」

「なるほど……最高の場所ですね」

「そうなんですよ。ちなみにその隣の飲み屋ビルと同じオーナーらしいですよ」

「えっ、あのビルは岡広組系列の組長の持ちものだったのでは？」

「よくそんな裏話までご存知ですね。あの組長の愛人が中国人で、葛西、西葛西周辺で四店舗のマッサージ屋をやっているんですけど、その裏商売が有名になっていますよ」

「売り……ですか？」

「ええ。それも案外レベルが高いらしく、周辺のデリヘル経営者が泣きを入れていました」

「ユッキーのところはやっていないの？」

「うちは風営法二十条関連以外はやってません。専《もっぱ》らお客さんですよ」

「まだ、そのマッサージ屋には行ってないの？」

「周囲の目があるでしょう。興味はあるんだけどね」

その日、黒田は、「しゅもん」ならではの料理を肴に、赤星のサッポロと、敏ちゃんが苦労して手に入れた手取川《てどりがわ》の純米大吟醸を飲んで上機嫌で帰った。

翌朝、黒田は一番で事件担当の田名部《たなべ》警視正を自席に呼んで、葛西のパチンコ屋とその隣の飲み屋ビルの元オーナーの調査を命じた。

　このような事件捜査は実に早い回答が出る。全てがデータ化された情報に加え、ビッグデータとの組み合わせで、マッサージ屋に関しては多くのＳＮＳ情報が効果的だった。

「北と中国とヤクザもんの三点セットだね。必ず何か裏があるはずです。二週間でいいから二十四時間視察を行って、面割りと人定確認をやってもらえるかな」

「五店舗あるのですが、どうすればいいですかね」

「エレベーターのカメラ画像を全部押さえて、画像解析をかければいいでしょう」

「現場を知っているかのようですね」

「不動産屋情報だからね。面白い結果が出ればいいんだけどね」

「面白い……ですか？」

「誰か希望者を募って、現地視察が必要でしょう？」

「ああっ」

　田名部警視正が満面の笑みを湛えて頷いた。

　二十日後、生活安全部保安課と公安部外事二課による一斉捜査が行われた。

　しかも夜間執行という、裁判所が納得したうえで出された捜索差押許可状が最大の武器だった。

店には呼び込みがいて東京メトロ葛西駅の構内を出たところに交代で二十代の女性が立っていた。

「お兄さん。飲んでいきませんか？　マッサージもできるよ」

「飲み屋でマッサージができるんかい？」

「気持ちいいこともできるよ」

「なんだ。その気持ちいいというのは」

捜査員がからかい半分で女性の視線を引き付けていた。

すでに同店舗には八人の客が入っていることが判明していた。ビルの非常階段から順次捜査員がビル内に入り込む。エレベーターホールとエレベーターには防犯カメラが設置されているが、非常階段にはなかった。

エレベーターには五人ずつ乗り込み、目的階である七階の上下で降りる行動が五回繰り返された。

間もなく、呼び込みの女性に連れられた二人の捜査員が七階の店に入った。

捜査員は無線機をオンにして、小型カメラで動画を撮っている。

「お兄さん。お酒？　マッサージ？」

「先にマッサージだな。一時間六千円でいいんだよな」

「先にシャワーを浴びてね。貴重品はこのビニール袋に入れてシャワールームに持って行ってね」

どうやらここではクレジットカードのスキミングはやっていないらしかった。

スキミングとは、カード犯罪手口の一つで、磁気ストライプカードに書き込まれている情報を抜き出し、全く同じ情報を持つクローンカードを複製する犯罪である。

シャワーを浴びマッサージ部屋に行くとTシャツとショートパンツ姿の若い女性が待っていた。

下手な日本語で女が捜査員の耳元で囁いた。

「お兄さん。どんなマッサージがいい?」

「どんな? 指圧かオイルか……かい?」

「もっと気持ちいいマッサージしてあげるよ。本番なら一万五千円。生でもいいよ」

「それって、君とここでセックスをする……ということ?」

「ここじゃ嫌ならホテルでもいいよ。朝までいっぱいできるよ。朝までだと十時間だから十五万円ね」

「十五万? お前アホか?」

「十万円でもいいよ」

「十万払うなら、もっといいところに行くよ。普通のマッサージでいい」

「本番しないの？　気持ちいいよ」

「もう一人の相棒と相談するから、ちょっと待って」

捜査員はジャケットの内ポケットに入れていたボイスレコーダーの録音状態を確認しながら、相方のマッサージ部屋の扉をノックした。

「こちらはＯＫ」

「うちもだ。さて、始めるか」

捜査員が携帯電話を取り出して通話を始めた。

間もなく、店の入り口が開き、捜査員が続々と入ってきた。

「あんたたち何？」

「警察だ。風俗営業法並びに売春防止法違反で捜索を行う。捜索を妨害する者は逮捕するからな」

捜査員が三畳ほどの広さの個室の扉を一斉に開扉した。

「何だこの野郎」「な、なんですか……」

罵声が飛び交う中、捜査員は一斉に写真撮影を開始していた。

「警察だ。動くな」

十二の個室のうち、九室が埋まっており、客と従業員の女性全員が全裸だった。

「この店は風営法の接待飲食等営業の一号営業で届け出ていたはずだ」

「お酒を飲む前に身体を綺麗にするのよ」

「シャワーの後で裸でベッドに乗って身体を綺麗にするのか……面白いじゃないか。裁判所で抗議するんだな。全員、葛西警察署に移動してもらう。お客さんも服を着てもらおうか。やったことはわかっているんだろう」

「風営法違反なら店の問題で客は関係ないだろう」

「ほう。少しは勉強しているようだが、これに売春防止法が付いてくると、そうはいかなくなるんだな」

「なに？　売春？　これは自由恋愛だ」

「兄さん、悪いな。対償を受け、又は受ける約束で、不特定の相手方と性交することが売春だ。対償を渡す者が必要で、一人じゃできない犯罪なんだよ。まずは参考人として話を聞かせてもらおうか」

「任意だろう」

「いや、強制だ。どこの世界でもやり逃げは許されないんだよ」

結果的に生安部保安課が行った売春防止法違反容疑では、

公衆の目に触れる方法による売春勧誘（ポン引き）等（第五条）
売春の周旋等（第六条）
困惑等により売春をさせる行為（第七条）
それによる対償の収受等（第八条）
売春をさせる目的による利益供与（第九条）
人に売春をさせることを内容とする契約をする行為（第十条）
売春を行う場所の提供等（第十一条）
人を自己の占有し、若しくは管理する場所又は自己の指定する場所に居住させ、これに売春をさせることを業とした者（いわゆる管理売春、第十二条）
売春場所を提供する業や、管理売春業に要する資金等を提供する行為等（第十三条）

が適用され、売春の関係者全員が逮捕された。

第一現場だけでも買春を行っていた九人に対しては厳しい取調べが行われた。

一方、組対部組対第四課は岡広組二次団体の組長以下五人を管理売春容疑で、さらに組長を脱税行為の立証を行って所得税法違反容疑で逮捕した。

さらに公安部外事第二課は保安課から連絡を受け、不法就労事実が認められた朝鮮籍のマッサージ嬢二十三人と中国国籍のマッサージ嬢十五人に加えて女性店長の五人の身柄を引き受け、出入国管理法違反で送検した。さらに北朝鮮と中国のマッサージ嬢を巡ってパチンコ店のオーナー、中国人地主も出入国管理法違反で身柄を拘束した。

一斉捜査から三日後、北林外事第二課長から黒田に電話が入った。

「黒田さん。宝の山を掘り当てた感じです」

「何か出てきましたか？」

「平壌放送の乱数表に加え、中華人民共和国国家安全部が朝鮮人民軍偵察総局を指導する文書が出てきたのです。さらには中国人民解放軍総参謀部第三部が北朝鮮の国務委員会と連絡を取っていることも判明しました」

「国務委員会といえば国家主権の最高政策指導機関で、委員長は北朝鮮の最高指導者と規定されている金正恩ですよね」

「そうなんです。中国共産党中央委員会ではなく軍が連絡を取っているというのも不思議な関係でしょう？」

「北朝鮮の国務委員会はサイバーテロ集団をも傘下に置いていますから、サイバーテロ関係でも北朝鮮は中国の軍門に降《くだ》った……ということでしょうか？」

「これは大変な事実です。ところで黒田さん。今回の案件の他にも隠し玉があるのではないですか？」

「隠し玉……そういうわけではありませんが、今回の摘発で北の工作員の中に動揺が広がるかもしれません。次の手を打ちたいと思います」

「やはり、何かあったのですね」

「現在、都内で十五人の潜伏工作員を視察しています」

「えっ」

北林外二課長が驚きの声を上げた。

「この潜伏工作員の一部が中国の工作員と一緒に行動していることが判明しています」

「中国の工作員は非公然なのですか？」

「おそらく中国人民解放軍総参謀部第三部の関係者だと思います」

「サイバーテロが主たる目的……ということですか？」

「四井重工業の潜水艦部門に対するサイバーテロ及び、情報収集を行っていました」

「それはいつからのことなのですか？」

「情報収集活動に関しては昨年の夏頃かと思います。四井重工業総務部の課長が協力者に仕立て上げられていました」

「なんということだ……情報室はいつ頃からそのことを把握していたのですか？」

「約三ヵ月前です」

「情報室だけで捜査を進める予定だったのですか？」

北林外二課長は非難めいた言い方をした。

「いいえ、ある程度の実態把握ができた段階で今回のように合同で事件捜査できればいいと思っていました。本来ならば外二が主体の案件ですからね」

黒田にしては珍しく北林外二課長を責めるような口調を取った。

これには北林外二課長も返す言葉がなかった。情報室が外事事件ばかり追っているわけではないことを熟知していたからだった。

「黒田さん、私の言い方が悪かったことをお詫びします。二課は二課で事件化を図っているのですが、今回のような究極の案件に辿り着いていませんでした。赤面の至りです」

「それは僕もわかっているつもりなのですが、最近、外一も同様に現場の情報収集能力が落ちているような気がします。公安部長も総監室で嫌な思いをされているのではないかと思います」

「確かに部長も我々に厳しく指摘しますが……情報室のメンバーのようなマルチな実働部隊が少ないのです」

「キャリアとノンキャリは違いますが、僕のような立場になれば、如何に次世代を育てるか……が大事な仕事になってくると思います。北林課長は二年間で警察庁に帰れるから仕方ないのですが、理事官クラスがもう少ししっかりしないと、下が育ちません」

「外一はどうなのですか？」

「外一課長が外事専門官か……といえば決してそうではありません。そのあたりの人事問題に私がとやかく言える立場ではありませんが、警視は警部を、警部は警部補を確実に育てるような姿勢がなければ、組織の強化は難しいと思います」

「情報室ができて十八年ですよね。その間、黒田さんは署長や海外勤務を経ても、情報室一筋だったわけですね。余人に代えがたい……という点もあったかとは思いますが、これも警察社会では珍しい人事だと思います」

「そうですね。ただ、刑事でも捜査一課一筋や公安部でも公安総務課一筋のような人事もありますから、稀《まれ》……というわけではないと思いますよ」

「そうか……言われてみればそうですね。情報室は黒田さんのために作られた組織と公安部長から聞いています」

「それは順序が逆だと思います。当時、北村さんや西村さんが情報室を創ろうという時に、たまたま私がいた……それだけのことです。まだ僕が警部の頃ですからね。僕も上手く上司に使われたと思っていますが、それなりの結果を出してきました」

「その結果が半端じゃなかった……ということですね」

「仕事の幅がどんどん広くなっていった……ということですね。公安部や刑事部の捜査二課とタイアップした事件も多かったですから」

「警察庁もだいぶ巻き込んだようですね」

「警察庁を巻き込んだのではなくて、警察庁がうちに人を送り込んできたのです。現在でも六人のキャリア警視正を預かっていますからね」

「人材育成か……なかなかできないことですよね。それをやってしまうのが黒田さんの魅力なんでしょうね」

「ノンキャリには時間がありますからね。それよりも事件相談に参りたいと思います」

「理事官も同席させましょうか」

「事件担当管理官も一緒にお願い致します。中国の工作員は正規の手続きで日本に来ていますが、北朝鮮の工作員は入国実態がこちらでは取れていないのです」

そこまで話をして黒田は十五階にある外事第二課に向かった。

黒田がデスクに戻ると河原警視正が待っていた。

「室長。北の工作員に関して実態把握はほぼ終わりました」

「その件で今外事第二課長と話をしてきたんだ」

「二課に任せますか？」

「餅は餅屋でいいんじゃないかな。ただし今回は米朝会談を終えて世界の耳目が集まっていることも事実だからね。そこで中国と北朝鮮の工作員が組んでサイバーテロだけでなく、日米の安全保障にも触手を伸ばしてきていることが公になると、アメリカだけでなくヨーロッパ諸国もジッとはしていないだろうな」

「公安部がそこまで広報すると思いますか？」

「広報しなくても、記事にすることはできるからね。逆に広報をしてしまうと中国や北朝鮮本国から苦情を受ける可能性がある。世界各国の情報機関に情報が流れればいいだけの話だよ」

サラリと言ってのける黒田を河原警視正は啞然とした顔つきで眺めていた。

エピローグ

「純一さん。最近、ピッツバーグ大学病院に中国人医師が臓器移植の研究と称して、たくさん来ているの。中国ではそんなに多くの臓器移植が行われているのかしら」

遥香が電話の向こうで声を潜めるように話していた。

「遥香は大学から電話しているのかい？」

「そう。病院の医局は国際電話が自由に使えるんだもん」

ピッツバーグは東京との時差がマイナス十三時間。昼夜が全く逆だった。

「中国では、年間十万件もの臓器移植が行われており、その臓器提供者は『何の罪もない』生きた人々であると報告されているんだ。『メディカル・ジェノサイド』とも言われている、中国の臓器移植産業の隠れた大量虐殺は今なお行われているようだ」

「やっぱり噂は本当だったんだ……」

「どんな噂が流れていたんだ？」

「中国衛生部は『移植用臓器は、死刑囚や自主的な提供者から』と説明したんだけど、年間で少なく見積もっても六万から十万件の臓器移植が行われているんだって。でも中国の死刑執行数は千人ほどで、全国人体臓器提供イベントというところでのドナー登録者数は六万人ぐらいなんだって」

「そんなもんだろうな。そしてその客になっているのが韓国人と日本人……ということだ」

「嫌な話。それからね、臓器提供の死には二種類あるんだけど……」

「心停止か脳死の状態だろう」

「そう。ただ中国の場合は脳死のドナーが圧倒的に多いらしいの。死の直前まで血液が流れていて、身体が温かい脳死の方が、臓器移植の条件としては適していることは間違いないの」

「それで?」

「移植専門病院には脳死状態を作る機械があるんだって」

「なに?」

さすがの黒田も返す言葉がなかった。すると遥香が続けた。

「法医学士の王立軍という人が、かつて共産党の何かの受賞スピーチで『数千人もの収容者の人体で実験を繰り返し、臓器摘出と移植技術を磨いた』と言った後で『囚人を処刑した後、その身体から臓器が複数の身体に移植されていくのを見て大いに感激した』とまで言ったビデオが残っていたの」

「君はそれを見たのか？」

「大学にあったの。教授たちが呆れた顔で見ていたわ。そしてね、そのドナー探しを北朝鮮にも求めているという話があったの」

「北朝鮮にそんなドナーになるような健康体の者は少ないと思うんだがな……」

「北朝鮮の人というよりも、日本で商売をしてある程度成功を収めている人たちが民間の移植支援業者や臓器移植ブローカーとして中国の臓器移植産業に貢献しているみたいなの」

「臓器移植産業か……」

黒田は最近の臓器移植の実態を調べていなかっただけに、アメリカから届いた生の情報に驚いていた。遥香が続けた。

「最近、アメリカの移植手術は費用が高騰しているの。以前は米国の移植手術はすべての臓器で最高でも七千万円ほどだったの。十年前に国際移植学会などが海外渡航による移植自粛を求めた『イスタンブール宣言』以降、デポジットが急激に値上がりしたの」

黒田は遥香の情報をネットで確認すると、最近では心臓手術ならばデポジット二億円から三億円に加えて渡航・滞在費に五千万円が相場となっていた。

「中国ではどれくらいの価格で移植手術ができるんだ？」

「医療費から渡航費用まで全部合わせても五万ドルから十二万ドルだって。おまけに中国はイスタンブール宣言を無視しているから、サウジアラビアをはじめとする産油国やイスラエルなど中東の国の富裕層がこぞって移植ツアーに出掛けているみたいなの」

「移植ツアー？」

「中国人の斡旋団体よりも北朝鮮系の方が仲介手数料が安くて、かつ親切なんだって。しかも術後の滞在に関しても特別な病院を日本国内に用意しているんだって」

黒田は初めて聞いた術後の病院の存在に愕然としながら思わず呟いた。

「まさか……あれか？」

電話を切ると黒田はすぐに河原警視正を自席に呼んだ。

「先日の作業報告の中で金楽苑の金田陽太郎が九州の病院に出資しているという案件があったが、その病院の詳細を教えてほしい」

「福岡県の糸島《いとしま》市にある公益財団法人の病院で、ベッド数は三百床、診療科目は外科、内科、麻酔科、循環器科、精神科です。詳細は本件のデータベースに『公益財団法人紫舟《ししゅう》会志摩《しま》病院』として入れておりますが、関連施設として介護老人保健施設、訪問看護ステーション、居宅介護支援事業所があります」

「公益財団法人なのか……」

「元々は精神科専門の病院で百年近い歴史がある病院なのです」

公益財団法人とは、一般財団法人のうち、民間有識者からなる第三者委員会による公益性の審査を経て、内閣府又は都道府県の行政庁から公益認定を受けることで、税制上の優遇措置を受けることができる法人である。

「精神科か……」

黒田はかつて反社会的勢力が精神科を持つ病院の経営にかかわっていた案件を思い出していた。黒田はデスクのパソコンからデータベースにアクセスして公益財団法人紫舟会志摩病院のデータを確認した。

「三百床のうち精神療養病棟が百四十床、精神科一般病棟が六十床か……。さらに治験の参加も募集しているのか……。この病院、内偵してもらえないかな」

「実は私も少し気になって調査を進めています。間もなく結果が出てくるかと思います」

黒田はニコリと笑った。

三日後、河原警視正が捜査結果を持って現れた。

「室長。この病院、やはりおかしいです」

河原警視正がデータを並べて説明を始めた。

「レセプトまで入手したのか……」

「医療機関捜査の基本ですから」

「一般病棟の短期入院患者の全てに同じ薬が投与されているのか……」

「友人の医師に聞いたところでは、これらの薬は免疫抑制薬というもので、拒絶反応を起こす機構のそれぞれ別な箇所を阻害して、拒絶反応を起こしにくくするものだそうです」

「拒絶反応……移植手術後に投与する……ということか……移植手術はどこで行われたものか……」

「室長は福岡市をご存知ですか？」

「よく知っているよ。大阪以西では最大の都市が福岡市だ。クルーズ船による外国人渡航者は横浜を抜いて今や日本一だからね」

「糸島市は福岡市に隣接している、今やリゾートでも農水分野でも発展著しい場所です」

「糸島という地名は伊都《いと》と志摩を合わせたもので、三重県の志摩半島は福岡の志摩から来たと言われているんだよ」

「そうなんですか？」

「海外の歴史に最初に触れたのは福岡の方が先だろうからね……」

「ここの入院患者を調べてもいいと思われますか？」

「レセプトから……というのはまずいだろうな……まず、渡航歴を入管で調べてから……」

「今、入管には捜査依頼中です」

「さすがだ。もし、全員の渡航歴が一緒だったら、患者に直接当たってみてくれ」

「五十から六十代の男性が七割です。腎臓移植が半数以上でしたが、生体腎移植だったという者が多いのに驚かされました。手術費用はばらつきがあり六百万円から一千万円が三割、一千万円から千五百万円が四割でした。その他に業者への仲介料は三百万円から六百万円が三割、七百万円から一千万円が四割でした。手術費用千五百万円以上、仲介料一千万円以上を支払った患者も三割いました」

「仲介料だけでも十億円近い金だね」

「あくまでもこの病院を使ったものだけですからね」

「臓器移植シンジケートの実態もおぼろげにわかってきました。しかも、シンジケートのメンバーは当然ながら所得として計上していません」

「もう少し調べた段階でやるしかないだろうな」

「改正後の臓器の移植に関する法律には臓器売買の禁止として『臓器提供の対価として財産上の利益を与えたり要求してはならない。違反者は五年以下の懲役または五百万円以下の罰金に処する』『その他、書面作成などにも罰則が適用される』とされていますが、人の命を奪っておいて、あまりに軽い罰条に唖然としました」

「さて、どこと組んでやるかな……今回は総監のご意向を聞いておくかな」

「今までは総監の指示ではないのですか？」

「総監はそんなことに口を出す人じゃないことはわかっているが、各部の部長の立場も考えると、僕一人で決めるのも気が引けてきたんだ」

「公安部ですか？」

「最近、ちょっと伸び悩んでいるようだからな……」

黒田が言うと河原警視正が声を出して笑いながら言った。

「室長、まるで総務部長のようですね」

「総務部長は大学の卒業年次だけは僕と一緒なんだけどね」

黒田も笑った。

新元号は平成三十一年四月一日に発表になり、五月一日から次の時代に入ることは決まっていた。

黒田は平成のうちに片づけておかなければならない案件として、今回の北朝鮮の潜伏工作員と中国共産党の対日有害工作を世界の情報機関に向けて発信すべきと考えていた。

そのための準備は周到だった。

三月一日に一斉着手、容疑者に関しては数度の再逮捕を重ねながら四月十日までに全ての証拠分析と起訴を終えるプランだった。

「散る桜のように一吹きで花吹雪にしてしまうしかないな」

桜前線が関東を通り過ぎるまでに対日有害工作の企図者や実行部隊を一掃することを決めていた。

平成最後の三十一年に入ると、情報室は休日返上で最終チェックに入っていた。

春節の時期、多くの中国人観光客が日本を訪れたが、その中には歓迎されざる人物たちも多く含まれていた。ある者は公用旅券で、ある者は一般旅行者を装って入国し、日本国内の工作者たちとの接触を重ねていた。偽造貨幣の製造に関わっていた者も含まれていた。

「こいつは偽造された旧一万円札の関係者のようですね」

栗原管理官が黒田に向き合って言った。

「いつまで経ってもなくならないM資金詐欺関係のようだな……」

「まだそんな与太話に騙される人がいるんですかね」

「いるから不思議なんだ。元航空幕僚長まで騙された……というんだから妙なものだ。元幕僚長の場合は個人的な利益は考えず、単に、日本の防衛を真剣に考えた結果だったのだろうが……」

「しかし、それには元首相の関与もあったわけですよね」

栗原が納得いかない様子で言う。

「サメの脳みそと言われた元首相だから、仕方がないと言えば仕方がない。それにしても仲介したホテルチェーン経営者は、知らぬ存ぜぬの一点張りだった」

「しかし詐欺の実行犯だった、自称元大富豪には多くのマスコミも騙されていたんでしょう？」

「マスコミなんてその程度だ。大手新聞社系の書籍でさえ、別の詐欺師を日中の架け橋などとまつり上げて赤っ恥をかいたこともあったしな」

「そんなことがあったのですか？」

「少しでも取材をすればわかることなんだが、そんな基本的なことも忘れている記者がたくさんいるということだ」

「ところで、この偽造旧一万円札に関して中国政府は全く動かなかったのですか？」

「政府というよりも中国の警察が動いた形跡がないのは事実だ。『中国国内の闇工場で製造された』と白状され、日本国内で偽造通貨輸入罪で処罰されても、コピー商品だらけの中国では、偽造通貨も、たんなる『玩具《おもちゃ》』扱いだろうからな。『まさか、これで騙されるとは思ってもみなかった……』という供述が出れば、はい、それまでよ……だ」

「しかし日本円だけではなかったのでしょう？」

「アメリカドルも約三億円分あったようだ。押収された偽造紙幣の中には、実在しない百万ドル札もあったそうだ」

「そこまでいけば、確かに『玩具』と言われても仕方ありませんが……」

「現在アメリカで発行されている紙幣は一ドル〜百ドルまでの六種類のみだが、かつては実際に五千ドル、一万ドル、十万ドルの紙幣が発行されていたことがあった。ただ十万ドル札は一般に流通しなかったらしく、紙幣の裏側を見ると、いかにも偽札のような赤色一色刷り金貨証券で、主に連邦準備銀行と連邦政府との間での決済に使用されたようだけどね」

「金貨証券……ですか？」

「一九二九年に勃発した金融恐慌を機にアメリカの金本位制が崩れることになった。その翌年、十万ドル札は、フランクリン・ルーズベルト大統領によるニューディール政策において金貨の代わりの決済用の証券になったというわけだ」

「なるほど……十万ドル紙幣までは理解できました。それにしても百万ドルはやりすぎです」

「常識では考えられない桁を出すことによって騙される者が出てくるんだ。先の元幕僚長にしても、大富豪夫人が持ちかけた四千八百兆円もの戦後復興資金や三十兆円もの巨額融資話に飛びついてしまったんだからな」

「馬鹿ですね」

栗原が大笑いすると、黒田もフンと鼻で笑って言った。

「大富豪夫人は死んだ今でも、詐欺師の話は表には出ていない。それどころか慈善事業家の看板は掛かったままだ。全く、ろくなもんじゃない」

「そうだったのですか……それよりも、室長はどうやって偽造紙幣を作っていた闇工場を確認したのですか？」

「そんなことをやるのはチャイニーズマフィアの中でも政府高官とつながっている奴らと相場が決まっている。なにしろ、国内から金を持ち出すことを制限している国家から、偽金とは言え、億単位の金が流出しているわけだからな。そのルートを調べて、敵対グループにヒントを与えれば自ずと答えが出てくる……ということさ。後はマフィア同士で片を付けてもらえばいいだけだ」

「なるほど……そういうバックグラウンドがあるわけですね……」

「偽造通貨輸入容疑で逮捕された中国籍の容疑者に関するデータを渡してやったら、三日で回答が来たよ。おかげでそいつは組織内で二階級特進したようだ。ある意味で協力者の累進育成に役立った……ということだな」

　黒田が笑って言った。

　協力者の累進育成は、獲得、運営を経て、その協力者を組織内でより上位に就かせるための作業の一つである。協力者が上位に上れば上るほど有用な情報を得ることができる可能性が高くなる。獲得した若手の地方議員が国会議員に成長するようなものだ。

「捕まった中国人容疑者は帰国しても抹殺されてしまうでしょうね」

「国外追放が奴らにとっては一番恐れていることだろう。うちの協力者としては、そいつの身柄をいち早く匿《かくま》って敵対組織の壊滅に役立てることになる」

「室長はそこまで考えて作業を進めているのですか？」

栗原が啞然とした顔つきで言うと黒田は平然と答えた。

「世の中に必要悪なんてものはない。悪は悪でしかない。協力者とはいえ、僕が死ぬまで面倒を見るわけにはいかない。いつかは、切るか、お解き放ししてやる時期が来る。だから協力者の引き継ぎなどということを僕は認めていない」

「よくわかりました。今回の場合、向こうの組織の動きを情報として取っていれば、自ずとそこから中国人工作員のバックグラウンドまでわかってくるわけですね」

「一口に工作員と言っても、中国の場合には北朝鮮のそれのように決して一つのルートではない。自ら敵国に乗り込んで諜報活動を行うことができなくても、こんなところに情報戦の面白さがある」

「面白さ……確かにそうですよね。いつまでもスパイ野郎を好き勝手にさせておくわけにはいきませんからね」

「野郎は余計だ。僕たちだって工作員の連中から見ればスパイ殺しのスパイという扱いらしいからな」

「それは室長だけですよ」

「同じ仕事をしていれば一蓮托生《いちれんたくしょう》だな。特に栗原、お前は僕の後継者の一人だ。今のうちから公安捜査のあらゆる手順を身体で覚えておくことだ」

「身体で……ですか……」

栗原が首を傾げると、黒田が栗原の瞳の奥を覗き込むような目つきになって言った。

「情報活動にマニュアルはない。セオリーを身体に染み込ませておくことだ。そうすれば大怪我はしない。そしていつでも現状離脱できる態勢も作っておくことだ」

「態勢？　体制？　どちらでしょうか？」

栗原は、漢字を確かめるように訊いた。

「お前が身を引いたら、組織も引いている……という関係だ。指揮官が一人離脱するものではないが、お前が引いたら、その案件は終わり、という態勢だ」

「なるほど……今回の捜査では紙幣の偽造には踏み込まないのですね」

「通貨偽造罪、偽造通貨行使罪。通貨偽造罪の目的は、通貨に対する社会の信用を保護することが目的だ。十年も前からの話に我々が首を突っ込むことはないだろう」

「そんなに前からですか？」

「台湾の事件では、身柄を拘束された女が『二〇一二年に中国から五億円分を密輸した』旨を供述しているようだ。おそらく今、日本国内だけでなく世界で流通している旧一万円札はその当時のものと考えていいだろう」

緻密な捜査が続いた。


二〇一九年二月二十七日、ベトナム社会主義共和国の首都ハノイにおいて第二回米朝首脳会談が開始された。前年に行われた第一回会談の開催地はシンガポールであったが、二月八日にアメリカ合衆国政府から「トランプ・金正恩会談をハノイにて開催する」と発表がなされて二十日後ということになる。

この会議に際して金正恩は朝鮮民主主義人民共和国最高指導者専用列車で平壌駅を出発、中華人民共和国の丹東駅に到着して中国側と会談した。さらにその三日後、金正恩らを乗せた列車が、中国国鉄東風四型ディーゼル機関車に牽引されてベトナムのドンダン駅に到着した。

「前回は中国の民間機を使用してシンガポール入りしたが、今回は中国鉄道を使ってベトナム入りか……しかも三日間、中国政府関係者と協議をしたうえの現地入りとなると、会談は決裂だな」

黒田が笑いながら言った。

「この会談はアメリカにとっては単なるパフォーマンスなんですか？」

「アメリカの軍事衛星の動きを見ればわかるだろう。現在の北の核施設やミサイル発射台の画像はすでにはっきりと撮影されている。金正恩が何を言おうとアメリカは絶対に譲歩しない姿勢のようだからな」

「このタイミングで日本国内の潜伏工作員を損失することは北にとっても大きな衝撃になるんじゃないでしょうか？」

「たまにはこれくらいしてやらないと、あの国はいつまで経っても誠意など見せないだろう」

「マスコミも騒ぐのではないですか？」

「公にしなければいいだけのことだ」

「闇から闇に葬《ほうむ》る……ということですか？」

「闇から闇、ではないだろう。日本の法に則って公平中立に裁くんだからな」

「適用法令は電波法違反と有印公文書偽造・同行使でいいのですか？」

「取っ掛かりとしてはいいんじゃないか。都内二十ヵ所を一斉捜索して、十五人を逮捕するんだ。しかも全員の共犯関係が明らかとなれば、誰がどう騒ごうが、毅然と再逮捕を繰り返すことができる」

「最終的に国内にある奴らの本丸にまで踏み込むのですか？」

「その手前で取引が行われるかどうかだ。北はもちろん、中国政府だって冷や汗をかくことになるからな。二ヵ月勝負である程度の形を作る必要がある」

「再逮捕三回……ですか」

「それもあるが、これまで外事警察もやってこなかったような波状攻撃的なガサ入れを行う」

「外二とタイアップですよね」

「もちろんだ。国家対国家の戦いに内輪もめしている余裕はない。こちらも全力を挙げていかなければならない。情報漏れだけはあってはならない」

「外二の捜査員に何か問題でもあるのですか？」

「いや、公安部の幹部に、できの悪いキャリアとつるんでいる、気になる男がいるんだ」

「キャリアは察庁《サッチョウ》の外事なんですか？」

「いや、内閣官房に飛ばされている奴だが、いまだに北朝鮮系の女とつながっているんだ」

「元公安部参事官のあいつですか？」

「そう。まだ切れていないらしい。しかもこの北朝鮮の女の弟が名古屋方面でパチンコ屋を経営していて、どうもこの弟が潜伏工作員に対する資金援助をやっているようだ」

「どこからの報告なんですか？」

「名古屋のヤクザもん情報だ。こいつはチャイニーズマフィアやコリアンマフィアとも一線を引いていて、敵対グループの情報を一手に握っている面白い奴なんだ」

「相変わらず知らない世界とのパイプをお持ちなんですね」

「奴らもチャイニーズマフィアとコリアンマフィアの癒着《ゆちゃく》に戦々恐々の思いがあるようだ。しかもパチンコ業界の最近の衰退は著しいからな」

「それは警察ＯＢが入り過ぎた結果……なのではないのですか？」

「それもあるだろう。あの業界がキャリア、ノンキャリアの区別なしに天下り先の一つであることは間違いない。今後、国内にカジノができることを想定して、様々なカジノマシンの受注を受けたい遊戯業者も多い」

「狙われている業界であることは確かですね」

「東洋最大規模のカジノが日本に複数できれば、マカオやソウルにおける経済効果の重大なマイナス要因になる。だから、これを潰そうとする対日有害活動も積極的に行われている。ラスベガスは単なる博打場から壮大なテーマパークに変貌し、しかもショービジネスの拠点となっているだろう。それに対して、マカオ、ソウルはこれ以上の発展のしようがなくなることは明白だからな」

「日本はカジノを拠点とするテーマパーク化を考えているのでしょうか？」

「東京、大阪ならばそれができるだろう」

「沖縄はどうですか？」

「あれだけ政府に反意を見せているところだ。政府としても、いつまでも甘い顔はしていられないところだろう」

「沖縄にもいい人は多いんですけどね……時間にだらしない男が多いのは困りますが」

栗原が笑いながら答えて、ようやく話を戻した。

「ところで北朝鮮問題はどういう形でランディングしますか。ソフトランディング……なんてことはないでしょうね」

「日本政府にとって北との最大の案件は核兵器でもミサイルでもない。まずは拉致問題の全面解決だ。日本のこの姿勢は、かつて六ヵ国協議を進めていた他の五ヵ国はみんな知っている」

「確かに『かつて』ですね」

六ヵ国協議は、主に北朝鮮の核開発問題に関して、解決のため関係各国外交当局の局長級の担当者が直接協議を行う会議で、アメリカ合衆国、韓国、北朝鮮、中国、ロシア、日本の六ヵ国が参加している。二〇〇三年から二〇〇八年まで中国の北京で計九度の会合が行われたものの、米朝、米ロ間の関係悪化から、それ以降開催されていない。

三月一日、警視庁総務部情報室と公安部外事第二課は警視庁機動隊二個中隊百四十人、九州管区機動隊、福岡県警機動隊の協力を得ながら、当該警察署の公安係を含めた総勢二百六十人態勢で十六ヵ所に対して捜索差押を行い、三十二人を通常逮捕した。

「予定どおりだったようだね」

帰庁した黒田に岡村《おかむら》警視総監が言った。

「これからが勝負ですが、いい資料も押さえることができました。これから一斉に解析いたします」

「会見は外事第二課長がやるようだが、情報室は伏せたままでいいのかい？」

「対象が中国と北朝鮮ですし、時期が時期ですから、不良外国人を摘発した……ということでいいかと思います。ただし、公安部長と公安総務課長、外事第二課長には情報統制を布《し》いていただいております」

「どこかに悪い虫でもいるのかい？」

「獅子身中の……というほどではありません。しかし中国も北も、今回の容疑者のリストを見れば何が起こったのか、すぐにわかるはずです。その時に先方から何らかの動きがあるでしょうから、そこでどう対処するかを考えています」

「北は捨てておくとして、中国は八人だったな」

「そのうち一人は一般旅券と公用旅券の両方を所持しており、それぞれ名前が違いました。中国としては中国の国内犯罪として犯人の引き渡しを外交ルートを通じて申し込んでくる可能性があります」

「外交ルートか……」

「実は今、情報に基づいて偽造パスポート、さらには日本国内の工場で作成された偽造在留カードと、旧一万円札偽造紙幣に使用されたインクを鑑定させています」

「なに？　偽造在留カード？　なにか情報があったのか？」

「偽造の拠点は従来、日本の警察の手が及びにくい海外が中心とみられていました。しかし、偽造カードは、国際郵便で送る際に日本の税関に止められるリスクがあり、時間もかかるため、最近は国内に移行していたのです」

「あれは愛知県警国際捜査課が着手したんだったな」

「はい。その機械そのものは簡単なものなのですが、インクは特殊なものが使用されていたようです」

「そうだったのか……すると中国も根が深い問題になってきた……ということか」

「日本国内の犯罪拠点さえ潰してしまえば、当面、こちらはそれでいいかと思いますが、北はそうはいかない状況になると思われます」

「北はどう動くと思うかい？」

「ロシアに助けを求めることになるでしょう」

「ロシアは動くと思うかい？」

「プーチンは寝業師です。体裁だけは整えるでしょうが、今はまだアメリカと闘う時期ではないとわかっています。しかもウクライナの政情が怪しくなってきています。極東どころではないのが実情でしょう」

「もう一つの中国の富裕層相手の臓器移植シンジケートもまた騒ぎになるだろうな」

「あれはおまけのようなものだったのですが、中国国内の富裕層を分析する面白い資料を入手できたようです」

「中国富裕層の分析か……これもまた中国共産党幹部にとっては頭の痛い問題になったことだろう」

「富裕層の中でも国家からの資金提供を受けている企業のトップクラスですから、人脈図や相関図を作っていくと習王朝の裏舞台が見えてくる可能性が高いです」

「黒田直伝の相関図ソフトが活用されるわけだ」

「数日中に面白い結果が出てくると思います」

「習王朝になって初めて日本からの無言の圧力をかけることができる」

「アメリカが行う対中国関税問題とうまく関連すれば、中国の動きが変わってくるかもしれません」

「そうなると、北朝鮮はさらに苦しくなるな……」

「金正恩を破れかぶれにさせてはなりませんが、日本に対する対応をようやく本格的に変化させるチャンスにはなると思います」

「日本国とすれば表面上は鷹揚に構えていればいい……ということか」

「湖を優雅に進む白鳥と同じで、水面下はこれからもっと大変になると思いますが」

「情報室にとってはこれからが正念場……ということだな」

そう言うと、岡村総監は意味ありげに「フフッ」と笑った。

黒田は「フーッ」と大きく息を吐いて答えた。

「政治家と関係省庁の動きにも注意しなければなりません」

「政治家か……関係省庁も余計な情報は流さないことだな」

「官邸だけでは困りますが、独自の外交ルートを持つ国会議員が一人でも増えてくればいいのですが」

「様々なトラップに遭うことがない議員だな」

「足を引っ張る連中は、すぐに退場してもらいましょう。日本にもロビイストが必要になるくらいの議員の誕生が待たれます。元首相であってもあまりに軽すぎるのが、今の日本政治の最大の欠陥だと思います」

「元首相か……現職議員もまだ多くいるからな。引き際を知らないのも困るし、辞めても軽々に動く輩もいる」

「議院内閣制の欠点でもあるのですが、日本では政権が長引くと、与党内でも足を引っ張る悪癖が残っていますからね。次が育たないのは本人たちのせいであることを理解すべきなんです」

「それだけ議員の資質が落ちている……という証拠だ」

「霞が関も同様のような気がします」

「黒ちゃんにかかると、『馬鹿ばっかり……』と言われているような気がするよ」

「政財官、全てをひっくるめて、リーダーが生まれて欲しいですね」

「育てているんじゃないのかい？」

「そこまで自惚れてはおりません」

岡村総監が今度は声を出して笑った。


その後金正恩はロシアのウラジオストクを初めて訪問し、プーチン大統領と首脳会談を行ったものの、何の成果を挙げることもなく失意のうちに帰国している。

「北は終わってしまうのでしょうか？」

情報室で栗原管理官が自分のデスクに来てコーヒーを飲んでいた黒田に訊ねた。

「あとは中国がもう一度手を差し伸べてやるかどうかだな。ただし大掛かりな支援はできない状況だ。中国、ロシアとも次の一手を見極めるまで、金王朝を生かさず殺さず……というところだろうな」

「韓国は終わってしまった……感が強いですね」

「一時期、南朝鮮の文大統領が日本外しの姿勢で米朝会談を仕込んだが、結果は見てのとおり。文大統領は日米からだけでなく北の金正恩からも『出しゃばりな仲裁者』とまで言われる始末だ。文大統領が登場した時、彼をかばう南朝鮮の政治経済学者、アジア歴史研究者という男の論調を真に受けた政治家や、防衛研究所出身の政治学者が、『南北統一』とまではやし立てたが、結果はこのざまだ」

「室長の読みはピッタリでしたね。まるで予言者のようです」

「冷静に情報を分析すれば自ずと見えてくる。様々な思惑を持ったマスコミの報道に踊らされていては何も判断できない」

黒田が表情を変えずに答えると、栗原がパソコンのネットニュースを見ながら言った。

「外二の広報も話題になっているようですよ」

「事実の三分の一も伝えていないがな。当事者の中国、北朝鮮はもっと大変なことになっているだろう」

黒田は笑って言うと自席に戻った。


「ジュン、いい仕事をしたようだな」

「クロアッハ。日本の捜査もなかなかやるもんだろう？」

「君の名前がどこにも出てこないのが寂しい気がするが、それが日本ならではの情報の在り方なんだろうな」

「日陰に咲いて、日陰に散る花……さ」

「それもいいかもしれないが、おそらく世界中の諜報機関は『クロダがやった』と言っていることだろうな」

「僕にとっては日陰者同士だよ」


その夜、遥香から電話が入った。

「日本でも大きな事件があったみたいだけど、あれって私のお陰？」

「お陰もお陰。日陰の陰だよ」

「意味がわからない。ご褒美は？」

「何か欲しいものでもあるのかい？」

「医療の沙汰も金次第……っていうくらいだからなあ。まずはお休みを取って」

「いつ？」

「明日、日本に着くから」

遥香の声が弾んでいた。

本書は文庫書下ろしです。

この作品は完全なるフィクションであり、
登場する人物や団体名などは、
実在のものといっさい関係ありません。

|著者| 濱 嘉之　1957年、福岡県生まれ。中央大学法学部法律学科卒業後、警視庁入庁。警備部警備第一課、公安部公安総務課、警察庁警備局警備企画課、内閣官房内閣情報調査室、再び公安部公安総務課を経て、生活安全部少年事件課に勤務。警視総監賞、警察庁警備局長賞など受賞多数。2004年、警視庁警視で辞職。衆議院議員政策担当秘書を経て、2007年『警視庁情報官』で作家デビュー。「警視庁情報官」シリーズのほか「オメガ」、「ヒトイチ　警視庁人事一課監察係」、「警視庁公安部・青山望」など数多くの人気シリーズを持つ。現在は、危機管理コンサルティングに従事するかたわら、TVや紙誌などでコメンテーターとしても活躍している。

警視庁情報官《けいしちようじようほうかん》　ノースブリザード

濱《はま》 嘉之《よしゆき》

講談社文庫

定価はカバーに
表示してあります

2019年7月12日第1刷発行

発行者――渡瀨昌彦
発行所――株式会社　講談社
東京都文京区音羽2-12-21　〒112-8001
電話　出版 (03) 5395-3510
　　　販売 (03) 5395-5817
　　　業務 (03) 5395-3615

Printed in Japan

デザイン―菊地信義
本文データ制作―講談社デジタル製作
印刷―――大日本印刷株式会社
製本―――大日本印刷株式会社

ISBN978-4-06-516673-4

講談社文庫刊行の辞

二十一世紀の到来を目睫に望みながら、われわれはいま、人類史上かつて例を見ない巨大な転換期をむかえようとしている。

世界も、日本も、激動の予兆に対する期待とおののきを内に蔵して、未知の時代に歩み入ろうとしている。このときにあたり、創業の人野間清治の「ナショナル・エデュケイター」への志を現代に甦らせようと意図して、われわれはここに古今の文芸作品はいうまでもなく、ひろく人文・社会・自然の諸科学から東西の名著を網羅する、新しい綜合文庫の発刊を決意した。

激動の転換期はまた断絶の時代である。われわれは戦後二十五年間の出版文化のありかたへの深い反省をこめて、この断絶の時代にあえて人間的な持続を求めようとする。いたずらに浮薄な商業主義のあだ花を追い求めることなく、長期にわたって良書に生命をあたえようとつとめるところにしか、今後の出版文化の真の繁栄はあり得ないと信じるからである。

同時にわれわれはこの綜合文庫の刊行を通じて、人文・社会・自然の諸科学が、結局人間の学にほかならないことを立証しようと願っている。かつて知識とは、「汝自身を知る」ことにつきていた。現代社会の瑣末な情報の氾濫のなかから、力強い知識の源泉を掘り起し、技術文明のただなかに、生きた人間の姿を復活させること。それこそわれわれの切なる希求である。

われわれは権威に盲従せず、俗流に媚びることなく、渾然一体となって日本の「草の根」をかたちづくる若く新しい世代の人々に、心をこめてこの新しい綜合文庫をおくり届けたい。それは知識の泉であるとともに感受性のふるさとであり、もっとも有機的に組織され、社会に開かれた万人のための大学をめざしている。大方の支援と協力を衷心より切望してやまない。

一九七一年七月

野間省一

講談社文庫 最新刊

濱《はま》 嘉《よし》之《ゆき》
警視庁情報官 ノースブリザード
〝日本初〟の警視正エージェントが攻める！「北」をも凌ぐ超情報術とは。〈文庫書下ろし〉

桐野夏生
猿の見る夢
反逆する愛人、強欲な妹、占い師と同居する妻。逆境でも諦めない男を描く過激な定年小説！

朝井まかて
福袋
舟橋聖一文学賞受賞の傑作短編集。どれを読んでも、泣ける、笑える、人が好きになる！

横関 大
ルパンの帰還
妻子がバスジャックに巻き込まれた和馬。犯人の狙いは？ 人気シリーズ待望の第2弾！

西尾維新
掟上今日子の挑戦状
一晩で記憶がリセットされてしまう忘却探偵。今回彼女が挑むのは3つの殺人事件！

山本一力
ジョン・マン5〈立志編〉
航海術専門学校に合格した万次郎は、首席卒業を誓う。著者が全身全霊込める歴史大河小説。

江波戸哲夫
ビジネスウォーズ〈カリスマと戦犯〉
経済誌編集者・大原史郎。経済事件の真相究明に人生の生き残りをかける。〈文庫書下ろし〉

鳥羽 亮
提《ちょう》灯《ちん》斬り〈鶴亀横丁の風来坊〉
横丁の娘を次々と攫《さら》う怪しい女衒《ぜげん》を斬れ！彦十郎の剣が悪党と戦う。〈文庫書下ろし〉

高田崇史
神の時《と》空《き》〈五色不動の猛火〉
江戸五色不動で発生する連続放火殺人。災害都市「江戸」に隠された鎮魂の歴史とは。

織守《おりがみ》きょうや
少女は鳥籠《とりかご》で眠らない
新米弁護士と先輩弁護士が知る、法の奥にある四つの秘密。傑作リーガル・ミステリー。

講談社文庫 最新刊

鳴海 章
全能兵器AiCO《アイコ》
AIステルス無人機vs.空自辣腕パイロット！尖閣諸島上空で繰り広げる壮絶空中戦バトル。

福澤徹三
糸《し》柳《やな》寿《とし》昭《あき》
忌《い》み地〈怪談社奇聞録〉
怪談社・糸柳寿昭と上間《かみま》月貴《つきたか》が取材した瑕疵《かし》物件の怪異を、福澤徹三が鮮烈に書き起こす。

堀川惠子
戦禍に生きた演劇人たち〈演出家・八田元夫と「桜隊」の悲劇〉
広島で全滅した移動劇団「桜隊」の悲劇を、圧倒的な筆致で描く、傑作ノンフィクション！

輪渡颯介
優しき悪霊〈溝猫長屋 祠之怪〉
縁談話のあった相手の男に次々死なれる箱入り娘。幽霊が分かる忠次たちは、どうする!?

甘糟りり子
産まなくても、産めなくても
妊娠と出産をめぐる物語で好評を博した前作『産む、産まない、産めない』に続く、珠玉の小説集第2弾！

小前 亮
〈天下一統〉**始皇帝の永遠**
主従の野心が「王国」を築く！ 天下統一を成し遂げた、いま話題の始皇帝、激動の生涯。

山本周五郎
家族物語 おもかげ抄〈山本周五郎コレクション〉
すべての家族には、それぞれの物語がある。様々な人間の姿を通して愛を描く感動の七篇。

瀬戸内寂聴
新装版 **かの子撩乱**
川端康成に認められ、女性作家として一時代を築きかけた岡本かの子。その生涯を描いた、評伝小説の傑作！

本格ミステリ作家クラブ選・編
本格王2019
飴村行・長岡弘樹・友井羊・戸田義長・白井智之・大山誠一郎。今年の本格ミステリの王が一冊に！

マイクル・コナリー
古沢嘉通 訳
訣別(上)(下)
LAを駆け抜ける刑事兼私立探偵ボッシュ！その姿はまさに現代のフィリップ・マーロウ。